U0090898

古典文學研究輯刊

二八編

第4冊

宋金戰爭與南宋文學研究（下）

劉春霞 著

國家圖書館出版品預行編目資料

宋金戰爭與南宋文學研究(下)／劉春霞 著 -- 初版 -- 新北市：
花木蘭文化事業有限公司，2023〔民 112〕
目 4+160 面；19×26 公分
（古典文學研究輯刊　二八編；第 4 冊）
ISBN 978-626-344-448-5（精裝）
1.CST：文學與戰爭 2.CST：宋代文學 3.CST：研究考訂
820.8　　112010483

古典文學研究輯刊
二八編　第四冊　　ISBN：978-626-344-448-5

宋金戰爭與南宋文學研究（下）

作　　者　劉春霞
總 編 輯　杜潔祥
副總編輯　楊嘉樂
編輯主任　許郁翎
編　　輯　張雅淋、潘玟靜　美術編輯　陳逸婷
出　　版　花木蘭文化事業有限公司
發 行 人　高小娟
聯絡地址　235 新北市中和區中安街七二號十三樓
　　　　　電話：02-2923-1455／傳真：02-2923-1452
網　　址　http://www.huamulan.tw 信箱 service@huamulans.com
印　　刷　普羅文化出版廣告事業
初　　版　2023 年 9 月
定　　價　二八編 18 冊（精裝）新台幣 47,000 元

宋金戰爭與南宋文學研究（下）

劉春霞 著

目次

下　冊

第五章　宋金戰爭背景下的南宋文學創作

法國著名史學家兼批評家丹納稱：「要瞭解一件藝術品，一個藝術家，一群藝術家，必須正確地設想他們所屬的時代的精神和風俗概況。這是藝術品的最後的解釋，也是決定一切的基本原因。這一點已經由經驗證實。」又說：「藝術家不是孤立的人，我們隔了幾世紀只聽到藝術家的聲音，但在傳到我們耳邊來的響亮的聲音之下，還能辨別出群眾的複雜而無窮無盡的歌聲，像一大片低沉的嗡嗡聲一樣，在藝術家四周合唱。正因為有了這一片和聲，藝術家才成其偉大。」〔註1〕時代環境對身處其中的人物心理情感、行為思想產生了深刻的影響，並進而影響到文人的文學創作，南宋戰爭文學亦然。首先，文人歷經戰亂，他們把戰爭中的所見、所聞、所感紀寫下來，創作了一批戰亂文學；其次，文人統兵、入幕，他們紀寫幕府邊塞風物、軍旅生活，創作軍事文書、紀寫征戰過程，出現了一批邊塞軍旅文學；另外，文人出使金國，他們以獨特的心理審視使金過程中所見的民情風物，表達出特定的心理感受，創作了一批使金詩。

第一節　南宋戰亂紀實文學——以靖康之難為中心

在宋金對峙的百餘年裏，宋金之間爆發了數次戰爭，歷經戰亂的宋朝文

〔註 1〕法．丹納《藝術哲學》傅雷譯，安徽文藝出版社 1998 年版，第 46 頁、第 45 頁。

人，在文學創作中真實地記載了戰爭的過程、戰爭中人物的心理情感及對戰爭的態度，具有一定的歷史紀實意義。從文人對戰爭的反映可以看出歷史與文學發展的同步性，正如汪俊所言：「古代文學是古代歷史的一個側面，社會歷史的發展走向對文學有著決定性的影響。一般說來，歷史的分期界線亦是文學的分期界線。」〔註2〕在宋金每一次大型戰爭時期，都出現了大量反映戰爭現實的戰亂紀實文學，本章僅以靖康之難為例，探析戰爭對文人文學創作的影響。

一、靖康之難與戰亂文學的產生

戰亂文學指產生於戰爭年代、以紀寫戰爭現實、反映戰爭中人們心理感受的文學。中國古代自《詩經》開始就產生了戰亂文學，如「《黍離》，閔宗周也。周大夫行役至於宗周，過故宗廟宮室，盡為禾黍，閔周室之顛覆，傍徨不忍去，而作是詩也」(《詩序》卷上)；《詩經・小雅・六月》「宣王北伐也」，《采芑》「宣王南征也」(《詩序》卷下)；《詩經・小雅・采薇》記載宣王討伐玁狁之事等。

中國古代產生了兩次戰亂文學創作的高潮。首先是建安戰亂文學。東漢末年，「董卓亂天常」(蔡琰《悲憤詩二首》其一)，亂兵所至，燒殺掠搶，中原群雄逐鹿，人民慘遭離亂。以三曹、七子為代表的詩人，寫下了一大批以戰亂為主題的詩歌，集中表現了對人民的同情，表達出統一中原、建功立業的理想。曹操在詩中描寫了一個馳騁沙場、橫槊賦詩的亂世英雄形象。代表作如曹操《蒿里行》、曹植《白馬篇》、王粲《從軍詩》等。

其次是唐代安史之亂後的戰亂文學。唐代安史之亂，給社會帶來了深重災難，中原地區慘遭浩劫，「宮室焚燒，十不存一。百曹荒廢，曾無尺椽；中間畿內，不滿千戶。井邑榛棘，豺狼所嗥；既乏軍儲，又鮮人力。東至鄭、汴，達於徐方，北自覃懷，經於相土，人煙斷絕，千里蕭條」〔註3〕。戰亂中人民不斷流徙漂泊，離鄉避亂，一些詩人也隨著亂離的人民到處流亡。杜甫的戰亂詩是此時期的代表作，真實地記載了戰爭給人民帶來的災難性生活和戰爭對社會產生的嚴重破壞，有「詩史」之稱。

在這其中，西晉也經歷了一段戰亂時期。西晉八王內亂，永嘉南渡，在江左形成了南朝流亡政府。北方流民輾轉於道者絡繹不絕。據《晉書・食貨志》記載，「至於永嘉，喪亂彌甚，雍州以東，人多饑乏，更相鬻賣，奔迸流移，

〔註2〕汪俊《兩宋之交的詩歌研究》，旅遊教育出版社2001年版，第168頁。
〔註3〕《舊唐書》卷一二〇《郭子儀傳》，第3457頁。

不可勝數」,「百官流亡者十八九」。但是西晉文學極少反映當時的這場戰亂,反而高談玄風,崇尚名士風流。這可能與當時文禍極多,人命危淺的社會現實有關,也與魏晉時期人性覺醒之後,因對個體生命的重視而明哲保身的人生哲學盛行有關。

靖康元年(1126)金人攻破北宋京城,中原廣大地區淪為金人土地。次年四月,金兵北撤,擄去徽、欽二帝,一時間富麗輝煌的京城宮殿成為廢墟瓦礫。據李心傳記載:「是日,敵營始空,其行甚遽,以勤王兵大集故也。華人男女驅而北者,無慮十餘萬。營中遺物甚眾。秘閣圖書,狼籍泥土中;金帛尤多,踐之如糞壤。二百年積蓄,一旦掃地,凡人間所須之物,無不畢取以去。皆宦者國信所提舉鄧珪導之。命范瓊領兵出城搜空,得金人所遺寶貨表段、米麥羊豕之屬,不可勝計。又有遺棄老弱病廢及婦女等,至是皆遷入城,敵之圍城也。京城外墳壟發掘略遍,出屍取槨為馬槽;城內疫死者幾半。物價踴貴,米升至三百,豬肉斤六千,羊八千,驢二千,一鼠亦直數百。道上橫屍,率取以食,間有氣未絕者,亦剜剔以去,雜豬馬肉貨之。蔬菜竭盡,取水藻芼之以賣。椿槐方芽,採取唯留枯枝。城中貓犬殘盡,游手凍餒死者十五六。遺胔所在枕藉。」〔註4〕衣冠士族有的被金人屠殺〔註5〕,大多數則四處逃離,「時而西北衣冠與百姓,奔赴東南者,絡繹道路,至有數十里或百餘里無煙舍者。州縣無官司,比比皆是」〔註6〕。在南渡初的十幾年時間裏,「江、浙、湖、湘、閩、廣,西北流寓之人遍滿」〔註7〕。隨著金兵不斷侵入江南腹地,世居南方的衣冠百姓也四處奔命避亂,「老弱扶攜於道路,饑疲蒙犯於風霜。徒從或苦驛騷,程頓不無煩費」〔註8〕。一批重要的詩人先後加入到漂泊離亂的百姓中,歷經戰亂苦痛。如靖康元年,戰爭一爆發,朱敦儒就離開洛陽,經淮河至金陵(今南京),歷江西,奔兩粵。李清照從山東逃抵江南,赴池州,轉建康(今南京),然後爬山涉海,流離轉徙於吳、越。呂本中、徐俯等出京城後亦奔嶺南避亂。陳與義更是走湖湘,過嶺外,歷閩中,還臨安,輾轉流離。其餘一批在朝的官吏如趙鼎、李彌遜等人也流亡於江南。

〔註4〕《要錄》卷四,建炎元年四月辛酉「是日」條,第92頁。
〔註5〕汪俊《兩宋之交詩歌研究》《餘論》之「兩宋間士人死難表」,第171頁。
〔註6〕《三朝北盟會編》卷一三四,建炎三年十一月十三日,「劉位知濠州」條。
〔註7〕莊綽《雞肋編》卷上。
〔註8〕汪藻《建炎三年十一月三日德音》,《全宋文》卷三三六九,第156冊,第409頁。

隨著戰爭的推進，北宋政府迅速滅亡，大片中原國土淪陷。戰爭驚破了還在酣睡中的北宋文人的美夢，「清都山水郎」不再有安寧舒適的「清都」可供他們坐談閒適、高歌宴飲，亡國破家的巨痛使他們的心靈受到極大的震憾。他們開始直面國破家亡的現實，通過文學形式記載戰爭歷史，表現戰爭中人民的悲慘遭遇與痛苦心靈，並表達出對戰爭的思考，批判朝廷苟和政策，謳歌抗金英雄。他們把亡國之恨與流離顛沛的身世之感結合起來，形成了南渡初期愛國主義文學的創作熱潮，是繼漢末建安之亂、唐代安史之亂後又一個戰亂文學創作的高峰。就其文體而言包括詩、詞、文。

二、戰亂詩

北宋後期江西詩佔據詩壇主要地位。江西詩派以黃庭堅為宗主，在創作方法上主要使事用典，並在句律方面精雕細琢，在一定程度上忽視了詩歌創作的現實來源。北宋滅亡後，詩壇風氣為之一變，這主要表現在突破了江西詩派專從詩歌形式上下工夫的做法，開始廣泛關注現實，在詩歌中描寫戰爭歷史，以備史志，並表達對朝廷政策的觀點、態度，具有鮮明的「詩史」意義。

（一）紀實戰亂歷史

北宋末年，金國攻破北宋京城，擄走徽、欽二帝。這一歷史事件極大地擾亂了人們的生活秩序，威脅到每個人的生存。據莊綽《雞肋編》卷中記載：「金狄亂華，六七年間，山東、京西、淮南等路，荊榛千里，斗米至數十千，且不可得。盜賊、官兵以至居民，更互相食，人肉之價，賤於犬豕，肥壯者不過十五千，全軀暴以為臘。」〔註9〕李心傳記載：「初敵縱兵四掠，東及沂、密，西至曹、濮、兗、鄆，南至陳、蔡、汝、潁，北至河朔，皆被其害，殺人如刈麻，臭聞數百里。淮、泗之間，亦蕩然矣。」〔註10〕面對這樣一場翻天覆地的劫難，有血肉之軀的詩人都不會無動於衷，他們在詩中真實地記載這場災難性戰爭給社會、人民帶來的巨大影響。

當時著名詩人陳與義、呂本中、葉夢得、朱敦儒等在流離失所的逃亡生活中，目睹逃難者國破家亡、妻離子散、飢寒交迫甚至死於道途的慘狀，都在詩中予以表現。如呂本中《兵亂寓小巷中作》：「城北殺人聲徹天，城南放火夜燒船。江湖夢斷不得住，問君此居何因緣。竄身窮巷米如玉，翁尋濕薪嫗爨粥。

〔註9〕莊綽《雞肋編》卷中，中華書局1983年版，第43頁。
〔註10〕《要錄》卷四，建炎元年夏四月庚申條，第87頁。

明日開門雪到簷，隔牆更聽鄰家哭。」〔註 11〕展示了金兵的殘暴行徑以及廣大人民飢寒交迫、朝不保夕的慘痛生活現實。呂本中《兵亂後雜詩》二十九首，詳細記述了靖康元年金兵攻破汴京之後故都荒亂的情景，今存五首，收入方回《瀛奎律髓》卷三二中。茲錄一首，以見一斑，《城中紀事》：

> 生平足艱窘，可歎不可言。兩遭重城閉，再因群盜奔。今茲所值遇，我豈不與聞。脫身保兒女，恐辜明主恩。傍徨不忍去，敢計生理存。昨者城破日，賊燒東郭門。中夜半天赤，所憂驚至尊。是時雪政作，疾風飄大雲。十室九經盜，巨家多見焚。至今馳道中，但行胡馬群。翠華久不返，魏闕連妖氛。都人向天泣，欲語聲復吞。我病未即死，爾來春既分。剝床供晨炊，兩眼煙已昏。豈無好少年，可與共殊勳，志士或不恥，有身期報君。塞水須塞源，伐木須伐根。子莫笑短拙，荊蠻生伍員。〔註 12〕

「十室九經盜，巨家多見焚」，高度概括描寫了金兵南侵時對國家人民殘酷的掠奪與破壞；「翠華久不返，魏闕連妖氛」，則指出了金兵侵佔首都、皇帝南逃至今不返、舊京城被金人弄得一派烏煙瘴氣的狀況，也暗含了對統治者軟弱無能、節節敗退、不思復國的諷刺。

劉子翬《汴京紀事》二十首，集中反映了宋金的這場戰爭，具有較強的現實性。劉子翬（1101～1147）字彥沖，崇安（今屬福建）人。父韐在靖康二年（1127）北宋汴京陷落時出使金營，金人逼降，自縊殉國。從語氣上看，《汴京紀事》二十首〔註 13〕是詩人靖康難後回想往事、痛定思痛之作，與呂本中紀當時戰亂的情緒與表現手法都不同。劉子翬這組詩每一首寫一事，合起來便成為這一重大歷史事件的連續畫卷。如其一：「帝城王氣雜妖氛，胡虜何知屢易君。猶有太平遺老在，時時灑淚向南云。」這首詩慨歎宋高宗拋棄了「祖宗二百年基業」的汴京，甘心在南方苟安，汴京在建炎四年（1130）最終為金人佔領，成為金國的南京。第二、三、四句意思是「胡虜」不懂「忠君愛國」的道理，屢次「易君」也不在乎，而淪陷區的北宋「遺老」就不同了，還一心嚮往南宋。再如其二〇：「輦轂繁華事可傷，師師垂老過湖湘；縷衣檀板無顏色，一曲當時動帝王。」李師師是宋徽宗寵幸的妓女，此詩通過一位歌妓的生活變

〔註 11〕《全宋詩》卷一六一五，第 28 冊，第 18135 頁。
〔註 12〕《全宋詩》卷一六一五，第 28 冊，第 18135 頁。
〔註 13〕《全宋詩》卷一九二〇，第 34 冊，第 21427 頁。

化，反映出歷史的興衰之感。此組詩通過一幅幅畫面展示了故國破亡的現狀與詩人的心靈感受，具有一定的詩史意義。

陳與義是此時重要的詩人，也是南渡初期江西詩派的代表詩人。靖康元年（1126）正月，陳與義「自陳留尋避地，出商水，由舞陽次南陽。七月，復北征還陳留。未幾，再從汝州葉縣，經方城至光化，上崇山。」〔註 14〕以後五年多，他「避地襄漢，轉徙湖湘間，逾嶺嶠。……以紹興元年（1131）夏至行在所。」〔註 15〕在這幾年的戰爭過程中，他親身經歷了流離逃亡的生活，目睹了戰爭的酷烈，也體會了普通百姓的災難性生活。在戰爭時期，「輿圖半沒，仕途猶廣，衣冠流離失職者眾，而時縣之員有限，不足以充其求」〔註 16〕，衣冠士族尚且失職流離、漂泊不定，廣大普通老百姓的生活狀況就可想而知了。陳與義在這五年的逃亡生活中，寫下了大量反映戰爭的詩歌，從各個方面表現了戰爭中人民的苦難，如《均陽舟中夜賦》中稱：「汝洛塵未銷，幾人不負戈」，戰爭將一批批人推向死亡，整個中原大地民皆為兵，而受害最深的還是廣大人民，詩人對此滿懷義憤地寫道：「長吟宇宙內，激烈悲磋跎。」〔註 17〕史載建炎四年（1130），「自江西至湖南，無問郡縣與村落，極目灰燼，所至破殘，十室九空。詢其所以，皆緣金人未到，而潰散之兵先之；金人既去，而襲逐之師繼至。官兵盜賊，劫掠一同，城市鄉村，搜索殆遍。……」〔註 18〕陳與義親歷湖南之事，他在詩中寫道「那知百戰禍，豈識三空厄」〔註 19〕，以紀實之筆，寫出了人民在戰爭中的痛苦生活。

（二）抒寫亡國之痛與漂泊之苦

亡國的傷痛在詩人心中留下了深刻的烙印，南渡詩人常通過今昔對比的手法，表現對昔日的懷戀，抒發了對淪陷故國的懷念。陳岩肖在《庚溪詩話》（卷下）中回憶道：「靖康之變，中原為虜所據，當時文人勝士，陷於彼者不少。紹興庚申、辛酉，河南、關、陝之地暫復，有自關中驛舍壁間得詩二絕云：

〔註 14〕胡穉《簡齋先生年譜》，見陳與義著《陳與義集》，吳書蔭、金德厚點校，中華書局 1982 年版，第 7 頁。

〔註 15〕張嵲《陳公資政墓誌銘》，見《陳與義集》附錄，第 541 頁。

〔註 16〕綦崇禮《左奉議郎試尚書吏部侍郎兼侍講兼權直學士院》，《全宋文》卷三六四六，第 167 冊，第 281 頁。按：「仕途猶廣」似乎當為「仕途猶狹」。存疑。

〔註 17〕《陳與義集》卷一八，第 300 頁。

〔註 18〕《要錄》卷四一，紹興元年春正月癸亥引韓璜奏議，第 759 頁。

〔註 19〕《陳與義集》卷二五《再賦》，第 404 頁。

『鼙鼓轟轟聲徹天，中原廬井半蕭然。鶯花不管興亡事，妝點春光似昔年。』又云：『渭平沙淺雁來棲，渭漲沙深雁不歸。江海一身多少事，清風明月我沾衣。』」〔註 20〕在天崩地裂的社會大動盪面前，只有鶯花依舊妝點舊河山，人已經恍若隔世，這不能不為廣大文人士子沉重悲歎了！如陳與義《感事》：

喪亂那堪說，干戈竟未休。公卿危左衽，江漢故東流。風斷黃龍府，雲移白鷺州。云何舒國步，持底副君憂。世事非難料，吾生本自浮。菊花紛四野，作意為誰秋。〔註 21〕

開頭兩句指出了戰亂的時代背景，「左衽」意為受到外族統治，孔子言：「微管仲，吾其被髮左衽矣。」這裡借指金人對中原地區的統治。「江漢故東流」則表達了詩人一心向宋的情感，也寓含了以宋廷為文化之正宗的含義。「風斷黃龍府」，指金人攻破汴京，擄走徽、欽二帝的史事。「雲移白鷺州」指高宗即位後的駐蹕之事，當時金人相繼攻佔兩河州縣，宗澤主張都於汴京，督師抗戰，李綱提議先駐蹕襄、鄧，以維繫中原民心，俟兩河局勢稍定，即可還都汴京，而投降派大臣汪伯彥、黃潛善力主出奔東南，棄中原於不顧。高宗在李綱等人的堅持下，先是準備駐蹕汴京，不久又下詔避敵東南，猶疑不決，「雲移」即指高宗搖擺不定的態度。接下來兩句是抒懷。陳與義早年就有一種「許身稷契間」〔註 22〕的社會責任感，而此時國破家亡卻不能有所作為，面對眼前秋風中飄零的菊花，詩人倍覺世事難料，不知何去何從。

陳與義在《道中書事》中寫道：「易破還鄉夢，難招去國魂。」〔註 23〕這種綿綿鄉思隨著時間的流逝越來越強烈，即使是在題畫詠花的詩裏，也時常流露出來。如《牡丹》：

--自胡塵入漢關，十年伊洛路漫漫。青墩溪畔龍鍾客，獨立東風看牡丹。〔註 24〕

北宋西京洛陽，是陳與義的故鄉，以牡丹花聞名，「牡丹出丹州、延州，東出青州，南亦出越州，而出洛陽者今為天下第一」〔註 25〕。洛陽是牡丹產地，詩人離開那裡已經十年，然而，故地依然為金國佔領，歸路漫漫。如今

〔註 20〕見丁福保輯《歷代詩話續編（上）》，中華書局 2001 年版，第 190 頁。
〔註 21〕《陳與義集》卷一七，第 268 頁。
〔註 22〕《陳與義集》卷二《雜書示陳國佐胡元茂四首》之四，第 34 頁。
〔註 23〕《陳與義集》卷一六，第 251 頁。
〔註 24〕《陳與義集》卷三〇，第 479 頁。
〔註 25〕歐陽修《洛陽牡丹記》，《全宋文》卷七四三，第 35 冊，第 167 頁。

年近龍鍾的詩人在他鄉看到牡丹，不能不引發對故國的懷念。再如《有感再賦》：

憶得甲辰重九日，天恩曾預宴城東。龍沙此日西風冷，誰折黃花壽兩宮。〔註26〕

此詩亦為南渡初期回憶舊事所做。時徽、欽二帝被金人北擄而去，陳與義此詩通過今昔情景對比，借菊花來寄託故君故國之思。開頭兩句追憶往事，甲辰（宣和六年，1124）重九日，徽宗以復燕、雲大赦天下，詩人曾與朝庭文武百官一起受賜宴於城東宜東苑，一派繁華升平景象；現在徽、欽二帝被押往金國中京，邊塞黃沙漫天、寒風凜冽，不知有誰會為帝王獻花祝壽？詩人撫今追昔，把國破家亡、帝王北狩、自己作為宋帝國大臣卻只能遙相望拜的悲痛表現出來。全詩既沒有對事實的描述，也沒有激烈的言辭，但所寄寓的故君故國之思卻溢於言表，情感沉鬱凝重。再如其《題畫》：「分明樓閣是龍門，亦有溪流曲抱村。萬里家山無路入，十年心事與誰論？」〔註27〕表達了對故國的思念以及孤獨無人理解的心情。其詩句「回首房州城，山中夜何永」〔註28〕，「持觴望江山，路永悲身衰。百感醉中起，清淚對君揮」〔註29〕，「北望可堪回白首，南遊聊得看丹楓」〔註30〕，「去國衣冠無態度，隔簾花葉有輝光」〔註31〕，都表達了思念故國不得歸的痛苦心情。

（三）批判朝廷政策

南渡初詩人在紀寫戰爭現實、表達流離漂泊之苦時，也對朝廷一味避敵妥協的政策提出批判。

陳與義對高宗南逃表示極大的不滿。建炎三年（1129）冬，金兵渡過長江，逼近臨安，高宗不思拒敵，倉惶逃竄入海避敵。時張匯稱：「至是烏珠之犯江南也，朝廷豈不知敵所利者騎也，我所利者舟師與步兵也。江浙之地，騎得以為利乎？此皆騎之危地也，舟師步兵之利也。烏珠有知，豈肯致身於此耶？若御駕親征，諸路進討，烏珠之敗必矣。而復望風之際，車駕泛海，朝廷自散，

〔註26〕《陳與義集》卷一七，第268頁。
〔註27〕《陳與義集》卷二九，第461頁。
〔註28〕《陳與義集》卷一八《十七夜詠月》，第278頁。
〔註29〕《陳與義集》卷一九《同左通老用陶潛還舊居韻》，第297頁。
〔註30〕《陳與義集》卷一九《登岳陽樓二首》其二，第303頁。
〔註31〕《陳與義集》卷二〇《陪粹翁舉酒於君子亭亭下海棠方開》，第318頁。

為敵乘之，得志而去。」〔註 32〕可見，當時金人並不利於施展其長處，而宋廷則有戰勝金人的地理優勢，但高宗一味避敵逃跑，根本沒有抗敵的想法。陳與義對此猛烈地抨擊道：「嗚呼！吾君天所立，豈料四載猶服戎。禹巡會稽不到海，未省駕舶觀民風。」〔註 33〕對高宗的逃跑行為進行了尖銳地諷刺。再如其《次韻尹潛感懷》中云：「胡兒又看繞淮春，歎息猶為國有人。可使翠華周宇縣，誰持白羽靜風塵？」〔註 34〕建炎三年（1129）春，金人相繼攻下泗州、真州、江陰，又攻揚州，汪伯彥、黃潛善等人擁高宗出逃，金人焚揚州而去。陳與義此詩即有感於此事而發，感歎庸臣當道、朝中無人擊退金兵，表達了渴望恢復的理想。

另外，女詩人李清照也寫了一些詩，表達了她對朝政的觀點，其中最有代表性的是紹興三年（1133）所寫的《上樞密韓公工部尚書胡公》（並序）一詩。紹興三年（1133），南宋派遣泛使出使金國以通問羈留金國的徽、欽二帝，以尚書吏部侍郎韓肖胄為端明殿學士、同簽書樞密院事充金國軍前奉表通問大使，以給事中胡松年試工部尚書充副使。〔註 35〕此次遣使名義是通問二帝，其實是與金人商談和議事宜。時南宋朝廷駐蹕之地未安，高宗與群臣還在四處逃亡，迫切希望與金人和議。李清照極力讚揚韓肖胄、胡松年二人的雄才大略，同時，她在詩中稱「夷虜從來性虎狼，不虞預備庸何傷」〔註 36〕，對朝廷一味屈膝乞和、不事武備、無復恢復之志表示諷刺與不滿。

李清照有《詠史》一詩：「兩漢本繼紹，新室如贅疣。所以嵇中散，至死薄殷周。」認為兩漢本是前後相承、統緒相繼的朝代，而王莽篡奪漢室就好比「贅疣」。魏晉之際的嵇康眼看司馬氏篡奪曹魏政權，發出「非湯武而薄周孔」的言論，表明憑藉權勢篡奪政權的非正義性。李清照把王莽的新室與嵇康的持論撮合在一處，組成精練而完整的詩句，意思含蓄而明確，表達了對當時金朝扶持的統治中原的劉豫偽楚政權的否定。朱熹曾評此詩道：「中散非湯武得國，引之以比王莽。」並贊道：「如此等語，豈女子所能！」〔註 37〕李清照尚存佚句「南渡衣冠欠王導，北來消息少劉琨」，對朝中無人力事恢復表示激烈批判。

〔註 32〕《要錄》卷三〇，建炎三年十二月己丑條，第 589 頁。
〔註 33〕《陳與義集》卷二五《雷雨行》，第 398 頁。
〔註 34〕《陳與義集》卷二一，第 330 頁。
〔註 35〕《要錄》卷六五，紹興三年五月丁卯條，第 1103 頁。
〔註 36〕《李清照集箋注》，徐培均箋注，上海古籍出版社 2003 年，第 221 頁。
〔註 37〕《朱子語類》卷一四〇《論文下·詩》，第 3598 頁。

據於中航《李清照年譜》，此詩於建炎二年（1128）作於江寧。〔註 38〕王導是東晉著名宰相，《世說新語》載：「過江諸人，每至美日，輒相邀新亭，藉卉飲宴。周侯中坐而歎曰：『風景不殊，正自有山河之異。』皆相視流淚。惟王丞相愀然變色曰：『當共戮力王室，克復神州，何至作楚囚相對？』」高宗在建立南宋後，起用李綱為相，但不久就因張浚之劾而罷去其相位，爾後任用投降派黃潛善、汪伯彥為左右相。李清照無王導之歎實本於此事。劉琨是西晉愍帝時著名抗敵大將，嘗言：「吾枕戈待旦，志梟逆虜，常恐祖生先吾著鞭耳。」〔註 39〕南渡之初，各地勤王之師拖沓不動，宋朝「士大夫避事求退者眾」〔註 40〕，「帥守之棄城者，習以成風。如鄧雍之於荊南、何志同之於潁昌，趙子崧之於鎮江，皆擁兵先遁」〔註 41〕，只有京師留守宗澤堅決抗敵，李清照「少劉琨」之歎是對朝廷大臣不恤國事的尖銳諷刺。

三、戰亂詞

北宋後期以周邦彥為代表的大晟詞派佔據詞壇主要地位，其內容多寫男女戀情、羈放行役等傳統題材，追求韻律精嚴華美與風格柔靡旖旎。北宋滅亡後，漢民族遭到了巨大的災難。表達家國之恨，抒寫報國之志的內容普遍進入詞人創作視野，他們或悲壯、或激越、或悲憤，或奮發呼號，或長歌當哭，不僅擴大了詞的境界，也使傳統柔婉旖旎的詞風發生了根本性轉變。以李清照、朱敦儒、李綱、張元幹等人為代表。

（一）感慨山河巨變、懷念故國

朱敦儒（1081～1159），字希真，號岩壑老人，河南（今河南洛陽市）人。他在北宋生活了 45 年（1081～1126），一直隱居洛陽，過著詩酒美人的疏狂生活，享有「朝野之望」〔註 42〕。這期間他的詞主要寫男歡女愛、傷離恨別等傳統題材，風格旖旎柔婉，也有一些詞表達他對功名富貴的蔑視，多是個人對生活的感受與態度。

〔註 38〕《李清照集箋注》，第 256、257 頁。

〔註 39〕《世說新語·言語》注引《晉陽秋》之劉琨《與親舊書》，上海古籍 1982 年版。

〔註 40〕《要錄》卷五，建炎元年五月丁未條，第 134 頁。

〔註 41〕《要錄》卷一五，建炎二年四月丙寅條，第 312 頁。

〔註 42〕《宋史》卷四四五《朱敦儒傳》，第 13141 頁。

宋室南渡，朱敦儒歷經七年的漂泊生涯（1127～1133）。時代的風雲變幻，使朱敦儒的詞突破了傳統男歡女愛與個人功名態度的題材，在詞中廣泛地反映社會鼎革的現實，表達懷念故國、感慨山河巨變。如《采桑子・彭浪磯》：

扁舟去作江南客，旅雁孤雲。萬里煙塵。回首中原淚滿巾。

碧山相映汀洲冷，楓葉蘆根。日落波平。愁損辭鄉去國人。

〔註43〕

此詞是作者流落江西時所作。國破家亡，詞人流離失所，轉眼間成為漂泊於江南的孤獨「旅客」，面對破亡的故國只能拭淚而別，江南汀洲沙冷，秋葉蕭瑟，自己只能背井離鄉。該詞借景寓情，寄託遙深，感人至深。再如：

當年五陵下，結客占春遊。紅纓翠帶，談笑跋馬水西頭。落日經過桃葉，不管插花歸去，小袖挽人留。換酒春壺碧，脫帽醉青樓。

楚雲驚，隴水散，兩漂流。如今憔悴，天涯何處可消憂。長揖飛鴻舊月，不知今夕煙水，都照幾人愁。有淚看芳草，無路認西州。（《水調歌頭・淮陰作》）〔註44〕

故國當年得意，射麋上苑，走馬長楸。對蔥蔥佳氣，赤縣神州。好景何曾虛過，勝友是處相留。向伊川雪夜，洛浦花朝，占斷狂遊。

胡塵卷地，南走炎荒，曳裾強學應劉。空謾說螭蟠龍臥，誰取封侯。塞雁年年北去，蠻江日日西流，此生老矣，除非春夢，重到東周。（《雨中花・嶺南舊作》）〔註45〕

前一首詞作於高宗建炎元年（1127）春，後一首作於建炎四年（1130）春。這兩首詞都是通過今昔對比的手法，表現了對昔日生活的懷念，生發出山河破碎的黍離之悲。北宋時期，朱敦儒以「麋鹿之性」〔註46〕避處山林，過著放浪形骸的生活；他蔑視功名，不願被官場束縛，稱「詩萬首，酒千觴，幾曾著眼看侯王？玉樓金闕慵歸去，且插梅花醉洛陽」〔註47〕。隨著金人鐵蹄踏破京城，詞人漂泊南方，卻不知如何歸去。通過對比，更能表現詞人的痛苦悲愁。

〔註43〕《樵歌》朱敦儒撰，上海古籍1998年7月版，第316頁。
〔註44〕《樵歌》第10頁。
〔註45〕《樵歌》第7頁。
〔註46〕《宋史》卷四四五《朱敦儒傳》，第13141頁。
〔註47〕《鷓鴣天・西都作》，《樵歌》第136頁。

再如「有客愁如海，江山異，舉目暗覺傷神。空想故園池閣，卷地煙塵，但且恁痛飲狂歌，欲把恨懷開解，轉更銷魂」〔註 48〕，表達了江山鼎革、江湖流寓，詞人借酒澆愁愁更愁的情態。「西風北客兩飄零。尊前忽聽當時曲，側帽停杯淚滿巾」〔註 49〕，聽曲亦不能忘卻家國之痛。「昔人何在，悲涼故國，寂寞潮頭。個是一場春夢，長江不住東流」〔註 50〕，登臨望故國，國破家亡似一場惡夢，去國之愁正如長江之水永無休日，人何以堪！「曲終人醉，多似潯陽江上淚。萬里東風，國破山河落照紅」〔註 51〕，借酒澆愁，愁亦不能銷去。「如今著處添愁，怎忍看參西雁北。洛浦鶯花，伊川雲水，何時歸得」〔註 52〕，漂泊天涯，詞人時刻想到的是北方故國的鶯花、雲水，但天涯為客，歸期無日，詞人不禁陷入深沉悲痛之中。

呂本中是南渡後重要的江西派詩人，同時也是較為重要的詞人，但他的詞卻不為人重視。呂本中現存詞二十七首，多寫於南渡後，其中有幾首表達了他對淪陷故國的懷念，對漂泊江南、羈旅為客的悲痛，在傳統柔婉清麗的風格中，加入了國事身世內容，擴大了詞的境界。如：

> 驛路侵斜月，溪橋度曉霜。短籬殘菊一枝黃。正是亂山深處、過重陽。
>
> 旅枕元無夢，寒更每自長。只言江左好風光。不道中原歸思、轉淒涼。（《南歌子》）〔註 53〕
>
> 小院悠悠春未遠。牡丹昨夜開猶淺。珍重使君簾盡卷。風欲轉。綠陰掩映欄干晚。
>
> 記得舊時清夜短。洛陽芳訊時相伴。一朵姚黃鬆髻滿。情未展。新來衰病無人管。（《漁家傲》）〔註 54〕

上一首詞寫於呂本中漂泊南下的旅途中。上闋寫在戰爭亂離之中，詞人在深山過重陽；下闋寫秋夜因為客路艱難顯得尤其漫長，末句「不道中原歸思、轉淒涼」，詞人想起中原淪陷、歸期無望，不禁悲從中來。下一首詞寫流寓江

〔註 48〕《風流子》（吳越東風起），《樵歌》第 85 頁。
〔註 49〕《鷓鴣天》（唱得梨園絕代聲），《樵歌》第 138 頁。
〔註 50〕《朝中措》（登臨何處自銷憂），《樵歌》第 182 頁。
〔註 51〕《減字木蘭花》（劉郎已老），《樵歌》第 288 頁。
〔註 52〕《柳梢青》（狂蹤怪跡），《樵歌》第 309 頁。
〔註 53〕《全宋詞》第 1215 頁。
〔註 54〕《全宋詞》第 1217 頁。

南見院中牡丹而懷念故國的情感。唐宋時洛陽牡丹名聞天下，牡丹成為洛陽的象徵。北方滅亡，牡丹遂成為中原故國的象徵。文人常借牡丹表達感慨國破家亡、懷念中原故土的情感。

趙鼎（1085～1147）字符鎮，解州聞喜（今山西解州）人，自號得全居士，是南宋四大名臣之一。趙鼎是南渡後主戰派的代表，後來在與秦檜主和派的黨爭中遭讒被貶，在秦檜多方打擊下為保全家人不食而卒。趙鼎在南渡後有一些詞表達了國破家亡、歸家無期的悲痛，較有代表性的如《滿江紅・丁未九月南渡，泊舟儀真江口作》：

慘結秋陰，西風送、霏霏雨溫。淒望眼、征鴻幾字，暮投沙磧。試問鄉關何處是，水雲浩蕩迷南北。但一抹、寒青有無中，遙山色。

天涯路，江上客。腸欲斷，頭應白。空搔首興歎，暮年離拆。須信道消憂除是酒，奈酒行有盡情無極。便挽取、長江入尊罍，澆胸臆。〔註55〕

這首詞寫於建炎元年（1127）九月趙鼎隨百姓南逃過程中。建炎元年，南宋政府在金人南侵下不斷南逃，趙鼎「沿檄南渡」〔註56〕。雖作為朝廷命官沿檄渡江，但依然感受到一股強烈的漂泊離亂之感。詞的上闋寫途中所見，寒風蕭瑟，陰雨迷蒙，雲天也似乎帶上了一層濃厚的愁悶鬱結之氣，壓抑在亡國破家之人的心頭，使人感到沉痛近乎窒息。面對日暮南來的大雁，詞人只感到不知家在何方、何處是歸途的極度無奈與悲痛，一個「迷」字把詞人那種命運捉摸不定、前途未卜的茫然惶惑心情表現了出來。下闋寫亡國喪家之人腸斷欲裂的極度悲傷，詞人想要借酒澆愁，「奈酒行有盡情無極」，即使引長江之水為酒，也不足以消解心中的苦痛。整首詞色調淒寒壓抑，人物情感淒涼沉重。再如：

歸去來。歸去來。昨夜東風吹夢回。家山安在哉。

酒一杯。復一杯。準擬愁懷待酒開。愁多腸九回。(《琴調相思令・思歸詞》)〔註57〕

征鞍南去天涯路。青山無數。更堪月下子規啼，向深山深處。

淒然推枕，難尋新夢，忍聽伊言語。更闌人靜一聲聲，道不如歸去。(《賀聖朝・道中聞子規》)〔註58〕

〔註55〕《全宋詞》第1225頁。

〔註56〕趙鼎《自志筆錄》，《全宋文》卷三八一四，第174冊，第376頁。

〔註57〕《全宋詞》第1226頁。

〔註58〕《全宋詞》第1228頁。

這不是傳統意義上的羈旅行役之人思念故鄉的詞作，而是表達了亡國破家之人對無家可歸、歸家無望的悲痛。詞中之愁並非傳統詞作中寫旅人客居之愁，而是詞人亡國之痛與漂泊之愁的體現，是特殊時代的產物，是特定時代背景下詞人獨特的心靈感受。

南渡詩人從中原流離至南方，來到言語不通的他鄉異地，對異鄉之景有一種強烈的疏離與排斥之感，表現出漂泊無依、無所歸屬的迷惘與悲痛，是其心路歷程的真實展現。如陳與義建炎四年（1130）避敵至湖南武岡紫陽時，寫了一首詞《點絳唇》（紫陽寒食）：

寒食今年，紫陽山下蠻江左。竹籬煙鎖，何處求新火。

不解鄉音，只怕人嫌我。愁無那，短歌誰和，風動梨花朵。

〔註59〕

寒食是中國傳統節日，北方衣冠之族尤重此節。陳與義漂泊至「蠻夷之邦」，在寒食之時更覺孤苦無依之感。他渴望與人交流，渲瀉痛苦，獲得安慰，但鄉音不通，誰又能理解？深切地表現了漂泊無助的孤獨悲苦之情。洛陽詞客朱敦儒避亂嶺外南粵數年，對流落異鄉的感受更為豐富。如其《浪淘沙・中秋陰雨同顯忠、椿年、諒之坐寺門作》〔註60〕一詞，本來秋高氣爽的中秋節，卻是一片陰雨，江南蠻荒之地「瘴雨」昏暗，景象陰冷慘淡，正如漂泊者的心情一樣。趙鼎建炎初寓居杭州所寫的《花心動・偶居杭州七寶山國清寺冬夜作》也表達了對異地的心理疏離：「西北欃槍未滅。千萬鄉關，夢遙吳越。慨念少年，橫槊風流，醉膽海涵天闊。老來身世疏蓬底，忍憔悴，看人顏色。更何似，歸與枕流漱石。」〔註61〕少年風流橫槊，何等英武豪壯；晚年卻只能流落他鄉，看人顏色行事，其心底的失落與屈辱之感是可想而知的。

向子諲也有一些詞表達出漂泊離亂之痛，代表作如《水龍吟・紹興甲子上元有懷京師》：

華燈明月光中，綺羅絃管春風路。龍如駿馬，車如流水，軟紅成霧。太一池邊，葆真宮裏，玉樓珠樹。見飛瓊伴侶，霓裳縹緲，星回眼、蓮承步。

〔註59〕《陳與義集》之《無住詞十八首》，中華書局1982年版，第492頁。
〔註60〕《樵歌》第209頁。
〔註61〕《全宋詞》第1226頁。

笑入彩雲深處。更冥冥、一簾花雨。金鈿半落，寶釵斜墜，乘鸞歸去。醉失桃源，夢回蓬島，滿身風露。到而今江上，愁山萬疊，鬢絲千縷。〔註62〕

此詞寫於紹興十四年（1144）。雖然此時宋金已經簽訂和約，兩國守和約好，但文人依然無法忘情北方故國。「太一池」即太一泉，在今河南濟源市西北王屋山。「葆真宮」是宋廷宮殿，《耆舊續聞》在「宣和間重華葆真宮」之葆真宮下注曰：「曹王南宮也。」〔註63〕北宋徽宗政和五年（1115）四月建。詞的上下片都是極寫汴京上元日的繁華富麗，末一句「到而今江上，愁山萬疊，鬢絲千縷」，由回憶往日京師上元節的情景轉入寫當前的愁緒，表現了亡國之人流落江南徒自傷懷的悲痛之情。以往日京師君臣百姓遊宴歡娛之樂，反襯當前詞人之流落悲苦，以樂景寫哀情，哀者更覺其哀。

另外，李清照的詞以南渡為分水嶺，其內容、風格分為明顯不同的兩部分。南渡後的詞常在今昔對比中抒寫對往日繁華生活的懷念，對戰前夫唱婦隨生活的追憶，悲悼戰後漂泊孤獨、百無聊奈的生活情狀。

（二）表達復國理想與英雄失路之悲歎

葉夢得南渡後有一些詞抒發了收復失地、統一國家的願望。如《點絳唇·紹興乙卯登絕頂小亭》一詞中寫道：「與誰同賞，萬里橫煙浪。」希望有一天能夠看到現在還是煙塵迷茫的北方淪陷區得以恢復，再現山川壯美的景象。「老去情懷，猶作天涯想」，表現出不甘衰老、馳騁疆場的激烈情懷。葉夢得此類詞更多的是抒發復國的願望與英雄功業不就的矛盾，如其《念奴嬌》：

雲峰橫起，障吳關三面，真成尤物。倒卷回潮目盡處，秋水黏天無壁。綠鬢人歸，如今雖在，空有千莖雪。追尋如夢，漫餘詩句猶傑。

聞道尊酒登臨，孫郎終古恨，長歌時發。萬里雲屯瓜步晚，落日旌旗明滅。鼓吹風高，畫船遙想，一笑吞窮髮，當時曾照，更誰重問山月。〔註64〕

在俯仰古今中，將戰勝敵人、恢復故國的愛國情感更深沉地表現了出來。上闋寫登臨建康所見的雄偉景象，想到如今南渡幾年，自己頭髮已經由黑變

〔註62〕《全宋詞》第1236頁。
〔註63〕宋·陳鵠撰《耆舊續聞》卷二，文淵閣四庫全書本。
〔註64〕《全宋詞》第994頁。

白；下闋寫孫策也曾攜酒登臨建康，只是孫策命短，還未能澄清天下便英年早逝。詞人登臨建康，所見景物亙古未變，但時事滄桑，歷史已經發生了天翻地覆的變化，蘊含了詞人深重的歷史意識。通過對歷史的撫懷，詞人感慨自古多少功業未就之人留在歷史的長河，讓後來之人感傷喟歎！這感慨是對孫策命運的感慨，又何嘗不是對自己命運的感慨！再如其《八聲甘州．壽陽樓八公山作》：

故都迷岸草，望長淮、依然繞孤城。想烏衣年少，芝蘭秀髮，戈戟雲橫。坐看驕兵南渡，沸浪駭奔鯨。轉盼東流水，一顧功成。

千載八公山下，尚斷崖草木，遙擁崢嶸。漫雲濤吞吐，無處問豪英。信勞生、空成今古，笑我來、何事愴遺情。東山老，可堪歲晚，獨聽桓箏。〔註 65〕

詞中歌頌指揮淝水之戰的英雄謝安，嚮往謝安的英雄事業。詞人既為謝安早在歷史的「雲濤吞吐」中消逝、自己「無處問英豪」表示惋惜，又為自己空有一番報國之志、卻不能像謝安那樣成就一番英雄事業而遺憾。全詞在沉鬱悲涼的氣氛中，有一股磊落不平的英雄之氣。「可堪」二句，更見詞人對年華虛擲的無奈激憤之情。在其他詞中，葉夢得也常以抗敵英雄謝安自況，如「念謝公，平生志，在滄洲」〔註 66〕。

朱敦儒在南渡後的漂泊生涯中，寫下了一些表達復國理想的詞，如《相見歡》：

金陵城上西樓，倚清秋。萬里夕陽垂地大江流。

中原亂，簪纓散，幾時收？試倩悲風，吹淚過揚州。〔註 67〕

金陵自古以來是兵家必爭之地，具有重要的軍事戰略地位。北宋滅亡後，南宋政府退避到江淮以南，金陵一帶成為南宋的後方屏障。夕陽西下的時候，詞人站在古城金陵，又想到了曾經發生在江淮以北的那場慘烈的戰爭，希望北渡淮河恢復中原故土，但又深感恢復無期，「倩悲風」「吹淚過揚州」，飽含了詞人深重的亡國之悲與對抗金志士的熱切期望。再如《蘇幕遮》：

酒臺空，歌扇去，獨倚危樓，無限傷心處。芳草連天雲薄暮，故國山河，一陣黃梅雨。

〔註 65〕《全宋詞》第 992 頁。

〔註 66〕《水調歌頭．湖光亭落成》，《全宋詞》第 991 頁。

〔註 67〕《樵歌》第 375 頁。

有奇才，無用處，壯節飄零，受盡人間苦。欲指虛無問征路，回首風雲，未忍辭明主。〔註68〕

此詞寫於南奔途中。南渡以後，朱敦儒時刻不忘故國，希望恢復中原，但高宗一意求和，「大臣專權，以峻刑箝天下口，非曲意阿附，鮮有免者」〔註69〕。在這種情況下，朱敦儒仍寄希望於朝廷，不忍離開，表現了他既希望恢復但理想又不能實現的苦悶與矛盾。

另外像朱敦儒詞句「除奉天威，掃平狂虜，整頓乾坤都了」〔註70〕，表達了抗金復國的理想。「回首妖氛無黨派發，問人間英雄何處？奇謀報國，可憐無用，塵昏白羽」〔註71〕，渴望恢復中包含著無奈。王鵬運稱：「希真詞於名理禪機均有悟入，而憂時念亂，忠憤之致，觸感而生，擬之於詩，前似白樂天，後似陸務觀。」〔註72〕指出了朱敦儒詞反映戰爭現實、表達國破家亡感慨、渴望恢復中原的思想的特點，這與白居易新題樂府反映現實、陸游在「詩外」尋求詩思，通過詩歌反映廣泛的社會現象與個人理想的精神相通。

李綱《梁溪詞》反映了趙宋王朝南北交替時期的悲痛歷史，抒寫了他恢復宋室、抗敵復國的英雄理想，如《蘇武令》：

塞上風高，漁陽秋早。惆悵翠華音杳。驛使空馳，征鴻歸盡，不寄雙龍消耗。念白衣、金殿除恩，歸黃閣、未成圖報。

誰信我、致主丹衷，傷時多故，未作救民方召。調鼎為霖，登壇作將，燕然即須平掃。擁精兵十萬，橫行沙漠，奉迎天表。〔註73〕

李綱被起用於國事危難之際，出仕之後，由於受朝中主和派的打擊而屢遭貶謫。但從詞中可見，李綱並沒有陷入對個人不幸命運的哀悼悲歎中，他始終所寄念的是皇恩未報，未能解救生民於苦難中。他希望有朝一日能夠「調鼎為霖、登壇作將」，擁兵十萬，橫行沙漠以勒石燕然，迎回二聖。詞作情感激昂豪放，不作消極低沉之歎，使人為之振奮。再如《喜遷鶯・塞上詞》：

邊城寒早。對漠漠暮秋，霜風煙草。戰□長閒，刁斗無聲，空

〔註68〕《樵歌》第209頁。
〔註69〕汪應辰《向公墓誌銘》，《全宋文》卷四七八〇，第215冊，第255頁。
〔註70〕《蘇武慢》（枕海山橫），《樵歌》第57頁。
〔註71〕《水龍吟》（放船千里凌波去），《樵歌》第29頁。
〔註72〕《樵歌跋》，《樵歌》第486頁《附錄》。
〔註73〕《全宋詞》第1179頁。

使荷戈人老。隴頭立馬極目，萬里長城古道。感懷處，問仲宣云樂，從軍多少。

縹緲。雲嶺外，夕烽一點，塞上傳光小。玉帳尊罍，青油談笑，肯把壯懷銷了。畫樓數聲殘角，吹徹梅花霜曉。願歲歲靜煙塵，羌虜常修鄰好。〔註 74〕

此詞寫邊境戰爭形勢與自己壯懷不已的情感。上闋寫邊塞風物及當時的戰爭形勢，「戰□長閒，刁斗無聲，空使荷戈老」，指出了宋廷恃和苟安，致使邊備鬆懈、將士空老邊防的情況，是對宋廷守和不戰政策的委婉諷刺。「感懷處，問仲宣樂處，從軍多少」，漢魏時王粲有樂府詩《從軍樂》，寫從軍征戰的生活經歷，充滿了殺敵疆場的豪情壯志，李綱藉此表達了親上戰場抗擊金兵的願望。下闋中「雲嶺外，夕烽一點，塞上傳光小」，指當時宋金處於對峙狀態，戰事稍息的背景，「肯把壯懷銷了」直接表達了不甘消沉的決心。末句「願歲歲靜煙塵，羌虜常修鄰好」，表達了宋金兩國友好和平、平等相處的希望。

李綱急切渴望自己能夠馳騁疆場、殺敵報國，然而在主和派打擊下，為相七十五日即被貶出朝。李綱常把國破家亡之痛與自己復國不能之憤在詞中表現出來。如《永遇樂・秋夜有感》：

秋色方濃，好天涼夜，風雨初霽。缺月如鉤，微雲半掩，的爍星河碎。爽來軒戶，涼生枕簟，夜永悄然無寐。起徘徊，憑欄凝佇，片時萬情千意。

江湖倦客，年來衰病，坐歎歲華空逝。往事成塵，新愁似鎖，誰是知心底。五陵蕭瑟，中原杳杳，但有滿襟清淚。燭蘭缸，呼童取酒，且圖徑醉。〔註 75〕

此詞應是李綱在賦閒之後秋夜獨坐感懷而作。上闋寫秋夜之景，詞人秋夜不成眠，獨自「起徘徊，憑欄凝佇」，想起萬千愁緒來；下闋感慨個人命運，歎息功業未成，徒使歲華空逝，而故國陸沉久，中原恢復無期，不能不使英雄「滿襟清淚」，突顯了一個渴望復國但無路請纓的英雄形象，具有強烈的感人力量。

〔註 74〕《全宋詞》第 1177 頁。
〔註 75〕《全宋詞》第 1169 頁。

張元幹也有一些表達英雄理想的詞。張元幹早期生活疏狂放蕩，「少年百萬呼盧，擁越女、吳姬共擲」〔註 76〕，創作多模擬花間詞，內容不出酒畔花前，詞風綺豔輕狹。靖康之難後，他投筆從戎，在經歷了國家破亡、漂泊流離的慘痛生活之後，詞風自覺轉向東坡一路，變得慷慨悲涼，題材取向上多直面山河殘破的現實，表達出抗金復國的英雄理想與豪壯情懷，同時也抒寫了英雄無路請纓的悲憤之情。如《石州慢·己酉秋吳興舟中作》：

雨急雲飛，驚散暮鴉，微弄涼月。誰家疏柳低迷，幾點流螢明滅。夜帆風駛，滿湖煙水蒼茫，菰蒲零亂秋聲咽。夢斷酒醒時，倚危檣清絕。

心折。長庚光怒，群盜縱橫，逆胡猖獗。欲挽天河，一洗中原膏血。兩宮何處，塞垣只隔長江，唾壺空擊悲歌缺。萬里想龍沙，泣孤臣吳越。〔註 77〕

建炎三年（1129）秋，金兵正大舉南侵，在國家危急之際，張元幹感慨萬千，悲憤滿腔，噴礴而出，寫下了此詞。在「群盜縱橫，逆胡猖獗」之時，「欲挽天河，一洗中原膏血」，表達了不甘屈服、憤起抗爭的志士心聲！張元幹希望「俯滄浪，舌空曠，恍神交。解衣盤礴，政須一笑屬吾曹。洗盡人間塵土，掃卻胸中冰炭，痛飲讀《離騷》」〔註 78〕，表達出急切的復國之情。

張元幹希望抗敵復國，但高宗堅持主和路線，並打擊主戰大臣，這使得其報國理想不得實現，他在詞中也表達了志士不遇的無奈與悲憤，如《隴頭泉》：

少年時，壯懷誰與重論。視文章、真成小技，要知吾道稱尊。奏公車、治安秘計，樂油幕、談笑從軍。百鎰黃金，一雙白璧，坐看同輩上青雲。事大謬，轉頭流落，徒走出修門。三十載，黃粱未熟，滄海揚塵。

念向來、浩然獨往，故園松菊猶存。送飛鴻、五弦寓目，望爽氣、西山忘言。整頓乾坤，廓清宇宙，男兒此志會須伸。更有幾、渭川垂釣，投老策奇勳。天難問，何防袖手，且作閒人。〔註 79〕

〔註 76〕《柳梢春》（小樓南陌），《全宋詞》第 1409 頁。
〔註 77〕《全宋詞》第 1396 頁。
〔註 78〕《水調歌頭·丁丑春與鍾離少翁、張元鑒登垂虹》，《全宋詞》第 1400 頁。
〔註 79〕《全宋詞》第 1427 頁。

此詞是張元幹晚年所作，大致勾勒了其一生的經歷。上片「視文章，真成小技，要知吾道稱尊」，可見張元幹並非有意做詞人，其目的在於行「吾道」，即後文所言的「奏公車、治安秘計、談笑從軍」，「整頓乾坤，廓清宇宙，男兒此志會須伸」，陳書上策，經綸政治，從軍征戰，卻敵衛國。但他雖有復國之志，卻無報國之機，只能賦閒家鄉，表達出英雄失路的憤慨。另如其「耳畔風波搖盪，身外功名飄忽，何路射旄頭。孤負男兒志，悵望故園愁」〔註80〕，家國千里、故園陵夷，自己有志不伸，徒增憂愁。「老去英雄不見。惟與漁樵為伴。回首得無憂」〔註81〕，對自己英雄不用、空老山林表達出沉重歎息。南宋蔡戡在《蘆川歸來集序》中稱張元幹：「年未強壯，掛神武冠，徜徉泉石，浮湛詩酒。又喜作長短句，其憂國愛君之心，憤世嫉邪之氣，間寓於歌詠。」〔註82〕四庫館臣稱張元幹此類詞「慷慨悲涼，數百年後尚想其抑塞磊落之氣」〔註83〕。

（三）戰亂詞的藝術特點

王兆鵬在《南渡詞人群體研究》一書中，通過比較漢末建安戰亂詩、唐代安史之亂時的戰亂詩、宋南渡初的戰亂詞時稱，漢末社會動亂，以三曹、七子為代表的戰亂詩歌，在內容上一則關注民生、社會苦難，一則抒發馳騁疆場、為國解難的英雄主義氣概，但對流離失所、飄泊遷徙的難民心靈歷程較少關注，突出了動亂時代詩人的「慷慨」之美與力度之美，而不是對戰亂中個體人生感受的表現。西晉永嘉之亂，造成中國歷史上第一次移民與文化中心大南移，但晉代詩歌，很少反映戰亂這一歷史巨變的現實，關注南奔者心態的作品就更少。唐代安史之亂後，杜甫的詩作有「詩史」之稱，真實地記載了人民的亂離生活，但從總的傾向來看，偏重於紀行紀事，注重描寫飄泊途中所見的山川風物與人民生活遭遇，但很少對飄泊者內心感受作具體深入的表現。靖康之難後以戰亂為題材的詩詞，重點表現人物逃亡時的心靈感受。他稱：「從總體上比較觀之，建安時代、安史亂中的詩人，其審美注意力主要是投向外在的社會苦難現實圖景，而南渡詞人則深入到人的內在心靈世界去把握戰亂給人們造成的心理創傷。前者重寫貌，後者重寫心。」〔註84〕

〔註80〕《水調歌頭·追和》，《全宋詞》第1400頁。
〔註81〕《水調歌頭·同徐師川泛太湖舟中作》，《全宋詞》第1397頁。
〔註82〕《盧川歸來集》附錄，上海古籍出版社1978年版，第220頁。
〔註83〕《欽定四庫全書總目》卷一九八《〈蘆川詞〉提要》。
〔註84〕王兆鵬《宋南渡詞人群體研究》，臺灣文津出版社1992年，第76頁。

王兆鵬稱造成宋渡戰亂詞與前代戰亂文學的差異，其原因除了文體自身的適應性各不相同外，還源於各自時代精神、歷史條件不同。南渡初的戰爭背景是形成宋人心理特徵的最重要的文化環境，南渡初的戰亂詞則是特定背景下文人心靈歷程的反映。南宋是在金人滅亡北宋半壁江山後被迫南撤、在江南建立的朝廷。自古以來，中原與邊境少數民族國家之間的關係屬於君臣關係，各少族民族國家臣服於中原之國。南宋時期，歷史的記載被改變了（北宋時期遼國與宋約好，已經改變了中原之國與周邊國家的君臣關係，但遼國尚能與宋朝「約為兄弟」，北宋還保有遼闊的江山），由女真族建立的少數民族國家入主中原，一向以傳統文化繼承者自居的中原之國被趕到了淮河以南，過去受人朝拜的皇帝如今淪為向人稱臣納貢、割地乞和的「兒皇帝」。這種歷史翻天覆地的變化，對文人心理的影響是極大的，這對他們而言是文明的倒退、民族的恥辱，他們不能不感到強烈的憤恨。所以，靖康之難後文人的戰亂詞是在異族入主中原後，文人從亡國者的身份與視角感受到的亡國之痛與身世之歎在文學中的真實反映，包含了深刻的時代內涵。

另一方面，南渡初的戰亂詞與建安戰亂文學相比，主體缺乏一種豪壯與自信的品質，多了一份虛弱與怯懦。這與文治國勢下宋人柔弱的性格特徵有關，與宋金戰爭背景下宋廷孱弱的國勢有關。宋朝自北宋以來就以重文輕武為國策，削奪武將兵權，以文人儒士治國，形成了尚文輕武、以狀元為上、以征戰為恥的風氣。這種重文輕武之風嚴重削弱了朝廷的軍事力量，使宋廷在與外敵戰爭時常處於被動局面，最終導致了北宋的滅亡。南渡初的文人親身經歷了亡國破家的現實，更加劇了文人對戰爭的怯懦心理。他們即使心中深感屈辱與憤怒，在這種怯懦的民族精神的影響下，也不會像建安詩人一樣出之以高亢的自信心與昂揚的英雄氣概。在南渡初詩人的作品中，極少表現出像建安三曹一樣希望橫槊馬上、征戰邊疆的豪邁與雄壯，而側重於表露個體及廣大群眾在戰爭狀態下的痛苦生活與感受，呈現出一片低回沉重的無力呻吟。〔註 85〕

就詞風來看，南渡初詞情感悲涼，少了英雄豪壯之氣，多了一份衰颯沒落之歎。與南宋中期孝宗隆興北伐以後的詩詞風尚截然不同。孝宗隆興北伐後，文人士子抗敵復國之情繼南渡後再次高漲，此時期出現了著名的主戰詞人張孝祥、陸游、辛棄疾等人。他們圍繞著具體的戰爭事件創作了一批詞作，讚揚主戰大臣的英雄威武氣概，表達自己恢復中原故土的熱望，並對朝廷不事恢復

〔註 85〕王兆鵬《宋南渡詞人群體研究》，第 72～79 頁。

之舉進行猛烈的批判，情感激烈，氣勢雄壯，體現了中興時期國力增強的情況下文人自尊心、自信心的高揚。

四、戰亂文

著名詞人李清照《金石錄後序》等幾篇文章，真實深刻地表現了南渡文人在戰爭中的人生遭遇、心理情感，是宋金戰爭背景下戰爭紀實散文的典型代表。

《金石錄後序》〔註 86〕是李清照在紹興二年（1132）為其亡夫趙明誠《金石錄》所作的跋文。該文以時間順序為線索，詳細地記寫南渡前李清照與趙明誠酷愛金石、典衣購書、夫妻情投意合的情景，及南渡後作者輾轉流徙、金石盡棄的痛苦無奈經歷。作者通過寫自己費盡精力錢財收藏金石、在戰爭中不得不棄去金石的過程，以金石之命運為明線，以戰爭發展過程為暗線，深刻地反映出戰爭中人們的災難生活與痛苦心靈。該文為紀實性散文，是對歷史人物在戰爭中命運情感的真實記載，具有裨補正史的歷史文獻意義。該文把亡國之痛與家破人亡的身世之感結合起來，極具藝術感染力。

該文分三部分，第一部分寫夫妻歷盡艱辛收藏金石、校勘歸藏置冊的情景，及猜書品茗、嬉笑戲謔的歡娛生活。作者首先指出趙明誠《金石錄》所載之廣博：「取上自三代，下迄五季，鐘、鼎、甗、鬲、盤、匜、尊、敦之款識，豐碑、大碣、顯人、晦士之事蹟，凡見於金石刻者二千卷，皆是正訛謬，去取褒貶，上足以合聖人之道，下足以訂史氏之失者，皆載之，可謂多矣。」然後寫夫妻收藏校勘書籍的情景，描寫了幾個聲情並茂的場景：「每朔望謁告出，質衣，取半千錢，步入相國寺，市碑文果實。歸，相對展玩咀嚼，自謂葛天氏之民也。」「葛天氏之民」語出自陶淵明《五柳先生傳》：「銜觴賦詩，以樂其志，無懷氏之民歟？葛天氏之民歟？」葛天氏乃上古傳說中的部落帝王，據說那時「不言而自信，不化而自行」（《路史・禪道記》），李清照藉此表達了自得其樂的歡愉心情。李清照稱曾經有人持徐熙牡丹圖，求錢二十萬，自己無錢而不能得時，「留信宿，計無所出而還之。夫婦相向惋悵者數日」，足見夫妻酷愛金石的情態，也可見李清照夫婦收藏金石之不易。李清照還詳細地記載了夫妻兩人校勘書畫、把玩金石的情景，「每獲一書，即共勘校，整集籤題」，「摩玩

〔註 86〕李清照《李清照集箋注》，徐培均箋注，上海古籍出版社 2003 年版，第 309～313 頁。

舒卷，指摘疵病，夜盡一燭」，猜書品茗，「中即舉杯大笑，至茶傾覆懷中，反不得飲而起」。李清照「始謀食去重肉，衣去重采，首無明珠，翠羽之飾，室無塗金、刺繡之具」而盡市金石，足見夫妻二人鍾愛金石之藏，讓人真切地體會到李清照夫婦「甘心老是鄉」「樂在聲色狗馬之上」的高雅志趣，表現了人合物聚之喜。第一部分寫金石收藏之難，寫夫妻志趣相合、生活歡愉，為第二部分人亡物散之悲埋下伏筆。

文章第二部分，寫靖康之難後，李清照夫婦隨流寓政府南奔、趙明誠染疾身亡、金石盡失的事情。靖康之難後，李清照先是隨趙明誠至淄川，在「金寇犯京師」的情況下，二人面對盈箱溢篋的金石古玩，「且戀戀，且悵悵，知其必不為己物矣」，表現出無限哀愁之情，接著「奔太夫人喪南來」，兩人在「長物不能盡載」的情況下，「乃先去書之重大印本者，又去畫之多幅者，器之重大者」，然後「至東海，連艫渡淮，又渡江，至建康」，回到青州故地，金人陷青州，十餘屋金石書畫化為灰燼，李清照復「上蕪湖，入姑孰」，駐家池陽，趙明誠受召赴行在，染疾病逝。李清照在葬完趙明誠後，攜部分書畫金石投奔洪州其妹婿處，金人陷洪州，所攜之物又丟失大半。在「上江既不可往，又虜勢叵測」的情況下，李清照攜所餘「輕小卷軸書貼、寫本，李、杜、韓、柳集，世說、鹽鐵論，漢唐石刻副本數十軸……」投奔其弟，「到臺，守已遁。之剡出陸，又棄衣被走黃岩，雇舟入海，奔行朝，時駐蹕章安，從御舟海道之溫，又之越」，後又之衢、赴越，赴杭……。在會稽，李清照卜居鍾氏舍，有盜「穴壁負五簏去」，雖重賞收贖亦不得，後「盡為吳說運使賤價得之」。隨著金人入寇宋朝，在風雨飄搖中建立起來的南宋王朝不斷南奔逃亡，李清照亦隨著南宋流亡政府輾轉漂泊，李清照的命運是戰爭中普通大眾的真實縮影，亦是戰爭時代的典型寫照。與第一部分寫金石之藏的艱辛、夫妻生活之愉悅相比較，第二部寫盡國破家亡中金石盡失、自己漂泊無依的悲慘之狀，深刻地表現了戰爭帶給普通大眾的沉重災難。

文章第三部分抒發議論，點明寫作題旨與寫作時間。作者再次追憶趙明誠勤奮編撰《金石錄》的情景，進一步寄託了對死者的無盡哀思，再一次以「嗚呼」的悠長慨歎，連連發問：「昔蕭繹江陵陷沒，不惜國亡，而毀裂書畫。楊廣江都傾覆，不悲身死，而取圖書。豈人性之所著，死生不能忘之歟？或者天意以余菲薄，不足以享此尤物耶？抑亦死者有知，猶斤斤愛惜，不肯留在人間耶？何得之艱而失之易也？」並無奈地寬慰自己道：「然有有必有無，有聚必有散，乃理之常。人亡弓，人得之，又胡足道。」表現出對特定時代背景下，對人物命運無可奈何的通達與莫可名狀的麻木的痛苦心情。

《金石錄後序》一文，以睹物懷人為樞紐，以時間先後為序，經緯交織，情理互補，寫出了作者少歷繁華，中經喪亂，晚境淒涼的一生，反映了國破家亡的時代悲劇，具有較強的典型意義。宋朝無名氏《瑞桂堂暇錄》稱「以見世間萬事，真如夢幻泡影，而終於一空而已」〔註 87〕，而戰爭中人物命運更是朝不知夕！明趙世傑評點李清照《金石錄後序》，在「其青州故第……又化為煨燼」一段眉批道「可惜可恨」，在「必不得已，先棄輜重」一段眉批「追敘變故次第，段段婉致」，在「金寇陷洪州」一段眉批「此時可哭」。〔註 88〕李清照敘述戰爭中的無奈悲痛，深婉沉重，讓歷代讀其文者無不感憤不已。清朝高啟光稱該文：「中間敘述購求之殷，收蓄之富，與夫勘校之精勤，即流離患難，猶攜以遠行，斤斤愛護不少置，深惋惜後來之散失。……」〔註 89〕對李清照愛書嗜古而失其所珍愛於戰爭中深致惋惜之情。《袖釋堂脞語》稱：「班、馬作史，往往於瑣屑處極意摹寫，故文字有精神色態。易安《金石錄後序》中間數處，頗得此意。至蕭繹江陵陷沒一段，文人癖好圖書，過於國家性命，尤極濃至。」〔註 90〕而愛書終至盡失其書，作者的悲痛憤恨之情更是不言而喻。清符兆綸稱李清照著《金石錄後序》，「自述流離，備極淒慘，至今讀之，尤覺怦怦」〔註 91〕。李清照該文名為《金石錄》之跋文，卻借寫跋文之機，敘述自己在戰爭中的流離經歷，把家國之恨與身世之感結合起來，具有很強的感人力量。

該文通篇散體，以真情貫乎全篇，如行雲流水般紆婉暢達，今人浦江清稱：「清照本長於四六，此文卻用散筆，自敘經歷，隨筆提寫。其晚景淒苦鬱悶，非為文而造情者，故不求其工而文自工也。」〔註 92〕該文辭采俊逸，「蕭然出町畦之外」〔註 93〕。

另外，李清照於紹興四年（1134）寓居金華時所寫的《打馬賦》《打馬圖

〔註 87〕《說郛》卷四六引宋朝無名氏《瑞桂堂暇錄》，轉引自徐北文主編《李清照全集評注》，濟南出版社 1990 年版，第 227 頁。

〔註 88〕《古今女史》前集卷三，轉引自徐北文主編《李清照全集評注》，第 228 頁。

〔註 89〕謝刻《金石錄》，轉引自徐北文主編《李清照全集評注》，第 229 頁。

〔註 90〕《宮閨氏籍藝方考略》，轉引自徐北文主編《李清照全集評注》，第 229 頁。

〔註 91〕《續修歷城縣志》引《歷下詠懷古蹟詩抄》，轉引自徐北文主編《李清照全集評注》，第 230 頁。

〔註 92〕見《國文月刊》一卷二期，轉引自徐北文主編《李清照全集評注》，第 231 頁。

〔註 93〕李慈銘《越縵堂讀書記》，轉引自徐北文主編《李清照全集評注》，第 230 頁。

經序》〔註94〕，表達了她對戰爭的態度與觀點，應予以注意。「打馬」是一種博弈遊戲。李清照曾做《打馬圖經》是對打馬條例規則的闡釋和論述，也是對有關經驗教訓的總結。《打馬圖序》是《打馬圖經》之序。該文分三層，第一層寫「博無他，爭先術耳」，並用歷史典故加以佐證；第二層寫博弈之事隨時局變化，說明自己南渡後，罕為博弈之事，並於打馬之外記寫時代背景：「今年冬十月朔，聞淮上警報。江、浙之人，自東走西，自南走北，居山林者謀入城市，居城市者謀入山林，旁午絡繹，莫卜所之。」然後稱「易安居士亦自臨安泝流，涉嚴灘之險，抵金華，卜居陳氏第」，在得以暫安後，才開始講「未嘗忘於胸中」的博弈之事。第三層則寫博弈之種種，並敘自己在「依馬經」基礎上首創「命辭打馬」的情況。從序文可以一窺時勢動亂之概況，這是戰爭對文學產生的影響，亦是戰爭在文學中的反映。

《打馬賦》應是置於《打馬圖經序》之後與《打馬圖經》之前的一篇文章。該文以棋局和政局相類比，借打馬戲言馬事，巧妙地寄寓了作者深沉的憂國之思，表達了抗擊金人以恢復中原的理想。該文所寓含的表達現實關注的主旨體現在《打馬賦》結尾的「辭」中，「辭曰：佛狸定見卯年死，貴賤紛紛尚流徒。滿眼驊騮雜騄駬，時危安得真致此？木蘭橫戈好女子！老矣誰能志千里，但願相將過淮水。」〔註95〕「佛狸定見卯年死」，該文寫於紹興四年（1134）甲寅年，次年即是卯年。作者借當年人民對異族入侵者拓跋燾的痛恨，表達了對金國入侵者的憤恨，對宋室復興中原充滿信心和希望。「滿眼驊騮雜騄駬」，喻宋朝人才濟濟，足可以抗擊金兵；「貴賤紛紛尚流徒」「時危安得真致此」，又對當時主和聲高漲的政局充滿憂慮。最後「老矣誰能致千里，但願相將過淮水」，化用魏武「老驥伏櫪，志在千里」詩句，再憶宗澤臨終連呼「過河」的悲壯場景，表達了壯心不已、團結抗金的殷切希望。清代李漢章《黃檗山人詩集》中《題李易安〈打馬圖並跋〉》一文說道：「予幼讀《打馬賦》，愛其文，知易安居士不獨詩餘一道，……若夫生際亂離，去國懷土，天涯遲暮，感慨無聊，既隨事以行文，亦因文以見志，又足以悲矣……」，並以一首詩來表達自己讀李清照此文的感慨：

> 國破家亡感慨多，中興汗馬久蹉跎。可憐淮水終難渡，遺恨還同說過河。南渡偷安王氣孤，爭先一局已全輸。廟堂只有和戎策，

〔註94〕李清照《李清照集箋注》，第340～341頁，第354～356頁。
〔註95〕李清照《李清照集箋注》，第356頁。

慚愧深閨《打馬圖》。才涉驚濤夢未安，又聞虜馬飲江干。桑榆晚景無人惜，聊與驊騮遣歲寒。〔註 96〕

深刻地認識到了李清照寫作《打馬賦》的亂離時代背景與朝廷苟安和戎的政治形勢，以及文章表現出來的作者希望恢復中原而不得實現、暮年漂泊寓居他鄉的孤苦無聊生活。

第二節　南宋幕府軍旅文學

清代梅曾亮稱：「詩莫盛於唐，而工詩者多幕府時作。陸務觀歸老鑒湖，其詩亦不如成都、南鄭時為極盛。夫烏歸巢者無聲，葉落糞本者不鳴，其勢然也。」〔註 97〕指出唐代幕府詩取得了重要成就，宋代陸游賦閒時所創作的詩歌不如其在成都、南鄭幕府時所做的詩歌成就高，充分說明了幕府作為文人生活的重要場所，對詩歌的產生、發展具有重要作用。宋室南渡後，文人或以朝中大臣身份出征邊境統御軍隊，或受辟於幕府，他們在幕府中形成了以文人將帥為中心的文人群體，創作了一些幕府軍旅文學〔註 98〕。就文體而言，包括幕府邊塞軍旅詩、邊塞軍旅詞、幕府散文，本文主要探討邊塞軍旅詩與幕府散文兩類。

一、幕府邊塞軍旅詩

南宋邊塞軍旅詩，包括描寫邊塞風物、紀寫幕府軍旅生活的詩歌和文人唱和詩、送別詩。

（一）描寫邊塞風物、紀寫幕府軍營生活

1. 描寫邊塞風物

南宋文人來到邊塞地區，他們對邊地自然風物、歷史故跡多有關注，並反

〔註 96〕轉引自《李清照資料彙編》，褚斌傑、孫崇恩等編，中華書局 1984 年版，第 80 頁。

〔註 97〕《陳邦鄰詩序》，見孔凡禮、齊治平編《陸游資料彙編》，中華書局 2004 年版，第 348 頁。

〔註 98〕當代學者朱向前稱軍旅文學「是個題材範疇，它指的是以戰爭（和軍旅生活）為主要反映對象的一類文學」，是包含了戰爭和軍旅全部內容的文學。（朱向前《「軍事文學」與「軍旅文學」辨——兼論當代軍旅文學的三個階段》，《解放軍藝術學院學報》1999 年第 3 期）按照朱向前的理論，與「軍事文學」「指向事」相比，「軍旅文學」重點「指向人」，主要反映人物的生活、行為。

映到詩歌中來。首先，詠懷歷史故跡，以四川幕府文人為例，如王剛中《灘石八陣圖行》：

> 我生孔明後，相望九百載。我想孔明賢，巍然伊呂配。奇謀勇略號雄師，大節英風蓋當代。木牛流馬何足言，八陣遺蹤千古在。我行已度瞿塘門，長灘石壘參差分。洪纖高下尺寸等，猶有當年節制存。四頭八尾觸處首，敵衝中央兩皆救。握奇如樞運無窮，七縱七擒仍敢攻。規模黃帝已垂文，後來得者惟將軍。唐宗李靖拾遺意，樂舞旛表徒繽紛。長江之上石蟠結，江波洶湧石不滅。使君何事遽剗除，一夜風雷吼天闕。明朝依舊石縱橫，神物護持人始驚。向來守蜀用此法，誰知石壘真金城。嗟乎，孔明遇不遇，遇則劉公恢大度。國險地狹民力微，法出萬全勢未具。嗟乎孔明以此用於吳，長江內固魏可圖。嗟乎孔明以此用於魏，掃平三分歸一箄。祇應所遇勢不同，勢既不同功亦異。嗟乎孔明之心如石堅，欲扶漢室還中原。事之不就則天耳，安肯俯首從曹袁。嗟乎孔明如生石不老，後世用兵無草草。忽然變作六花看，使失本真難按考。請觀壘石韜機籌，江流東去自悠悠。英豪得此石外指，長與君王靖邊壘。〔註 99〕

王剛中曾在紹興二十八年（1158）出任四川安撫制置使。〔註 100〕他的這首樂府詩詠歎諸葛亮創制八陣圖之事，既頌揚諸葛亮當年破陣殺敵的雄才大略，也對諸葛亮一心扶持漢室、志圖恢復的忠貞愛國品質表示景仰，藉以表達了自己傚仿古代英雄、「長與君王靖邊壘」的決心與願望。王剛中另有一首《彌牟鎮孔明八陣圖》：

> 我稽八陣圖，規模載方冊。揭來鎮西蜀，夔門觀疊石。賦詩百數字，字字究來歷。進涉漢川西，彌牟鎮之北。平原列堆阜，灘石同一式。細思作者意，孔明有深策。高岸或為谷，灘石存遺跡。江海變桑田，平原猶可覓。故今兩處存，千載必一得。再歌遂成篇，當有智者識。〔註 101〕

此詩亦是詠歎西蜀諸葛亮八陣圖，借詠歎歷史遺跡與歷史戰爭事件，表達

〔註 99〕《全宋詩》卷一九四六，第 34 冊，第 21756 頁。
〔註 100〕《要錄》卷一八〇，紹興二十有八年庚辰條：「中書舍人兼史館修撰王剛中充龍圖閣待制四川安撫制置使，兼知成都府。」
〔註 101〕《全宋詩》卷一九四六，第 34 冊，第 21756 頁。

了對防邊衛國之策略的思考，具有一定的現實意義。

曾經受王炎之辟入四川幕府的文人張縯有《萬安驛》（原注：明皇幸蜀至此，歎曰：「一安尚不可得，況萬安乎？」）一詩：「勁兵重卒付胡奴，毆雀毆魚計自疏。地入萬安知幾許，卻憐此邑始回車。」〔註 102〕借詠歎四川萬安驛，表達了對唐玄宗幸蜀避亂、尋求「萬安」的諷刺，亦不乏對宋廷苟和政策的現實批判。張浚幕府文人劉子羽有寫於幕府的《題端岩扣冰古佛》一詩：「古木幹章覆地陰，微風披指遞幽吟。化身大士久圓寂，歸命群黍無古今。能使兵戈長偃息，要知願力本宏深。中原赤子方魚肉，願廣當年濟物心。」〔註 103〕借詠蜀地佛像，表達了息兵休戰、休養生民的願望。

其次，描繪邊塞自然景物。唐代幕府詩歌突出刻畫邊地風物之奇異，表達詩人的錯愕驚奇之感，景物描寫與主體從軍征戰的悲壯豪情水乳交融；南宋幕府文人對邊塞地區自然風物的描寫趨於寫實，情感冷靜客觀。如葉夢得《登南城》：

> 大江南渡是長干，北望清淮歲已寒。廢壘至今聞鶴唳，蒼山從古自龍蟠。鬢毛白盡空看鏡，髀肉銷來尚據鞍。折棰不能笞黠虜，遺民猶有漢衣冠。〔註 104〕

葉夢得曾在建康幕府任職數年，四庫館臣稱：「振孫《書錄解題》載夢得總集一百卷，審是編八卷，今俱不傳。又載建康集十卷，乃紹興八年再鎮建康時所著。」〔註 105〕《建康集》是葉夢得紹興八年（1138）守建康時所做，是幕府文學代表作。

這首詩寫登臨城頭所見之景。前兩聯點出寫作時間，大筆勾勒出建康幕府的清寒氣候特徵，對建康歷經千年風雲變幻重致滄桑之感。末兩聯寫自己不顧年老力衰、立志抗金復國的理想，並對中原遺民的命運表示同情。與唐代岑參等人邊塞詩中突出寫異域瑰奇雄偉的自然景象裁然不同。這是因為，唐時的邊塞指與少數民族國家領土交界之處，而南宋的邊塞卻指淮河一線，淮河以外是金人佔領的宋朝疆土，故其景物相對宋人而言並無多少新奇可言。同時，唐代邊塞詩借寫邊塞風物之雄壯表達詩人建立邊功的豪情壯志，葉夢得邊塞詩卻對邊塞風物的描寫持冷靜客觀的態度，使其復國之志透出一股

〔註 102〕《全宋詩》卷二六五三，第 50 冊，第 31083 頁。

〔註 103〕《全宋詩》卷一八六〇，第 33 冊，第 20775 頁。

〔註 104〕《全宋詩》卷一四〇六，第 24 冊，第 16194 頁。

〔註 105〕《建康集》卷首四庫館臣《提要》，影印文淵閣四庫全書本。

蒼涼沉重之感。

再如葉夢得《山間每歲正月望後梅花盛開，多與客飲花下，今年郡廨獨坐，十四夜張暘叔晁激仲相過，共話宣和間事，慨然歸，不能寐，因以寫懷》一詩：

山頭野梅白玉花，月明弄影紛橫斜。青天無雲萬峰立，下有十畝幽人家。年年春歸不暇省，但掃雪徑尋寒葩。老夫已忘少年事，燈火豈念更繁華。一杯起步遍空谷，破屋歸臥瞰朝霞。陪都復來亦何有，凜凜殺氣浮高牙。重關深鎖夜漏永，忽記昨夢翻長嗟。景龍門前一月會，金碗賜酒余雄誇。神州陸沉近歸我，漢節方議通胡沙。天翻地覆那得料，忍復更聽漁陽撾。〔註 106〕

該詩題目點明了寫作緣由，是因為共話「宣和間事，慨然歸，不能寐」而作。所謂「宣和間事」指宋金約為「海上之盟」聯合滅遼，金國在遼國滅亡之後轉而南侵宋朝之事。宣和間的宋金戰爭是北宋滅亡的先聲，拉開了宋金長達一個多世紀抗戰的序幕。此詩寫於紹興時期，作為前線幕府帥臣，葉夢得對宋朝命運的感受尤多。

在此詩中，詩人首先描寫了寒冬之際幕府軍營的自然環境，突出了邊地寒冷與幽靜的氣候特徵。幽靜安寧的環境與當時的戰爭形勢形成鮮明對比，可見在宋金休兵講和時，宋朝邊地武備鬆馳、士不戍邊的情況。作為抗金前線的建康，毫無森嚴肅穆的武裝戒備，卻只見幽景之寧靜，這與當時戰爭局勢極不協調。詩人接著寫自己來到幕府戍邊，為國事終夜不能寐的情景，「神州陸沉近歸我，漢節方議通胡沙」，是對歷史的記載，同時也是詩人憂心國事的表現。紹興中期，宋金互派使節，終於達成「紹興和議」，葉夢得對這一歷史事件與朝廷政策未發表任何議論，但讀者還是可以深切地感受到作者對神州陸沉的隱痛。尾聯「天翻地覆那得料，忍復更聽漁陽撾」，對時事難料表示深重憂慮。全詩冷靜客觀，唐代邊塞詩中瑰奇悲壯的邊塞風物描寫與豪壯激烈的情感抒發由幽景幽情所代替。

2. 紀寫邊塞軍旅生活

南宋幕府文人在詩中記載了邊塞軍旅生活情況，包括出兵征戰的軍事實踐與日常生活。

〔註 106〕《全宋詩》卷一四〇六，第 103 冊，第 16191 頁。

李綱在金兵南侵時，以御營軍長官總領軍隊抗擊金兵，後出任福建安撫大使開幕府以抗金。他有一些詩記載了幕府征戰生活的情況，並表達了他對戰爭的態度。如《五月六日率師離長樂乘舟如水口》二首：

> 力疾驅馳為主恩，敢辭炎暑道途勤。五更鼓角催行色，百里旌旗拂曉雲。閩粵乍開新幕府，灞陵初起舊將軍。江山滿目難留戀，試擁雕戈靜楚氛。
>
> 畫舸連檣泛碧波，瀟湘去路飽經過。山川煥發旌旜色，將士歡娛鐃鼓歌。舊學但曾聞俎豆，暮年何意總干戈。據鞍馬援平生志，豈在驪駒白玉珂。〔註 107〕

據詩中「閩粵乍開新幕府，灞陵初起舊將軍」句，可知這兩首詩寫於李綱在福建幕府時。前一首中「五更鼓角催行色，百里旌旗指曉雲」描寫了出征時軍隊的森然與肅靜，「江山滿目難留戀，試擁雕戈靜楚氛」表達抗金衛國的理想。下一首「畫舸連檣泛碧波，瀟湘去路飽經過」點出了行軍的行程，「山川煥發旌旜色，將士歡娛鐃鼓歌」描寫了行軍時所見之景與戰士從軍精神煥發的狀態，「舊學但曾聞俎豆，暮年何意揔干戈」則點出了自己以儒士身份出總戎幕的情況，尾聯抒發了自己雖為一介儒士，但依然可以橫槊馬上、立邊戰場的壯志豪情。

曹勳在江淮幕府時有一些詩描寫邊地戰爭情景，如：

> 落日慘客意，老懷增百憂。朔風動地吼，湖水吞天流。甲馬隘兩淮，殺氣橫九州。無德彼將滅，復讎我有休。羽檄交馳際，哀歌寄清愁。(《聞北軍犯淮》)〔註 108〕
>
> 壬午收亨運，餘屯未肯休。風煙淮水近，天地老身愁。虜意驕如昨，江干景易秋。得閒如自若，心在一扁舟。(《聞逆虜近淮》)〔註 109〕
>
> 海邊鼓角動星辰，我復驅貧近海濱。強對溪山方袖手，不堪梅柳已驚春。新元北客愁邊淚，故國西郊日暮塵。誰與高寒伴幽獨，雪聲清夢入霜筠。(《黃灣書事時虜人犯淮》)〔註 110〕

〔註 107〕《全宋詩》卷一五六七，第 27 冊，第 17787 頁。
〔註 108〕《全宋詩》卷一八八四，第 33 冊，第 21096 頁。
〔註 109〕《全宋詩》卷一八八七，第 33 冊，第 21115 頁。
〔註 110〕《全宋詩》卷一八九二，第 33 冊，第 21157 頁。

上將宣威重，長淮朔吹來。兵戎已超距，鼓角有餘哀。日薄雲多暝，天寒火易灰。詩成且排悶，興在倒金壘。(《淮上幕府》)〔註 111〕

黠虜窺邊久未恭，天王清蹕殄元兇。軍威早已聞三捷，喜色遙知動六龍。師旅夙嚴新號令，版圖行復舊提封。中興大業書歌詠，願刻浯溪頌九重。(《聞江上捷音》)〔註 112〕

靖康之難後，宋廷在金人的步步緊逼之下，一直撤到淮河一線以南，金人還不斷越過淮河、南下犯宋。曹勳此這類詩集中反映了金兵南侵入淮的情景。這些詩既寫出了淮河邊地風吼雲湧、宋金雙方嚴陣以待的肅殺氣氛，也寫出了幕中文人面對敵人南犯時的憂慮悲憤與戰爭勝利後的喜悅心情。不過，與唐代邊塞軍旅詩相比，這些詩歌在情感表達上出人意料地冷靜，即使敵人逼近國土、兩軍對陣之時，幕中文人「詩成且排悶，興在倒金罍」，還在做詩飲酒，這不是對戰爭成竹在胸的自信，而是對戰爭的有意疏離。與唐代邊塞詩中文人對戰爭悲壯慘烈場景的描寫、對文人主體從軍征戰濃烈熾熱的豪情壯志的抒發相比，曹勳的邊塞軍旅詩多大筆勾勒戰爭事件，極少表現出主體的濃烈情感，態度客觀。

葉夢得《建康集》中有一些詩記載了邊塞幕府生活，如《聞兀朮將過淮再遣晁公昂覘師》：

狂酋屢慣騁長驅，未省新軍有被廬。快飲忽辭金鑿落，先聲須破鐵浮圖。趨官爾自疲千里，飛將吾寧較一夫。試向八公山上望，當關何用守濡須。〔註 113〕

鐵浮圖是金騎兵之一種，其兵將精練，所到之處望風披靡，宋廷在金人鐵浮圖攻擊下常無招架之力。葉夢得此詩記載幕府派遣屬官窺覘敵情：首聯點出金將用兵之策，頷聯指出破金軍先需破其鐵浮圖，頸聯指出金人南侵宋廷造成兵疲，尾聯反用魏晉典故說明宋廷不用守濡須也可以擊敗金國遠道而來的疲兵。再如《虜酋復過河王師出討》：「羽檄初征天下兵，誤慚一障守王城。秦兵出項終何得，漢將征遼會掃平。便遣幽燕驅號令，久憐河洛污羶腥。書生豈解論幾事，詎信平涼有劫盟（始議講和，餘數言其不然）。」〔註 114〕記載宋軍討

〔註 111〕《全宋詩》卷一八八七，第 33 冊，第 21115 頁。
〔註 112〕《全宋詩》卷一八八八，第 33 冊，第 21123 頁。
〔註 113〕《全宋詩》卷一四〇六，第 24 冊，第 16194 頁。
〔註 114〕《全宋詩》卷一四〇六，第 24 冊，第 16194 頁。

伐金兵之事，表達了反對和議、收復中原的理想，也表達了對書生知兵的自信。《遣晁公昂按行瀕江營壘》:「他日傳烽望夕煙，重來老更負戎旃。我言固自平平耳，王事那辭數數然。轉餉未應勞木馬，摧鋒猶或要戈船。天威本自無多殺，萬一征和屬此年。(時聞虜遣烏陵思謨來請和)」〔註 115〕記載幕府派遣幕官巡視邊事的事情。《連日邊報稍稀西齋默坐》:「鼓角遙聞出塞聲，邊風吹雁過高城。疆陲無復戊已尉，盜賊猶憐壬午兵。歲晚胡床閉深閣，夜長刁斗聽連營。便須從此傳烽息，要及春農論勸耕。」〔註 116〕記載了幕府在邊境相對安寧的情況下，文人的生活情況，表達了息兵休戰、與民休息、勸農耕桑的願望。

陸游在四川幕府時，寫下了許多反映幕府將士征戰邊塞的詩歌，其中包括寫於四川幕府和晚年回憶四川幕府的作品。如《八月二十二日嘉州大閱》:

> 陌上弓刀擁寓公，水邊旌旆卷秋風。書生又試戎衣窄，山郡新添畫角雄(郡舊止角四枝，近方增如式)。早事樞庭虛畫策，晚遊幕府愧無功。草間鼠輩何勞磔，要挽天河洗洛嵩。〔註 117〕

詩人首先描畫出一個旌旗飄舞、武備森嚴的邊境氛圍，然後寫自己一介書生上馬從戎，在對自己平生出仕經歷的大筆概括中，表現出遊歷幕府無力事功的愧慚之情，尾聯則表達了即使無名之輩也要為朝廷抗擊金兵、復興中原做出貢獻的決心。再如《成都大閱》:

> 千步球場爽氣新，西山遙見碧嶙峋。令傳雪嶺蓬婆外，聲震秦川渭水濱。旗腳倚風時弄影，馬蹄經雨不沾塵。屬櫜縛袴毋多恨，久矣儒冠誤此身！〔註 118〕

此詩記載幕府閱兵的壯闊場面。全詩從大處著眼，首先點出閱兵時球場的氣氛與遠山的雄偉，接著寫閱兵時號令之聲震天動地，然後寫閱兵時軍旗弄影與馬蹄輕快，突出了軍隊整肅，尾聯「屬櫜縛袴毋多恨，久矣儒冠誤此身」，是對自己人生經歷與人生出處的反思，表達了陸游對自己曾經以「儒冠」從事書生之事的反省及對征戰從戎生活的嚮往。再如《塞上》:「塞上今年有事宜，將軍承詔出全師。精金錯落八尺馬，刺繡鮮明五丈旗。上谷飛狐傳號令，蕭關積石列城陣。不應幕府無班固，早晚燕然刻頌詩。」〔註 119〕寫幕府將士奉詔

〔註 115〕《全宋詩》卷一四〇六，第 24 冊，第 16194 頁。
〔註 116〕《全宋詩》卷一四〇六，第 24 冊，第 16190 頁。
〔註 117〕《劍南詩稿校注》卷四，第 339 頁。
〔註 118〕《劍南詩稿校注》卷六，第 525 頁。
〔註 119〕《劍南詩稿校注》卷一六，第 1252 頁。

出征的場景，表達了傚仿漢代班固以文人投筆從戎、建立軍功刻石燕然的人生理想。

另外，陸游詩句「春風小陌錦城西，翠箔珠簾客意迷。下盡牙籌閒縱博，刻殘畫燭戲分題。紫氍毹暖帳中醉，紅叱撥驕花外嘶」〔註 120〕，寫縱獵賦詩的情景。「誰信梁州當日事，鐵衣寒枕綠沉槍」〔註 121〕，寫邊塞地冷天寒、幕府將士枕戈以待的感受。「狼煙不舉羽書稀，幕府相從日打圍。最憶定軍山下路，亂飄紅葉滿戎衣」〔註 122〕，「中歲遠遊踰劍閣，青衫誤入征西幙。南沮水邊秋射虎，大散關頭夜聞角」〔註 123〕，「虓虓北山虎，食人不知數。孤兒寡婦讎不報，日落風生行旅懼。我聞投袂起，大嘑聞百步，奮戈直前虎人立，吼裂蒼崖血如注」〔註 124〕，寫幕府射虎打圍、聽角防邊的事情。「昔者戍南鄭，秦山鬱蒼蒼，鐵衣臥枕戈，睡覺身滿霜，官雖備幕府，氣實先顏行。擁馬涉沮水，飛鷹上中梁。勁酒舉數斗，壯士不能當。馬鞍掛狐兔，燔炙百步香。拔劍切大肉，哆然如餓狼」〔註 125〕，既寫了邊地苦寒的自然環境，寫了擁馬防邊、射鷹中梁的勇猛，寫了啖肉飲酒的豪放，也寫了登臨望遠、指陳恢復之計的雄韜武略。

劉過亦有描寫邊塞軍旅生活、表達從軍熱情的詩。劉過「字改之，號龍洲，廬陵人。宋南渡後，以詩俠名湖海間。陳亮、陸游、辛棄疾世稱人豪，皆折節與交」〔註 126〕。劉過曾為辛棄疾幕僚，性格豪邁。有詩《從軍樂》：

> 蛟龍寶劍鸊鵜刀，黃金絡馬花盤袍。臂弓腰矢出門去，百戰未怕皋蘭鏖。酒酣縱獵自足快，詩成橫槊人稱豪。但期處死得其所，一死政自輕鴻毛。將軍三箭定天山，丞相五月入不毛。生前封侯死廟食，雲臺突兀秋山高。書生如魚蠹書冊，辛苦雕篆真徒勞。兒時鼓篋走京國，漸老一第猶未叨。自嗟賦命如紙薄，始信從軍古云樂。〔註 127〕

〔註 120〕《夢至成都悵然有作》，《劍南詩稿校注》卷一〇，第 831 頁。
〔註 121〕《冬夜泛舟有懷山南戎幕》，《劍南詩稿校注》卷一〇，第 831 頁。
〔註 122〕《懷舊》之三，《劍南詩稿校注》卷三四，第 2236 頁。
〔註 123〕《三山杜門作歌》，《劍南詩稿校注》卷三八，第 2456 頁。
〔註 124〕《十月二十六日夜夢行南鄭道中既覺恍然攬筆作此詩時且五鼓矣》，《劍南詩稿校注》卷一四，第 1092 頁。
〔註 125〕《鵝湖夜坐書懷》，《劍南詩稿校注》卷一一，第 916 頁。
〔註 126〕《蘇州府志》同治元年修，光緒九年刊本卷一一一《流寓一》，轉引自于北山《陸游年譜》，上海古籍 20096 年版，第 378 頁。
〔註 127〕《全宋詩》卷二六九九，第 51 冊，第 31809 頁。

此詩意氣慷慨激昂，有曹操橫槊賦詩的意味。正如劉過自己所言，他僅一介「書生」，但在南宋士大夫以從軍入幕為恥的風氣下猶唱「從軍樂」，體現了對軍戎生活的讚揚，表現了一定的尚武精神。

另外像蔡戡《南昌大閱》：

> 自昔洪都地望雄，劍光直與斗牛通。角聲悲壯秋風裏，旗影横斜晚照中。簾幕萬家觀小隊，弓刀千騎擁元戎。此身雖老心猶壯，自笑憑鞍矍鑠翁。〔註 128〕

記寫幕府閱兵的盛況。首聯以唐代王勃《滕王閣序》中的典故，指出了洪都地理位置的險要，頷聯描寫出閱兵時角聲悲鳴、軍旗飄搖的肅穆氛圍，頸聯寫幕府軍隊整飭、萬馬奔突的壯闊場面，尾聯則直接抒發了烈士暮年、壯心不已的英雄氣概。

幕府文人除了紀寫邊塞幕府的征戰生活之外，也記敘描寫軍營日常生活。如葉夢得《祈雨》《祈雨未應復請於茅山采石庶幾得遂之》〔註 129〕等詩記載了幕府祈雨之事。不過此類詩並非單純地記載祈雨之事，而體現出鮮明的戰爭特色，如《祈雨》之二：「今年淮西蹙胡騎，王師盡掃無餘類。武王伐紂報豐年，今者驕陽豈天意。東求三茅西采石，塔中至人肯徒視。明朝掣電駭翻盆，婦子猶能飽遺滯。」作者祈雨與戰爭形勢有密切關係，時淮西戰事吃緊，然而在戰爭激烈之時卻適逢旱災，故詩人祈雨以求豐年，使前方戰爭有充足的保障。《祈雨未應復請於茅山采石庶幾得遂之》之二中道：「老農何功報神力，但趣官租飽軍食。中原卷盡胡無人，爾士明年更開闢。」直接表達了祈雨的軍事戰爭目的。

（二）幕府文人唱和酬答之作

幕府將帥與其僚屬常在幕府中進行詩文唱和。岳珂記載：「蜀伶多能文，俳語率雜以經史，凡制帥幕府之醼集，多用之。」〔註 130〕制帥幕府常有燕集活動，並請蜀伶參與。陸游在范成大幕府時，「幕府益無事，公時從其屬及四方之賓客，飲酒賦詩」〔註 131〕。

〔註 128〕《全宋詩》卷二五八六，第 48 冊，第 30060 頁。

〔註 129〕《全宋詩》卷一四〇七，第 24 冊，第 16201、16202 頁。

〔註 130〕《桯史》卷一三《選人戲語》，第 156 頁。

〔註 131〕陸游《范石湖集序》，見范成大《范石湖集》附錄三，上海古籍 1981 年版，第 506 頁。

葉夢得在幕府時間較長，其幕中文人眾多，葉夢得常與之進行詩文唱和，創作了許多唱和詩，其與幕下馬觀國的唱詩有《次韻馬參議觀國遊蔣山》《再次韻》《三次韻》《四次韻》《次韻馬參議留別》《送馬參議觀國從闢劉太保》《次韻馬參謀蔣山開堂飯素》《次韻馬參謀新作山亭》等，還有《諸幕府見和復答》《自和》等。

如《建康舊俗貴重九上已諸曹皆休務祀神登北山參議馬君獨不出攜詩相過因言石林之勝次其韻》：

> 倦飛歸鳥正思還，叩戶聊分半日閒。勝事漫同談栗里，佳時休笑負龍山。簿書已老無餘力，香火朝真有舊班。他日尚期能過我，試窮千嶂共追攀。〔註 132〕

此詩記寫葉夢得幕府賀子忱、徐惇濟、祝子權等人在防邊征戰之餘遊賞、登臨與祀神的日常活動。再如《明日復遊石頭城清涼寺再用前韻》：

> 大江洶西來，故國今幾年。我衰倦登臨，坐愧雙行纏。忽驚山陰集，邂逅來群賢。俛仰弔前古，高談注淵泉。千岩過宿雨，餘潤滋麥天。頹簷翳崖壁，過午不得旋。像佛再經始（時兵火後寺盡毀，郡人再興佛殿），此邦心亦虔。稍欣臺殿新，廢沼依淪漣。坐懷馬化龍，僅作蜋捕蟬。相傾走掣電，詎暇安枕眠。六飛暫東巡，恨爾不少延。孽胡久凋殘，屈已今我先。衰憊乘一障，無功記凌煙。乞身自茲始，此計君倘然。〔註 133〕

詩題中點明了主旨，是詩人日常遊賞所做，從內容可見非葉夢得一人，而是與「群賢」一起遊賞賦詩。此詩寫遊歷石頭城、清涼寺的行徑，寫遊歷所見的歷史遺跡，表達了安邦靖邊的理想及「無功記凌煙」的慚憤之情。再如《又明日復同惇立總領吳德素運使章思召過天禧寺登雨花臺再用前韻》：

> 言經朱雀桁，復度白雞年（去歲辛酉）。謝公不可見，廢壘蔓草纏。三日瞰坰牧，所懷多昔賢。陂陀北城墩（城北有謝公墩），誰可作九泉。石頭控崢嶸，目盡西南天。定都記孔明，赤壁方凱旋（孫權定都，孔明初勸之）。惟初鼎足計，用意良已虔。更作長干行，秦淮亂清漣。殘春掃餘花，密葉未有蟬。高臺略四遠，綠野浮芊眠。

〔註 132〕《全宋詩》卷一四〇六，第 24 冊，第 16187 頁。
〔註 133〕《全宋詩》卷一四〇七，第 24 冊，第 16203 頁。

> 午陰久未移，幽景為我延。使君固不凡，況有嘉客先。老大百念息，爨餘豈遺煙。了知塵外心，本自無間然。〔註 134〕

此詩記載與幕府文人登臨雨花臺的所見所感，其中重點詠歎東晉名士謝靈運與三國諸葛亮歷史事蹟，抒發了深沉的歷史滄桑之感。

葉夢得在與幕府文人的詩文唱和酬答中，也常表達出自己對朝廷政策、軍事防邊等問題的觀點。如《次韻程伯禹用時字韻見寄》二首：

> 衰病侵尋豈故時，暮年懷抱衹公知。強論出處初無意，底有文章更好奇。王氣山川元自壯，歸心茅竹敢嫌卑。中原趣下王正曆，盡使遺民復漢儀。

> 漢道中興此一時，虞亡不臘爾何知。地中鳴角無多怪，堂上論兵固有奇。夢櫟那求梁棟遠，搶榆正羨羽翰卑。淮陽汲直猶高臥，願看簫韶集鳳儀。〔註 135〕

前一首中稱宋廷「王氣山川元自壯」「中原趣下王正曆」，表達了恢復宋室的自信；後一首對當時宋廷文人尚談兵事，且多奇談怪論提出批判。

葉夢得常對幕府文武官員進行勉勵申誡，並表達自己抗敵復國的英雄理想與豪情壯志，其詩有明確的對象指向，亦屬於唱酬詩歌之類。如《雨夜與模論中原旦起模與徐惇濟遊清涼覽觀形勢嘉其有志因以勉之》：

> 千年石頭城，突兀真虎踞。蒼茫劫火餘，尚復留故處。大江轉洪濤，騰踏不可禦。空城寂寞潮，日暮獨東去。登臨欲弔古，俯視極千慮。吾兒勇過我，蓐食穿沮洳。謂言撫中原，未暇論割據。功名亦何人，我老聊自恕。他年報國心，或可借前箸。無為笑頹然，已飽安用飫。〔註 136〕

建康是六朝古都，具有重要的軍事地理意義，時淮河以北的中原地區淪陷，建康更成了南宋政權重要的後方屏障。葉夢得出守建康並兼本路統兵帥臣，他面對地勢險峻的建康重鎮，不禁生發出深沉的歷史滄桑之感，同時也激發了他深厚的歷史責任感與使命感，他做詩激勵幕府中的文武大臣不畏死難立功報國。如《秋高申戒諸屯示幕府》：

〔註 134〕《全宋詩》卷一四〇七，第 24 冊，第 16204 頁。
〔註 135〕《全宋詩》卷一四〇七，第 24 冊，第 16199 頁。
〔註 136〕《全宋詩》卷一四〇六，第 24 冊，第 16189 頁。

草枯馬健已高秋，堂上應須早伐謀。傳箭猶聞聚蜂蟻，控弦那得犯貔貅。書生會繫單于頸，壯士誰舂長狄喉。快使營平歸印綬，貂蟬敢望出兜鍪。〔註 137〕

首聯寫在秋天草枯馬健之時應加強邊防。北方少數民族常在秋天南侵，故有「防秋」之說。元劉瑾《詩傳通釋》卷九記載：「許益之曰：防秋，宋遣戍之名。熊剛大（禾）曰：『北狄畏暑耐寒，又秋氣折膠，則弓弩可用。故秋冬易生侵暴，每留屯以防之。』」頷聯寫金人點兵南犯；頸聯中「書生」與「壯士」兩句應作互文理解，指出了南宋幕府中書生與壯士都出入幕府、「挾輈」殺敵，對文人抗敵衛國、習知兵事予以肯定；尾聯則表達了抗金破敵的決心。再如《戲示幕客》：「不用黃金更築臺，一時傾蓋盡奇材。關中豈是穰侯物，浪怕諸侯客子來。」〔註 138〕表達了開幕府延引人才、收復中原的理想，詩中自稱幕中人材甚至讓上古兵家穰俎自愧不及，表達了對幕府文武人材之盛的讚揚與自豪。《聞邊報示諸將》一詩：「插羽驚傳赤白囊，胡行如鬼尚跳樑。頗聞廟算無遺策，但遣封人謹豫防。送死定知天悔禍，追奔寧使汝爭強。將軍剩有封侯印，盡掃無令一鏃亡。」〔註 139〕對幕府將帥士卒在金人南犯的情況下謹防邊備、建立軍功提出了希望。《小飲示幕府》一詩：「邊書日夜急，王旅方徂征。我非劉越石，長嘯徒登城。緬想貙與虎，行當築鯢鯨。傳車日邊來，風雷走天聲（連日中遣主人齎金帛犒師者經過）。黃旗三面至，捷奏紛紛橫。天險限南北，長江正東傾。諸君亦良苦，唾口爭請纓。誰云凌煙閣，自昔無書生。卮酒安足辭，勉當建雄名（李賀詩請君試上凌煙閣若個書生萬戶侯）。」〔註 140〕表達了對書生從戎的讚賞及對幕府文人傚仿唐代李賀建立功名的勉勵。

幕府文人在公事之餘常郊遊出獵，而出獵時一個重要活動就是進行詩文唱和。「佳麗江山得共遊，一時賓主亦風流。鳥飛魚泳青油幕，虎踞龍盤白鷺洲」〔註 141〕，幕府主賓常外出遊賞，得江山佳麗之助而創作詩歌。如孫應時《到荊州春物正佳樞使王公招宴歡甚已而幕府諸公攔餞荊江亭並成四詩》：

〔註 137〕《全宋詩》卷一四〇六，第 24 冊，第 16196 頁。
〔註 138〕《全宋詩》卷一四〇六，第 24 冊，第 16193 頁。
〔註 139〕《全宋詩》卷一四〇六，第 24 冊，第 16194 頁。
〔註 140〕《全宋詩》卷一四〇六，第 24 冊，第 16197 頁。
〔註 141〕張守《送仲並倅湖州（仲時攝帥司機宜）》，《全宋詩》卷一六〇四，第 28 冊，第 18020 頁。

初日明遠岸，綠蕪滿平川。天宇呈春姿，物物懷芳妍。長堤行車馬，高樓餘管絃。由來大國楚，風景故依然。

華亭冠層城，滿城桃與李。微風散晴煙，七澤多春水。龍山集遐眄，章臺見遺址，感物思無窮，對酒差可喜。

簪弁從元侯，芳辰奉良宴。海棠映明燭，夜久星河轉。孤舟萬里客，邂逅驚深眷。慚無仲宣賦，荊州乃堪戀。

幕府盡時彥，湛輩非所倫。歡言念遊子，載酒臨江津。醉別足可惜，俛仰跡易陳。相期崇明德，芳烈垂千春。〔註 142〕

該組詩是詩人在荊州王樞密攜幕府諸人餞別自己時所做。第一首寫荊州幕府所見春天景物，突出寫時光遠逝、風景依舊的感慨；第二首寫在春光滿眼的荊州幕府目睹歷史遺跡而引發的無窮思緒；第三首寫在荊州幕府良辰美景之時與王樞密暢飲甚歡，乃賦詩作文的感受；末一首點出留別的主題，讚揚王樞密幕府中人才輩出，對幕府文人相約建功提出希望。通過紀寫日常宴飲，表達詩人建功幕府、立功報國的理想。

（三）送別詩

幕府文人創作了一批送別詩。友人常以詩送別，一批曾受辟入幕的文人另適他處，幕中文人也以詩相送。故就其創作地點來看，可分為幕府送別，或於他處送人入幕兩種。幕府送別詩並非一般意義的應酬之作，文人往往借送別表達自己的政治觀點及人生情感。就其內容而言，南宋幕府送別詩主要包括兩方面：一是勉勵入幕文人，二是借送別表達情感與觀點。

1. 讚揚與勉勵入幕文人

文人常在幕府送別詩中表達對友人的勉勵與讚揚。如葉夢得《陳子高移官浙東戲寄》：

幕府陳琳老，官身戀故溪。解談孫破虜，那厭庾征西。未擬煩刀筆，聊應謝鼓鼙。登臨如得句，小字與親題。〔註 143〕

前兩聯希望陳子高不要像陳琳那樣心戀故鄉，而應像孫權、庾信一樣征戰破敵；「未擬煩刀筆，聊應謝鼓鼙」希望友人不要以文案工作為累，而應盡

〔註 142〕《全宋詩》卷二六九二，第 51 冊，第 31711 頁。
〔註 143〕《全宋詩》卷一四〇六，第 24 冊，第 16193 頁。

心職守；尾聯「登臨如得句，小字與親題」是對幕府文人登臨寫詩、及時酬唱的希望。

王庭珪有多首送人入幕的詩歌，如《送向宣卿赴朱相公參議》：

> 旄頭彗天天狗墮，一日中原作奇禍。金竿突繞都城光，鐵馬橫嘶御街過。邇來十年不解兵，盜賊軍書急星火。將軍藩身養脅疽，帝命相公期必破。指揮貔虎下天來，奮臂一呼皆袒左。相公元是帝股肱，提師辟士收豪英。君才累試當劇郡，群凶落膽知威名。麾下傳聞有飛將，一箭曾射欃槍星。公謀豈止當十萬，要挽天河洗甲兵。君不見河陽軍烏重胤，參謀初拔溫處士，遂令冀北馬群空，石洪亦自河南至。又不見裴晉公取淮西，幕下正用韓退之，乃能夜縛吳元濟，至今留得平淮碑。如今相公開幕府，豈減烏公與裴度。席捲江湖波浪清，貂鼎勳庸歸自取。〔註144〕

該詩首先點出了金人入侵中原，塗毒生靈的時代背景；接著指出將軍臨危受命，開闢幕府，收召英豪以抗敵的英勇精神；然後指出將軍幕府英才輩出，將軍「要挽天河洗甲兵」的堅定決心；最後運用唐代烏重胤幕府用溫處士、裴度幕府用韓愈破敵立功的典故，對友人提出了建功幕府的希望。其《送黃子默湖南機宜》：

> 潢池赤子弄鋤耰，天子擇日除元侯。今君去為幕下士，多材應與幄中籌。官弩近圍臨桂峒，捷書飛入未央樓。想當磨盾作露布，何異裴公取蔡州。〔註145〕

黃子默受辟入幕充當幕府機宜文字，屬文職官員，其職責主要是處理幕府案牘文件，起草露布、檄文、捷書等軍事文書。王庭珪認為幕府文人從事的文職工作，與唐代大將裴度平叛淮西取蔡州的功業無異，這無疑是對幕府文人文職工作的肯定。《送李亨仲赴荊南辟》：「少年膽氣橫秋煙，腰間櫑具森龍泉。出門萬里探虎穴，錦帶雕鞍明積雪。洞庭木葉飛霜風，將軍秉旄西擊戎。旌旗戈甲照湖海，欃槍欲滅胡天空。須君磨盾作露布，插羽來奏明光宮。」〔註146〕以虛筆寫李亨仲此去從事軍事行動的英勇氣概，尾聯對李亨仲提出希望。

〔註144〕《全宋詩》卷一四五二，第25冊，第16730頁。
〔註145〕《全宋詩》卷一四六八，第25冊，第16819頁。
〔註146〕《全宋詩》卷一四五三，第25冊，第16737頁。

陸游《送襄陽鄭帥唐老》一詩：

> 鄭侯骨相非復常，伏犀貫額面正方。聲名赫奕動天子，家世富貴連椒房。武能防秋北平道，文合落筆中書堂。畿西謀帥國大事，當寧久弄黃金章。一朝丹詔自天下，兩班仰首看騰驤。鄭侯此行端可羨，繡旗皂纛戈如霜。三更傳令出玉帳，平旦按陣來球場。宿兵萬灶盡貔虎，牧馬千群皆驌驦。酒酣賦詩幕府和，縱橫健筆誰能當？雖然鄭侯志意遠，虎視直欲吞北荒。榆林雁門塞垣紫，孟津砥柱河流黃。出師有路吾能說，直自襄陽向洛陽。〔註 147〕

「武能防秋北平道，文合落筆中堂書」，指出了鄭帥的文才武略；「一朝丹詔自天下」至詩末，極寫鄭帥奉詔帥邊的征戰過程，既寫了行軍征戰閱兵的嚴整肅穆，寫幕府將士勇猛、戰馬精良，也寫了幕府主賓戰場歸來詩酒唱和的英雄豪情，最後重點突出鄭帥堅決抗敵、可望恢復的豪情壯志，末句「直自襄陽向洛陽」活用杜甫詩句，表達了恢復中原指日可待的理想，也是對鄭帥的期望。

另外汪應辰《送陳經略二首》：

> 英姿卓犖從長兼，暫假威名鎮嶠南。忽報郵音馳尺一，即看躔次近魁三。照人風采誰居右，致主功名在立談。遠俗豈知如許事，只言無計駐征驂。

> 清明公正復慈祥，觸眼平生見未嘗。自幸來依驃騎幕，如何又趣舍人裝。雲霄去路日千里，萍梗微蹤天一方。獨有此心無遠近，歲寒猶欲試冰霜。〔註 148〕

前一首中「致主功名在立談」，表達了對經略使以言辨之材開幕府治邊抗敵的讚揚；後一首中「獨有此心無遠近，歲寒猶欲試冰霜」，引用《論語》「歲寒而後知松柏之後凋」語，頌揚陳經略不畏艱難出戍邊境的忠貞愛國熱情。李流謙《送張仲山守唐安二首》其二：「南浦波輕草色微，蹇驢遙路獨依依。暖風旌旆春隨去，細雨犁鉏麥正肥。驛騎蚤聞催迅召，邊屯猶未解重圍。謝家父子名江左，折屐行看破賊歸。」〔註 149〕借東晉謝安叔侄破賊殺敵比擬張仲山，表達了對友人的希望。葉夢得《送馬參議觀國從闢劉太保》：「伏波老自厭壺頭，壯志諸孫凜未休。稍喜犬羊從絕塞，即聞貔虎靜中州。先聲早已傳推轂，婉畫

〔註 147〕《劍南詩稿校注》卷五二，第 3086 頁。

〔註 148〕《全宋詩》卷二〇九〇，第 38 冊，第 23577 頁。

〔註 149〕《全宋詩》卷二一一八，第 38 冊，第 23948 頁。

聊煩佐運籌。好去劉公書一紙，無忘老子上南樓。」〔註 150〕對馬觀國從戎「佐運籌」提出希望。

再如詩句「鎮南旌旆照江皋，入幕如今客最高。……莫戀陽關更西路，九關歸路踏金鼇」〔註 151〕，「幕府寧淹薄，諸公肯薦延。功名第遲速，強飯且加鞭」〔註 152〕，「登壇不獨風騷將，出幕他年看節旄」〔註 153〕，「襄陽耆舊流風在，幕府文書並省餘。……萬里功名從此始，勉旃聲價百磚礫」〔註 154〕，「政成更上平戎略，歸作麒麟第一功」「疇昔追風幸執鞭，詞場好在筆如椽。十年睎驥猶瞠若，晚歲登龍未偶然」〔註 155〕，「天意元來向事功，謹毋暇心向金玉」〔註 156〕，都表達了對友人的希望與勉勵。

2. 借送別表達作者的態度、情感與觀點

文人常借送別他人入幕表達自己對中原陸沉的悲憤與卻敵報國的理想。如陸游《送七兄赴揚州帥幕》：

> 初報邊烽照石頭，旋聞胡馬集瓜州。諸公誰聽芻蕘策，吾輩空懷畎畝憂。急雪打窗心共碎，危樓望遠涕俱流。豈知今日淮南路，亂絮飛花送客舟。〔註 157〕

首聯點明了邊境烽照、金兵集結瓜州南侵的背景，表達了對故國淪陷的悲痛；頷聯對神州陸沉、自己無機恢復報國表示出悲憤之情；頸聯遠望神州不禁黯然傷神；尾聯點明送別主題。整首詩重點並不在寫送別，而在借送人之機表達自己的情感。趙鼎《送張汝霖糾左馮翊六絕》其一：「風流幕府固多閒，冷落曹司絕往還。舉酒高樓誰作伴，何妨借取華州山。」〔註 158〕借送別表達恢

〔註 150〕《全宋詩》卷一四〇六，第 24 冊，第 16195 頁。
〔註 151〕范成大《送施元光赴江西幕府》，《全宋詩》卷二二四九，第 41 冊，第 25815 頁。
〔註 152〕韓元吉《送張仲良二首》之二，《全宋詩》卷二〇九五，第 38 冊，第 23638 頁。
〔註 153〕王之望《上曾二丈仲成》，《全宋詩》卷一九四三，第 34 冊，第 21704 頁。
〔註 154〕許及之《送石謙伯就許襄陽辟》，《全宋詩》卷二四五一，第 46 冊，第 28358 頁。
〔註 155〕韓元吉《送湯丞相帥會稽》其三，《全宋詩》卷二〇九七，第 38 冊，第 23666 頁。
〔註 156〕陳傅良《送蕃叟弟赴江西帥幕分韻得獨字》，《全宋詩》卷二五三〇，第 47 冊，第 29253 頁。
〔註 157〕《劍南詩稿校注》卷一，第 54 頁。
〔註 158〕《全宋詩》卷一六四五，第 28 冊，第 18428 頁。

復中原的希望。王之望《和戴禹功幕府歸來三首》之三：「臨淮終日鑒修眉，水外遙山尺五低。我欲騎雲叫閶闔，請將捕寇付平西。」〔註159〕借送別表達抗敵殺賊的人生理想。

南宋文人常借送別他人表達自己的政治、軍事觀點。如葉夢得《次韻馬參議留別》：

> 戎車百兩去難攀，秣馬前驅矢石間。析木舊津吞朔易，神都新令憒賓顏。傳聲已報連三捷，觸熱那辭冒百艱。束縛會看擒頡利，灰釘何待執戎蠻。清談一笑時能共，妙語千篇未可刪。緩帶且從黃閣老，峨冠行奉紫宸班。分攜坐歎虛縣榻，老病懷歸祇故山。他日小舟能過我，萬峰深處有柴關。〔註160〕

馬觀國是葉夢得幕府中文人，因病離開幕府歸老故山，在離別時作詩告別幕府諸人，葉夢得此詩次其韻而作。該詩重點不是在寫離別之情，也不是寫馬觀國離幕還家之事，而側重寫宋金戰爭形勢下，宋軍幕府征戰的艱難辛苦，文人從軍入幕、希望建立軍功的理想，以及文人談笑幕府、賦文作詩的軍旅生活。其中「束縛會看擒頡利，灰釘何待執戎蠻。清談一笑時能共，妙語千篇未可刪」句，突出表現了幕中文人既能寫詩作文，又能執戈殺敵的文武之才，表現了葉夢得對文人從戎的肯定。

張栻有《送韓宜州》一詩：

> 頃年未識宜州面，已信諸賢品藻公。幕下從容逢益友，胸中肮髒本家風。一麾且與寬凋瘵，華髮應無慕勇功。從古安邊須自治，人情初不間華戎。〔註161〕

詩中的韓宜州為張栻在幕府中的同僚，張栻借送別表達了自己的軍事觀點。「從古安邊須自治，人情不間華戎」，主張先加強自治，然後出兵抗金。這是張栻一貫的軍事思想的表現。史載紹興三十二年（1162）孝宗即位的當年十二月，張栻入見，即進言：「陛下上念宗社之讎恥，下閔中原之塗炭，惕然於中，而思有以振之。臣謂此心之發，即天理也。願益加省察，而稽古親賢以自輔。毋使其少息，則今日之功，可以立成。」〔註162〕張栻認為進軍北上，恢復中原，符合「天理」，但同時又指出恢復中原必先使自己有「必勝之形」，所

〔註159〕《全宋詩》卷一八二〇，第34冊，第20259頁。
〔註160〕《全宋詩》卷一四〇六，第24冊，第16195頁。
〔註161〕《全宋詩》卷二四一七，第45冊，第27897頁。
〔註162〕《要錄》卷二〇〇，紹興三十二年「是冬」條，第3409頁。

謂「必勝之形」，指「以其胸中之誠足以感格天人之心而與之無間」，亦即「當以明大義，正人心為本」。主張以內修為主，使士人皆「正心誠意」，並在此基礎上內治，「欲復中原之地，當先有以復其百姓之心。欲得中原之心，當先有以得吾百姓之心。而求所以得吾民之心者，豈有它哉，不盡其力，不傷其財而矣」。〔註163〕張栻在另一首詩《送劉樞密留守建康》中稱：「吾皇志經略，此地合綢繆。不應萬全策，歲月空悠悠。先當植本根，次第施良籌。未聞欲外攘，而乃忽內修。……」〔註164〕，亦主張「植本根」，先內治後外攘，具體到幕府而言應該「幕府方宏開，人才要旁搜」，廣泛起用人才。

南宋一些主和派文人的送別詩應予以注意，他們常在詩中有意迴避了對戰爭的態度與對戰爭形勢的交待，表現出對戰爭的疏離態度。如張嵲《送馮元通帥夔》：

> 烈士志徇名，仁人思愛日。馮公杖節歸，頗全忠孝術。狂童昔兆亂，天常幾反易。大臣清國屯，公實預謀畫。白士為臺郎，未省聞在昔。義為軒冕重，功在鐘鼎勒。十載猶故官，念言為伊鬱。逌來升宰士，式序期日夕。囊封卻復上，告去吏甫力。官榮豈不懷，志養不遑息。顧我廢蓼莪，日念掃塋域。公方詠南陔，肯為高官職。絕裾舊疑溫，抗疏今師密。都門行餞君，視古無愧色。柔甘既獲奉，中外等事國。雖是平生言，勉哉宣澤□。〔註165〕

馮元通即馮康國，曾知夔州。張嵲在紹興中期是黨附秦檜的主和派文人，此詩為送別帥臣入邊抗金時所作，主要讚揚帥臣的忠君之德義與輔國之功勳，稱其「視古無愧色」，並對其提出了「忠孝兩全」的希望，多為應酬性語言，無多少實質性內容。在宋金戰爭形勢日益嚴峻的情況下，張嵲送別文人戍邊時對戰爭形勢與自己的戰爭態度極少涉及，體現了主和派文人的詩歌特徵。

（四）幕府軍旅詩的藝術特點

唐代文人從軍入幕，帶來了邊塞詩的繁榮，以盛唐岑參、高適為典型代表。與唐代尤其是盛唐邊塞詩相比，南宋邊塞詩呈現出鮮明特徵。

〔註163〕朱熹《右文殿修撰張公（栻）神道碑》引張栻語，《全宋文》卷五六七五，第253冊，第28頁。

〔註164〕《全宋詩》卷二四一六，第45冊，第27885頁。

〔註165〕《全宋詩》卷一八三七，第32冊，第20454頁。

首先，就其內容來看，唐代詩人普遍嚮往邊塞幕府生活，希望通過建立軍功留名青史，「請君試上凌煙閣，若個書生萬戶侯」（李賀《南國十三首》之一），集中代表了其羨慕凌煙閣上的萬戶侯和功臣武將的思想，表現出對戰爭的禮讚與對棄文從戎的渴望；宋代崇文抑武，整個士林尚壯元輕戎士，普遍追求「畢竟凌煙像，何似輞川圖」〔註 166〕，幕府寫旅詩也表現出對武功的輕視。

其次，就其表現手法來看，唐代邊塞詩描摩出邊塞風物的奇崛瑰麗，紀寫了血腥慘烈的戰鬥場面，表達出主體殺敵報國、誓死一戰的豪邁之情。南宋幕府軍旅詩極少以新奇之筆描寫邊塞風物，很少正面描寫戰爭的悲壯場面與武士殺敵的情景，更多地從大處著眼，大筆勾勒，點出戰爭的時代背景，冷靜客觀，表現出對戰爭的有意疏離。唐代邊塞詩融寫景、抒情於一體，意象渾融。南宋邊塞詩則一變唐代的寫景抒情為議論，多借議論以表達自己的觀點與自己的理想，但議論常流於空泛，情感的表達有時給人矯揉造作之感。

最後，從總體風格上言，唐代邊塞詩多抒發了征戰的豪情，洋溢著征服四夷的昂揚自信，風格豪放瑰奇，情感慷慨激昂；南宋幕府軍旅詩則多了一層厚重的壓抑感、孤獨感與對民族前途的憂慮焦灼，情感趨於冷靜客觀，風格沉鬱悲涼。

這體現了不同的時代對文學精神與風格的影響。唐代邊塞詩是唐代尚武崇俠文化背景的產物，是昂揚奮發的盛世精神的體現；宋代邊塞詩是在宋廷國勢江河日下、邊境不斷內遷的背景下產生的，是南宋積貧積弱的社會現實與文人怯懦心理的呈現。

二、幕府散文

幕府文人進行散文創作，包括檄文、露布、表啟等軍事文書，也包括歷史紀實性散文和廳堂臺閣序記體散文。軍事文書多以四六文寫成，在南宋四六文漸趨衰微的情況下，對保留四六文特性、豐富散文文體具有一定意義。幕府紀實性散文記載戰爭歷史，具有補正史之闕的意義。幕府序記體散文具有鮮明的戰爭色彩，是較為獨特的文學散文。

（一）幕府軍事文書

幕府屬官以處理文案工作為主要職責，所謂「幕府專治文書」〔註 167〕。

〔註 166〕張元幹《水調歌頭》（放浪形骸外），《全宋詞》第 1399 頁。
〔註 167〕薛季宣《與虞丞相劄子》，《全宋文》卷五七七九，第 257 冊，第 141 頁。

這些「文書」包括草擬書啟、謝表、奏章以及檄文、露布等。書啟是幕府與朝廷或他人的書信往來。謝表是幕主回應朝廷除命時所作。奏章是幕府有事向朝廷彙報時所作。「檄書」指「彰彼之罪惡，所以出師之由，以感動人心，期與天下共誅之也」，是一種申討、告誡敵人的軍事文書。如《宋史》記載：「壬寅，浚得謫命，恐將士解體，紿曰：『趣召之命也。』是日，呂頤浩至平江，與浚對泣曰：『事不諧，不過赤族。』乃命幕客李承造草檄告四方討賊。賊聞勤王之兵大集，即呼馮轓、勝非議覆辟。」〔註 168〕「報捷」是「奏勝之書也」，「露布」指「誅討奏勝之書也」〔註 169〕。

幕府軍事文書基本上都用四六寫成。四六文在唐代、北宋前期得到很大發展，但北宋中期卻受到很大限制。宋代文人邵博有一段文字敘述其發展脈絡：「本朝四六，以劉筠、楊大年為體，必謹四字六字律令，故曰四六。然其敝類俳語可鄙。歐陽公深嫉之曰：『今世人所謂四六者，非修所好。少為進士時不免作，自及第遂棄不作。在西京佐三相幕府，於職當作，亦不為作也。』如公之四六云：『造謗於下者，初若含沙之射影，但期陰以中人；宣言於廷者，遂肆鳴梟之惡音，孰不聞而掩耳。』俳語為之一變。至蘇東坡於四六，如曰：『禹治兖州之野，十有三載乃同；漢築宣防之宮，三十餘年而定。方其決也，本吏失其防，而非天意；及其復也，蓋天助有德，而非人功。』其力挽天河以滌之，偶儷甚惡之氣一除，而四六之法則亡矣。」〔註 170〕四六文之名出現在北宋，以追求句字格律對偶為主要特徵。北宋中期歐陽修、蘇軾對四六文進行改造，以散體句式打入駢四儷六，以散體情氣行文，呈現駢散交融之勢，具有一定的文學意義，從四六文本身的發展來看，以散句融合四六句式，消泯了四六文固有的法則與特性，從而遏制了四六文的發展。歐陽修、蘇軾倡導散體文之後，士大夫以為「文章於道為小友，四六又文章中之小技」，導致了四六文的衰落。南宋幕府文人創作了大量軍事文書，保留了四六文的特點，促進了四六文的發展，在四六文的發展史上有一定意義。而少數優秀的幕府四六文往往能夠以情貫注，不僅句式鏗鏘有力、行文詞采華美，而且文脈流暢、情感激蕩，具有一定的審限價值。

〔註 168〕《宋史》卷四七五《劉豫傳》，第 13807 頁。
〔註 169〕宋·趙昇《朝野類要》卷四，影印文淵閣四庫全書本。
〔註 170〕邵博《聞見後錄》卷一六，劉德權、李劍雄點校，中華書局 1983 年版，第 124 頁。

幕府軍事文書並非一般公文，代表了幕府文人的軍事觀點與戰爭態度。如紹興八年（1138），金朝以河南三京之地還宋，與宋人講和息兵，宋廷遣王倫使金議和。岳飛力言和議不可恃，令幕僚張節夫撰《謝講和赦表》，其中有言：

睹時制變，仰聖哲之宏規；善勝不爭，實帝王之妙算。念此艱難之久，姑從和好之宜。睿澤誕敷，輿情胥悅。竊以婁敬獻言於漢帝，魏絳發策於晉侯。皆盟墨未乾，歃血猶濕。俄驅南牧之馬，旋興北伐之師。蓋敵每不情而轉移，無信莫守金言之約，難充溪壑之求。圖苟安而解倒垂猶之可也，欲長慮而尊中國，豈其然乎？恭惟皇帝陛下，大德有容，神武不殺。體幹之健行，巽之權務。和眾以安民，乃講信而修睦。已漸還於境土，想喜見其威儀。臣幸遇昌時，復睹盛事。身居將閫，功無補於涓埃，口誦詔書，面有慚於軍旅。尚作聰明而過慮，徒懷猶豫以致疑。謂無事而請和者謀，恐卑辭而益備者進。願定謀而全勝期，收地於兩河。唾手燕雲，正欲復仇而報國，誓心天地，當令稽首以稱藩。〔註171〕

名為慶賀和議達成，實為請戰宣言，軍事文書成為作戰武器，表達了岳飛將帥幕府反對和議、堅決抗敵的決心，結果引起朝廷不滿，宰相「秦檜見之切齒」〔註172〕，可見其情感力量之大。

再如岳飛罷樞密使，幕僚沈作喆作謝表，有「功狀蔑聞，敢遂良田之請；謗書狎至，猶存息壤之盟」〔註173〕語，是岳飛對自己無辜受謗的憤慨，也表達了其堅決抗擊金兵的決心，史稱秦檜「讀之不樂」〔註174〕。文書成為表達思想情感的工具，故具有強大的影響力。

（二）幕府歷史散文

南宋幕府文人常把邊境戰爭記載下來，創作了一批戰爭史傳散文。這具有重要的歷史意義，可以起到彌補正史之闕的作用。

李綱有《靖康傳信錄》《奉迎錄》《建炎時政記》《建炎進退志》《建炎制詔表劄集》《宣撫荊廣記》《制置江右錄》等文，詳細記載了李綱在靖康、建炎間開府治邊的情況，是瞭解南渡初期戰爭歷史與軍事形勢、軍事制度的重

〔註171〕《三朝北盟會編》卷一九二，紹興九年正月。
〔註172〕《三朝北盟會編》卷一九二，紹興九年正月。
〔註173〕沈作喆《為岳侯作謝表》，《全宋文》卷四三八〇，第198冊，第177頁。
〔註174〕（明）陶宗儀《說郛》卷一九上。

要文獻。明庭傑有《吳武安公功績記》。明庭傑字俊民，金堂人，「其學貫穿，甚知兵，且練時事而數奇」，入張浚幕府，應宣撫司參議馮康國之命，記吳玠之功績。張發稱該記「文實語詳，果有未聞知者」〔註175〕。蹇駒有《采石瓜州斃亮記》。蹇駒曾為虞允文幕僚，「尚慮四方萬里之遠，未盡周知（采石之戰），就為紀次之。其文質實典雅，筆勢遠軋韓、柳，蓋與夫靡曼不根者去萬萬矣」〔註176〕。李流謙有《分陝志》。孝宗乾道四年（1168），李流謙為四川宣撫使虞允文幕僚，虞命之裒集張浚事蹟，李流謙「諏諸耆舊，訪之老校退卒，皆僅有存者，而莫能端倪。又求之於腐簡破牘……於是隨搜閱所獲一二掇拾，凡切軍民大計，關邦國至謀，悉以類從，別為十門，門各敘其大凡，為二十卷。起建炎三年夏六月，終紹興三年夏四月」〔註177〕。該書記載張浚備邊抗金之事甚詳。劉錡幕客無名氏有《淮西從軍記》一卷。〔註178〕敘述劉錡自紹興十年（1140）春赴東都留守，中途與金人戰於順昌、十一年戰於柘皋，及張俊、楊沂中濠州之敗，劉錡全軍得歸之事。記載劉錡抗金事蹟與戰爭過程甚詳，可以裨史志之缺失。《中興遺史》六十卷，專論軍中戰爭事宜，作者不詳，陳振孫《直齋書錄解題》稱：「從義郎趙甡之撰。」從其寫作時間與內容來看，該書「慶元中上進其書，大抵記軍中事為詳，而朝政則甚略」，陳振孫據此認為「必當時遊士往來邊陲，出入幕府者之所為」〔註179〕，為幕府中產生的史傳作品。

文人入幕往往有征戰的親身經歷，故對戰爭過程與守邊將士的事蹟記載真實詳細。如張發作史書參考明庭《吳武安公功績記》，稱：「乾道乙酉，予既作補遺志，其大者凡數十事，以遺其少子參議，且類宸翰詔命碑鏤為一集，目之曰《保蜀忠勳》，庶備國史，異時採擇，因使蜀士大夫知本末，而後之為大將者有所矜式。書成，人喜讀之，薦紳遺傳已滿四川，然意尚有遺也。」後來，張發得見明庭傑《功績記》，認為「文實語詳，果有未聞知者」，故把明庭傑《功績記》「鏤之集中，以補遺焉」，而明庭傑能夠記載吳玠武功甚詳，其原因在於「方忠烈用兵，渠在張魏公幕府，親所聞見」〔註180〕。

〔註175〕《三朝北盟會編》卷一九五，紹興九年六月，引張發《吳武安公功績記序》。
〔註176〕得軒漫叟《采石瓜洲斃亮記序》，見蹇駒《采石瓜洲斃亮記》。
〔註177〕李流謙《分陝志總序》，《全宋文》卷四九〇三，第221冊，第231頁。
〔註178〕《欽定四庫全書總目》卷五二《〈淮西從軍記〉》，第727頁。
〔註179〕《直齋書錄解題》卷四。
〔註180〕《三朝北盟會編》卷一九五，紹興九年六月，引張發《吳武安功績記序》。

（三）幕府序記散文

南宋幕府文人還寫下了一些序記題跋類散文，紀寫幕府軍營生活，表達政治態度、戰爭觀點，具有一定的時代特色。

陸游乾道八年（1172）寫於王炎幕府的《靜鎮堂記》是幕府記序文的代表作。該文現存於《渭南文集》卷一七，為了更好地理解該文及幕府文人心理，現將全文引錄如下：

> 四川宣撫使故治益昌。樞密使清源公之為使也，始徙漢中，即以郡治為府。郡自兵火滁地之後，一切草創。公至未幾，凡營壘廄庫吏士之廬，皆築治之，使堅壯便安，可以支久，而府獨仍其故。西偏有便坐，日受群吏謁見，與籌邊治軍，燕勞將士，靡不在焉，而其壞尤甚。公既留三年，官屬數以請，始稍加葺，易其傾撓，徹其蔽障，不費不勞，挾日而成。會上遣使持親詔，賜黃金奩寶薰珍劑以彰殊禮。公遂摭詔中靜鎮坤維之語，名新堂曰靜鎮，而命其屬陸某記之。
>
> 某辭謝不獲命，則再拜言曰：以才勝物易，以靜鎮物難。以靜鎮物，惟有道者能之。泰山喬嶽之出雲雨，明鏡止水之照毛髮，則靜之驗也。如使萬物並作，吾與之逝，眾事錯出，吾為之變，則雖弊精神，勞思慮，而不足以理小國寡民，況任天下之重乎？歲庚寅，某自吳適楚，過廬山東林。山中道人為某言，公嘗憩此院，閉戶面壁，終夏不出。老宿皆愧之。則公之刳心受道，蓋非一日矣。世徒見公馳騁於事功之會，而不知公枯槁澹泊，蓋與山棲谷汲者無異；徒見公以才略奮發，不數歲取公輔，而不知公道學精深，尊德義，斥功利，卓乎非世俗所能窺測也。而上獨深知之，故詔語如此。傳曰：「知臣莫若君。」詎不信哉！雖然，某以為今猶未足見公也。金暴中原久，腥聞於天，天且悔過，盡以所覆畀上，而公方弼亮神武，紹開中興。異時奉鑾駕，奠京邑，屏符瑞之奏，抑封禪之請，卻渭橋之朝，謝玉關之質，然後能究公靜鎮之美云。乾道八年七月二十五日，門生左承議郎權四川宣撫使司幹辦公事兼檢法官陸某謹記。〔註181〕

〔註181〕《陸遊集．渭南文集》卷一七《靜鎮堂記》，第2136頁。

第一部分記王炎宣撫四川時葺修治所；第二部分以孝宗詔書「靜鎮坤維」語名其堂曰「靜鎮堂」，表明了帥臣王炎心性之靜足以御物；第三部分以議論之筆，重點敘述王炎在追求功名時，澄懷靜性、超然淡泊的情懷及其重德義輕功利的儒家品格；第四部分則對王炎異日恢復中原、紹開中興、回到朝廷政權中心以輔佐帝王、治理國家提出希望，再次強調王炎「靜鎮之美」。該文圍繞著「鎮靜」二字引發議論，不敘堂之廢棄修葺的詳細過程，而重點論述幕府將帥之品格修性，表達自己的政治觀點態度，具有鮮明的政治色彩與時代特徵。

葉適於孝宗淳熙十六年（1189）獲添差湖北安撫司參議官之命，治所在江陵府。在任期間，葉適作《江陵府修城記》〔註 182〕一文。該文首先指出做記原因：太原閻公治江陵，對葉適道「子以謀議名官，記子職也」，認為作記文是幕府參議官的職責，要求葉適作記。接著葉適概括記寫靖康之難後江陵一片破敗的景象，寓含了沉痛的黍離之悲：「始，江陵息靖康之難，伐茭蘆，逐虎豹，四招流民，重立坊市，垂五十載，漸還故初。惟城朽敗日甚，毀垣頹塹，莫補莫續，驢馬之馱可徑，門關之闔不楔也。」然後記載趙雄修葺治所的詳細過程，並抒發議論：「至尊壽皇聖帝，順天從時，不輕試征伐，自淮南至京以西，數千里險害之地，皆特使將軍城之，州縣主給期會而已。」對宋金講和約好，宋廷嚴飭武備、選練將士表示贊同。該文敘議結合，重點表達自己對現實的感慨與對政治的態度，具有鮮明的時代特色。

葉夢得在建康府任上所作《府學記》〔註 183〕一文。該文首先指出自己對戰爭與文事的看法，「先王以武定天下，必以文終之」，並引孔子語「俎豆之事則嘗聞之矣，軍旅之事未之學也」，指出軍旅之事對於國家治理必不可少，然而儒家絃歌之音才是使「大道」行於天下、天下大治的重要手段。接著他指出「學校固禮義之所從出，而斯文之所先也」，學校對於禮義教化具有重要意義。然後記載了自己修建府學的詳細過程。最後作者論道：「四方用兵踰十年，學校之列於郡國者，其亡與存，我不敢知。惟天子以仁義勤儉治天下，克復大業，願與中外休息，還之承平者，蓋終食不忘也。上帝監觀，亦既歸我河南之地，兵革漸息，惟舜、宣王之德，於茲將興。吾邦號陪都，視定鼎郟鄏，實為宗周，是亦風化之首，其復有學自今始。肉食者其可不推子產之為鄭，以求先聖眷眷俎豆之意，相與先後輔成吾君之志。布衣韋帶亦必有宏達英偉之士，拔於草萊，

〔註 182〕《葉適集·水心文集》卷九，第 138 頁。
〔註 183〕《全宋文》卷三一八三，第 147 冊，第 334 頁。

接踵繼起，由此而出，以共濟一世者。子大夫尚勉之！」點明了紹興八年(1138)金人還歸河南諸地、宋金講和的時代背景，提出在兵革漸息的情況下，宋廷應該傚仿周宣王中興周室之功，加強文治，倡導仁德，教化天下，並最終形成海內興盛的中興氣象，具有明確的現實意義。

幕府文人在宴集時進行詩文唱和，在寫作上可能較幕府公文隨意，岳珂記載：「蜀伶多能文，俳語率雜以經史，凡制帥幕府之宴集，多用之。」〔註184〕幕府唱酬文竟然不避「俳語」。

南宋幕府軍旅文學的產生緣於文人統兵八萬的軍事實戰。其軍事行為直接影響了文學創作。首先，為詩人提供了豐富的創作素材，開拓了詩歌創作的藝術境界。劉宰稱：「詩貴乎工，然非身更此境不能為此語。杜子美久於羈旅，故語多淒切；韓退之洊遊賓幕，故語多嚴整；陶元亮去在田園，故語多閒曠。」〔註185〕指出詩歌創作與詩人經歷之間的密切關係。入幕邊塞往往成為詩人詩風轉捩的關鍵，如陸游入幕南鄭，詩歌境界為之一變，即是突出代表。其次，幕府文人頻繁的唱和交遊活動推動了詩歌創作。另外，幕府文人創作軍事文書、紀寫戰爭歷史、創作序記等散文，在宋代散文發展史上都具有一定的意義。

第三節　南宋使金文學

南宋使金文人把他們出使金國過程中的所見、所聞與所感記載下來，創作了一批使金詩。就其創作地點來看，使金詩可分為兩類：一類是詩人滯留金國時創作的詩歌，一類是詩人在使金過程中創作的詩歌。第一類多反映留金詩人強烈的思國懷鄉之情，表達出渴望休兵息戰的願望與不辱使節的人生理想。在藝術表現上，多關注身邊細小的事物，少用典故，多以白描手法寫景抒情。第二類多表達故國破亡的深沉悲悼，對遺民思漢的深切同情，對朝廷政策的批判與針砭，表達持節異域、不辱使節的決心，具有鮮明的時代內涵，促進了古代「紀行詩」的發展。

一、留金詩人的詩歌創作

宋金交戰多年，宋廷屢次派遣使臣出使金國，其中一部分不辱使命，與金

〔註184〕岳柯《桯史》卷一三《選人戲語》，第156頁。
〔註185〕劉宰《書沈少白詩稿後》，《全宋文》卷六八三八，第300冊，第33頁。

人進行艱難的交鋒之後回朝，但也有一部分使臣被金人扣留，甚至命歸異國。據《金史》卷七九《王倫傳》記載：「凡宋使者如倫及宇文虛中、魏行可、顧縱、張邵等，皆留之不遣。」紹興十三年（1143）因宋金議和，羈留金國達十五年之久的張邵被金人遣還，上朝入見高宗時奏道：「靖康以來，迄於建炎，使於金人而不返者至數人。若陳過庭，若聶昌，若司馬樸，若滕茂實，若崔縱，若魏行可，皆執於北荒，歿於王事。」〔註 186〕本節將以宇文虛中、洪皓、朱弁三人為研究對象，探討其詩歌的思想內容與藝術風格，藉此一窺留金詩人特殊的心理情感。

朱弁（1085～1144）字少章，號觀如居士，婺源（今屬江西）人，移居新鄭（今屬河南），欽宗靖康末避亂南方。高宗建炎元年（1127）以修武郎、閤門宣贊舍人為通問副使，隨正使王倫使金探問徽、欽二帝被留，金屢受官職不受。紹興十三年（1143），宋金議和成，與洪皓、張邵同時遣還。著有《聘遊集》《輶軒唱和集》，已佚；《曲洧舊聞》《風月堂詩話》今存。《宋史》卷三七三有傳。《全宋詩》據金元好問《中州集》輯出朱弁詩歌四十首，據明代《新編增廣事聯詩苑叢珠》《永樂大典》等輯得詩五首，其中多為朱弁羈留時所作。

宇文虛中（1079～1145）原名黃中，字叔通，別號龍溪老人，華陽（今四川成都）人，徽宗大觀三年（1109）進士。宣和間帥慶陽，尋罷知亳州。宣和末為翰林學士，金宋交戰期間多次奉使金軍營中商談和議。高宗建炎二年（1128）以祈請使使金，名為請金人歸還靖康中擄去的徽、欽二帝，實與金人議和，金人愛其才授以官職，後遷至翰林學士都承旨。紹興十五年（1145）因以蠟書與宋通消息，並密謀奪取兵權南奔被覺察，全家被害。其事見《三朝北盟會編》卷二一四、二一五，《宋史》卷三七一有傳。

洪皓（1088～1155）字光弼，饒州鄱陽（今江西波陽）人。徽宗政和五年（1115）進士。高宗建炎三年（1129）以徽閣待制假禮部尚書使金被留，紹興十三年（1143）始歸。有文集五十卷，已佚。《宋史》卷三七三有傳。洪皓作品今存日錄《松漠紀聞》二卷，詩文集《鄱陽集》四卷，其中詩歌多為留金時所作。

（一）留金詩人詩歌創作的思想情感

朱弁等留金詩人詩歌的思想內容包括以下幾方面：首先，抒寫強烈的思國懷鄉之情；其次，表達渴望休兵息戰的願望；另外，表達不辱使命的忠貞節操。

〔註 186〕《要錄》卷一四九，紹興十三年八月庚子條，第 2405 頁。

1. 表達流落思歸的情感

南宋使臣始終對自己手持使節、流落異國的身世遭遇感到悲慨憤恨，在其詩中表現出強烈的思歸之情。他們總是以「客」稱自己，是從心底對金國文化與風俗習慣的疏離，如朱弁詩句「愁工縈客思，夢故遶江鄉」，「兵氣常時見，客懷何日開」（《客懷》），「客館但愁坐，釣舟誰醉眠」（《白發》）。〔註 187〕洪皓詩句「母曰嗟予久行役，寧知萬里為羈客」〔註 188〕，「客思劇飲逃三伏，人患苛留阻一呼」〔註 189〕。他們還自比為囚徒，表現出對久留金國生活不自由的憤慨，及無法歸宋的悲歎。如洪皓稱「不見朝正祇自悉，展親弗逮袞州囚」〔註 190〕。洪皓在句下自注曰：「張華原為刺史，獄有繫囚，張曰：『三元之始，念卿幽閉，給假五日，足得展謁親親。』」即使如犯有死罪的「擊囚」也有假期探望雙親，而自己長期被拘押囚禁於金國，不得侍奉老母，實比囚徒更不如。被拘宋臣在金國的生活非常不自由，處處受到監視，這從洪皓詩文中可見，他稱「南國人情都不遠，賦詩懷遠莫相疑」〔註 191〕，聲稱自己寫作詩歌只是為了表達思念老母的情感，告知金人無須懷疑。

自古「忠」「孝」是儒家倫理中最高的道德要求，「忠」對君，「孝」對親，文人雖然常面臨忠孝不能兩全的窘境，但至少可以有一全。對於遠囚敵國的使金文人，既不能對君盡忠，也不能對親盡孝，他們常在詩中表達對宋君的深切思念與對親人的無比懷念。如朱弁《有感》：「容貌與年改，鬢髮隨意斑。雁邊雲度塞，鳥外日銜山。仗節功奚在，捐軀志未間。不知垂老眼，何日睹龍顏。」表達了對宋廷皇帝的思念。使金文人更多的是對高堂老母的思念。洪皓在留金期間，有多首思念母親的詩，如《念母》：「覆命無由責在我，可堪甘旨誤慈親。飄零殊異三年宦，遺肉知存愧餓人。」〔註 192〕表達出老母在堂、不能親奉的悲痛之情。《懷母》：「行年已是老衰秋，覆命稽遲為縶留。戀主思親歸未得，夢魂長繞大江頭。」〔註 193〕洪皓使金年四十一，中年出使且歸國無期，老母

〔註 187〕朱弁《夜雨枕上》，《全宋詩》卷一六三二，第 28 冊，第 18316、18317 頁。

〔註 188〕《中秋》，《全宋詩》卷一七〇一，第 30 冊，第 19169 頁。

〔註 189〕《次韻朱少章潭園馬上口占》其二，《全宋詩》卷一七〇二，第 30 冊，第 19182 頁。

〔註 190〕《元日有感》，《全宋詩》卷一七〇二，第 30 冊，第 19177 頁。

〔註 191〕《老母亦以是月生行年七十有三矣有感而作》，《全宋詩》卷一七〇一，第 30 冊，第 19170 頁。

〔註 192〕《全宋詩》卷一七〇一，第 30 冊，第 19170 頁。

〔註 193〕《全宋詩》卷一七〇二，第 30 冊，第 19189 頁。

在堂不能親自奉養，這不能不使詩人悲從中來。洪皓還有詩《老母亦以是月生行年七十有三矣有感有作》：

息肩弛擔未多時，便祝郎君願德彌。念母年高班絳老，為儒學淺愧蕭師。三年不問交鄰道，萬里寧知覆命期。南國人情都不遠，賦詩懷遠莫相疑。〔註 194〕

金丞相之子彥清生日之際，全朝歌舞晏飲，極盡喜樂之能事。洪皓想到母親也是此月生日，且已是七十三歲高齡，自己卻遠在異國，即使寫詩作文表達對母親的思念也受到金人的監視猜疑，哪怕盡一點微薄的孝心也不可能，沉痛之情可以想見。

對滯金使臣來說，重大的節日往往是他們思歸之情最為強烈的時候。中國古代士大夫非常重視傳統節日，如元日、上巳、寒食、重九、中秋等。這些傳統節日本身具有其特殊的文化淵源，但在千百年的流傳過程中，逐漸淡化了其最初的文化意義，成為表示朋友遊集、家人團聚等普遍意義的節日。中國是一個以農耕為主要生產方式的社會，家族觀念非常濃厚，常年羈旅行役之人，都非常重視在重大節日之際回家與親人團聚。一些不能回鄉與親友團聚的詩人，常借對節日的詠歎表達思念親友的情感，這就出現了一大批節俗文學，具有濃厚的民族文化特色。對於拘禁於千里之外的使金文人而言，他們在金國度過無數節日，在家山萬里、身心極度不自由的情況下，在他人歡聚宴飲之時，他們的思鄉懷國之情常不能自已，常借對這些傳統節日的詠歎，表現出思念親友、渴望與親人團聚的濃烈情感及長年不得歸宋的悲憤之情。其節俗詩既是對個人長年羈旅行役的悲歎，又是國破家亡的時代感憤。

如朱弁詩《善長命作歲除日立春》：

土牛已著勸農鞭，葦索仍專捕鬼權。且喜春盤兼守歲，莫嗟臘酒易經年。東風漸入江梅夢，朔雪猶迷塞柳天。元會明朝定何處，羈臣揮淚節旄前。

新春除夕是象徵親人團聚的民族傳統節日，詩人抓住臘月歲除這一特殊節日表達情感。前兩聯鋪寫北地風俗，呈現一片喜氣；頸聯通過對比，突出朔地風雪漫天的氣候特徵；尾聯則直接抒情，表達了獨在異鄉聽人擺佈的無奈與長期羈留無法完成使命的悲慨。全詩情景交融、情感沉鬱，有杜詩意境。

〔註 194〕《全宋詩》卷一七〇一，第 30 冊，第 19170 頁。

再如朱弁《元夕有感》：

> 朔雪餘千里，東風遍九州。關河中土異，燈火上元愁。綠蟻嘗新釀，青貂戀故裘。紫姑無用卜，世事正悠悠。

上元即正月十五，在這一天宋朝全國上下舉行燈展。金國初無這種風俗，至紹興初始盛。據洪皓記載：「女真舊不知燈夕，己酉歲（1129年，建炎三年），有僧被掠至其闕，遇上元以長竿引燈球，表而出之以為戲。金主見之大駭，問左右曰：『得非星邪？』左右以實對。時有南人謀變，事泄而誅。故金主疑之曰：『是人慾嘯聚為亂，剋日時立此以為信耳。』命殺之，後數年至燕，頗識之，至今遂盛。」〔註195〕異國觀燈戲、家國在遙遠的關河之外，詩人借樂景樂事，反襯出流落羈旅之哀情，使樂者更樂，哀者更哀，並借物之「戀故」，表達渴望回歸故國的深切希望。

寒食節也是引發詩人思鄉之感的節日。「寒食」起源於「火焚綿山」的傳說，最早見於《莊子·盜跖篇》：「子推抱木燔死。」其次見於西漢劉向《新序》：「文公訪之，（子推）不肯出，求之不得，以為焚其山宜出，及焚其山，（子推）遂不出而死。」南朝梁宗懍《荊楚歲時記》記載：「去冬節一百五日，即有疾風甚雨，謂之寒食，禁火三日，造餳大麥粥。」〔註196〕寒食與清明靠近，後漸與清明合而為一。寒食節在流傳過程中，漸漸淡去了其本來的紀念意義，演變成為人們上墳祭祖之餘，踏青郊遊、與親友酬唱宴飲的節日。這從唐代一批寒食節俗詩的思想內涵可知。眾多不能在節日之際與親友相聚的文人，則常借寒食、清明節抒發自己離別思鄉之情。滯金文人也常借寒食節表達自己去國懷鄉之感。朱弁《寒食》兩首：

> 絕域年華久，衰顏淚點新。每逢寒食節，頻夢故鄉春。草綠唯供恨，花紅只笑人。南轅定何日，無地不風塵。

> 清明六到客愁邊，雙鬢星星只自憐。兵氣尚纏巢鳳閣，節旄已落牧羊天。紙錢灰入松楸夢。餳粥香隨榆柳煙。北向雁來寒霧隔，音書不比上林傳。〔註197〕

詩人借寒食節抒懷，既寫了流落異鄉、故國音書斷絕的孤獨悲苦，又寫了宋金戰事緊張，自己出使異國卻只能像蘇武一樣囚於異國、不能完成議和使命

〔註195〕洪皓《松漠紀聞》卷一，影印文淵閣四庫全書本。
〔註196〕劉坤、金鈴編《夢粱錄（外四種）》，黑龍江人民出版社2003年版，第225頁。
〔註197〕《全宋詩》卷一六三二，第28冊，第18319、18321頁。

的悲憤愧疚之情。詩人借「寒食」這一具有特定含義的節日興起其思緒感慨，通過起興手法，把對國家命運的擔憂與對南方家國的思念結合起來，具有較強的感人力量。再如洪皓《思歸》：

緩頰難支大廈傾，單車久稅阻歸程。慈顏萬里音書絕，忍看東風動紫荊。

垂翅東隅四五年，不知何日遂鴻騫。傳書燕足徒虛語，強學山公醉舉鞭。〔註 198〕

在這首詩下面，洪皓自注曰：「節至思親不覺淚下，因記杜子美詩云：『無家對寒食，有淚如金波。』又云：『佳辰強飲食猶寒，隱几蕭條帶鶡冠。』清明詩云：『風水春來洞庭闊，白蘋愁殺白頭翁。』王元之詩云：『無花無酒過清明，興味都來似野僧。』二公佳句正為我設也。將命求成五年矣，去秋和議，王侍郎南去，我獨淹留，命也如何？感時述懷賦四韻，呈都官兼簡監軍。」注中王郎即王倫，紹興二年（1132）因和議之需，金遣王倫先歸，洪皓使金在建炎三年（1129），此時正五年。注中監軍即陳王固新（完顏希尹），從洪皓注解中可見，這首詩作於紹興二年（1132）清明、寒食之際，洪皓引用杜甫詩句作其詩之注解，很好地表達出有家不得歸、長年羈留異國的痛苦。

使臣借上巳節表達思鄉之情。上巳是我國的傳統節日，早在周代就已經存在。《周禮．春官．女巫》：「女巫掌歲時祓除釁浴。」指人們春天到水邊洗濯，以祓禊去邪。上巳是以干支紀日的曆法（夏曆）中三月的第一個巳日，初時日期不定，到魏晉時固定下來，指三月三日，「漢儀，季春上巳，官及百姓皆禊於東流水上，洗濯祓除去宿垢。而自魏以後，但用三日，不以上巳也。」〔註 199〕隨著時間的推移，上巳日原來民間去邪招魂習俗淡化，增加了曲水流觴的內容，王羲之《蘭亭集序》所記謂「一賦一飲」「暢敘幽情」即是。到了唐代及以後，上巳已成為文人雅士進行聚會、酬唱的重大節日。南宋使金文人在上巳日常常聯想到曾經與友朋聚會賦詩敘情的情景，不禁為自己當前的處境深感悲痛，同時也為國家亂離、人們漂泊的社會現實感到悲痛。如朱弁《上巳》：

行行春向暮，猶未見花枝。晦朔中原隔，風煙上巳疑。常令漢節在，莫作楚囚悲。早晚鸞旗發，吾歸敢恨遲。

〔註 198〕《全宋詩》卷一七〇一，第 30 冊，第 19171 頁。
〔註 199〕唐．房玄齡等《晉書》卷一二《禮志下》，中華書局 1974 年版，第 671 頁。

開頭兩聯以中原與北方金國節候作比，表現了對異國氣候的敏感與不適應，但詩人並未因此沉淪，「常令漢節在，莫作楚囚悲」，即使長年被拘禁，也始終未敢忘懷自己的使命。「早晚鸞旗發，吾歸敢恨遲」，他對南歸故國充滿了信心，並認為只要能回歸故國，再遲也可以等待。正是這種效蘇武氣節、不辱使命的堅定信念，使詩人在異國頑強地度過了十七年，在回歸後第二年即卒，回歸故國的確太遲！朱弁稱「應憐使館久寂寥」(《謝崔致君餉天花》)，他在被拘禁的十七年中，長期住在普恩寺，可以接交的人是非常少的，其寂寞孤獨可想而知。〔註 200〕

另外，使臣也有在重九日詠懷的詩作，洪皓《重九》：

> 馬鞍山會異龍山，蓦節登高作等閒。不逐遊人存靜觀，唯依達士叩玄關。箭穿化鶴君何在，書寄賓鴻使未還。引領庭闈方寸亂，倚松對菊涕潸潸。〔註 201〕

據南朝宗懍《荊楚歲時記》記載「九月九日，四民並籍野宴飲」，「佩茱萸、食餌、飲菊花酒，云令人長壽」。杜公瞻云：「九月九日晏會未知起於何代，然自漢世來未改，今北人亦重此節。近代皆設於臺榭。」〔註 202〕重九節日起源於何時不可考，早自漢代已經存在。人們在重九常登高賞菊，籍朋宴遊。歷代詩人對重陽節的詠歎都離不開賞菊、插茱萸、登高等節俗，而且多為傷別、思親而作。該詩表達了重九之日思國懷鄉之情：前兩聯點出自己於重九熱烈的節日氣氛中獨坐靜觀；頸聯化用「丁齡威化鶴」的典故，表達了時過境遷、即使歸宋，是否還會認出故國的悲慨；尾聯直接以議論為抒情，表現了不得歸國的苦痛。朱弁也有一首《重九》：

> 九日今何地，寒深紫塞霜。敢嫌蘆酒濁，且對芍藥嘗。歲月雙蓬鬢，乾坤百戰場。賜萸知未舉，夢自識鴛行。〔註 203〕

〔註 200〕《山西通志》記載：「弁至金築館三年，庚戌（建炎四年，1130）十月冬，遷寺中，凡十四年。」（卷一六九《寺觀二·大同縣大普恩寺》）朱弁於建炎元年（1127）十一月使金，建炎二年（1128）五月渡過淮河至雲中，「見粘罕，邀說甚切。粘罕不聽，使就館，守之以兵。」（《宋史》卷三七三《朱弁傳》）朱弁首先被拘於雲中驛館三年，建炎四年（1130）遷至普恩寺，至紹興十三年（1143）六月受詔遣返，在寺中渡過了十四年。

〔註 201〕《全宋詩》卷一七〇二，第 30 冊，第 19180 頁。

〔註 202〕劉坤、金鈴編《夢粱錄（外四種）》，黑龍江人民出版社 2003 年版，第 244 頁。

〔註 203〕《全宋詩》卷一六三二，第 28 冊，第 18320 頁。

朱弁以獨特的身份寫作詠歎重陽的詩歌，以北地重九時節地冷天寒的氣候為人物活動的背景，突出表現了詩人身留異國、佳節獨飲的孤苦落寞。

留金詩人多借節慶之日抒寫自己思國懷鄉之情，這些節日成為朱弁抒寫情懷的起興之物。他們常在節日之時感慨傷懷，在樂景的渲染中更見作者孤獨落寞的悲痛，以樂景寫哀情，使哀者為之更哀。

2. 表達止戈息兵的願望

南宋使金文人在詩中常表達了要求和平、渴望休兵的希望。如建炎三年（1129）張邵出使金營，至濰州見到了金軍左監軍撻懶，他要求撻懶認清金宋交戰的是非曲直：「兵不在強弱，在曲直。宣和以來，我非無兵也，帥臣初開邊隙，謀臣復啟兵端，是以大國能勝之。」承認宋人首啟兵端，「曲」在宋。隨後張邵又斥責金軍的侵略行為：「今大國復裂地以封劉豫，窮兵不已，曲有在矣。」〔註 204〕。

洪皓於建炎三年（1129）五月使金，行至太原，被金人扣留近一年，第二年轉至雲中（今山西大同），見到金朝權臣完顏宗翰。完顏宗翰逼其出仕偽齊，受到洪皓義正辭嚴的拒絕，被流放到冷山（今黑龍江五常境內的大青頂子山）。冷山，「陳王悟室（完顏希尹）聚落」〔註 205〕，洪皓淵博的知識受到完顏希尹的賞識，完顏希尹遂讓洪皓教自己的八個兒子讀書。洪皓在完顏希尹家呆了近十年。在這期間，洪皓常利用接近希尹的機會，勸其息兵講和，洪皓長子洪适記述道：「悟室嘗得獻取蜀策，持以問先君，先君歷陳古事梗之。」作為女真上層決策集團的主要成員，希尹常欲南侵，一次，他對洪皓說：「孰謂海大？我力可幹，但不能使天地相拍爾。」這番話意在向洪皓炫耀金朝武力，以示取宋易如反掌。洪皓聽後立即反駁道：「兵猶火也，弗戢將自焚，自古無四十年用兵不止者。」〔註 206〕

洪皓在留金期間，與完彥希尹的兒子結下了一定的友誼，常常詩文唱和。洪皓便在日常生活中勸誡他們應當以儒家仁愛思想立身治國，正像其子洪适所言：「問答往返，皆存闕庇民之語；投其詩文，篇篇以戢兵為意。此則武之所無者。」〔註 207〕如《贈彥清》：

〔註 204〕《宋史》卷三七三《張邵傳》，第 11556 頁。

〔註 205〕《宋史》卷三七三《洪皓傳》，第 11559 頁。

〔註 206〕洪适《先君述》，《全宋文》卷四七四四，第 214 冊，頁 214；《宋史》卷三七三《洪皓傳》，第 11559 頁。

〔註 207〕《敬書先忠宣賜謚制書後》，《全宋文》卷四七三九，第 213 冊，第 311 頁。

好生惡殺號蒼天，天憫斯民欲息肩。自是大邦兵不戢，在於南國使無愆。論功弗用矜三捷，持勝何如保萬全。願早結成修舊好，名垂史策畫凌煙。〔註 208〕

這首詩是洪皓贈完顏希尹兒子彥清所作，開頭指出為了生民的利益，勸誡金人息兵講和，並從金人的角度指出為了保萬全之功名，也需要保持與宋朝的和好關係。另如洪皓組詩《次彥深韻》：

日長漏永滴銅壺，酒冽杯深困腐儒。公子殷勤歌舞勸，獻酬交錯屢傳呼。

雖遇嚴冬喜氣和，開筵出妓騁婆娑。折腰翹袖為公壽，願贊監軍早戢戈。

祝壽開樽象樂和，傞傞態度屢婆娑。動容詠德終宵樂，從此修文定止戈。〔註 209〕

該組詩為洪皓與完顏希尹之子詩酒唱和之作，借唱和之機勸誡身居高位的金國大臣應該早日戢兵休民、興文止戈。另像《彥清打球》：

三伏擊毬暴氣和，汗馬良勞憂玉珂。殘形傷目未嘗慮，裸顛垢面服皮靴。列騎騤騤有中下，王孫上駟金盤陀。矯如跳丸升碧漢，墜若流星落素波。分明較勝各馳逐，雷奔電掣肩相摩。天下固自有至樂，但知此樂無以過。有時雌雄久不決，載渴載飢日忽蹉。或勝或敗何所競，屈膝進酒方駢羅。擊鼓橫笛歌且舞，觀者如堵環青娥。抑尊禮卑渾不顧，一時快意遑恤它。景雲貴戚尤好此，貞元方鎮亦同科。柳澤韓愈猶進諫，況乃名高欲戢戈。莫言得之自馬上，連朝肆習恐傷多。韓柳二書戒馳騁，願置左右日吟哦。留心經史修遠業，黑頭侍宴朱顏酡。〔註 210〕

此詩先寫了金國公子彥清等人三伏天擊毬的熱烈暢快的場面，「景雲貴戚尤好此，……黑頭侍宴朱顏酡」是洪皓的議論。擊毬是興起於漢代的一項體育運動，《漢書．藝文志》把「蹴踘」列入「兵技巧」，可見在漢代擊毬就與軍事戰爭密切相聯。唐人好蹴踘，也時常把蹴踘當作軍事項目來訓練，唐代文人韓愈曾上書進諫皇帝反對唐王朝窮兵黷武，也反對當時人以蹴踘活動來訓練軍

〔註 208〕《全宋詩》卷一七〇一，第 30 冊，第 19169 頁。
〔註 209〕《全宋詩》卷一七〇一，第 30 冊，第 19173 頁。
〔註 210〕《全宋詩》卷一七〇一，第 30 冊，第 19174 頁。

隊。洪皓在此詩中指出金國貴戚像中原人一樣愛好擊毬運動，提醒其更應該時刻吟哦韓、柳之諫書，以學習經史為務，不應沉迷於擊毬這樣明顯具有軍事目的的活動。

洪皓不僅對金國貴族彥清等人提出休兵息民的勸誡，而且也希望通過金國大臣來向金國國君表達自己的和平主張。如《奉使留金金臣悟室求詩口占漫答》：

久持使節傍門庭，薄命猶賒五鼎烹。羝乳何心占北海，雁書隨夢到京城。莫言地廣頻修怨，應念民勞早戢兵。國寶善鄰君寶信，坐膺難老早升平。〔註211〕

此詩先寫自己持節使金屢次流放的命運，表達時刻不忘故國的情感，「莫言地廣頻修怨，應念民勞早戢兵」，則對金人偃武休兵提出勸誡。另如其詩句「如聞近獻升平錄，應述修和勉主人」〔註212〕，也表達了相同的觀點。

與同時期朝中文人一樣，滯金文人也非常關注軍事問題，如朱弁詩：

兵氣時常見，客懷何日開。形骸病自瘦，鬢髮老相摧。已負秦庭哭，終期漢節回。風雷識我意，一雨洗氛埃。(《客懷》)

淅淅風聲止，淒淒雨氣涼。愁工縈客思，夢故遶江鄉。書疏親朋少，干戈歲月長。平城弭節地，可復見秋霜。(《夜雨枕上》)

城月四更上，窗風一室幽。織雲縈雁塞，重霧逼貂裘。兵革何年息，乾坤此夜愁。殊鄉兩行淚，騷屑灑清秋。(《客夜》)

戰伐何年定，悲愁是處同。黃雲紫晚塞。白露下秋空。魚躍深波月，鳥啼落葉風。誰知渡江夢，一夜繞行宮。(《戰伐》)

冬雨不成雪，北風寒未深。山藏千疊秀，雲結四垂陰。迴灑凌朝閣，殘聲入夜襲。端能洗兵甲，足慰此時心。(《冬雨》)〔註213〕

這五首詩都談到兵事與戰爭，表達出兩國休兵講好、自己早日歸國的願望。宋室南渡以來，恢復故土、抗擊金兵一直是廣大文人士子的普遍心聲，滯金文人並不一味主張抗金，而是希望兩國在通和的條件下與民休息，這是其出

〔註211〕《全宋詩》卷一七〇三，第30冊，第19188頁。

〔註212〕洪皓《用韻贈傅學士兼述懷思古》其二，《全宋詩》卷一七〇二，第30冊，第19181頁。

〔註213〕《全宋詩》鄭一六三二，第28冊，第18316、18316、18320、18318、18321頁。

使的特殊經歷與使臣的特殊身份決定的。這些關注軍事問題的詩歌，意象蕭瑟、意境淒涼、情感冷峻，談兵而毫無英雄豪氣，亦是孱弱的國勢下拘囚於異國的使臣身份使然。

3. 表達不辱使命的操守

使金被拘，雖然過著囚徒般的生活，但他們以蘇武為榜樣，抱定即使節旄盡落也不改其操守的絕決態度，如果朱弁詩句：「兵氣尚纏巢鳳閣，節旄已落牧羊天」(《寒食》)，「常令漢節在，莫作楚囚悲」(《上巳》)，「造膝他時語，捐軀此日心」(《攄抱》)，「仗節功奚在，捐軀志未閒」(《有感》)。他們期待有朝一日回歸宋朝，如朱弁詩句：「已復秦庭哭，終期漢節回」(《客懷》)，對不能完成使命表示出慚憤自責：「有奇不能吐，何術止南牧，君心想更切，臣罪何由贖」(《炕寢三十韻》)，「使節空留滯，俟圭未會同」(《獨坐》)，「偃戈息民未有述，雖復加餐祗增愧」(《謝崔致君餉天花》)。

另外，仕金使臣宇文虛有《虜中作三首》，表達了他出仕金國的矛盾複雜的心理及其始終不渝的愛國熱情。建炎二年（1128）宇文虛中使金，時金人已拘禁了南宋使臣數人。當宇文虛中至金時，金人遣宇文虛中、楊可輔、劉海、王貺並歸，「虛中曰：『奉命北來祈請二帝，二帝未還，虛中不可歸。』遂獨留金。」〔註214〕後金人愛宇文虛中才能任以官職，不久升任翰林學士，與韓昉俱掌制文。宇文虛中在金國寫下了一些詩，當時有人曾編為集，朱弁有一首詩《題云館二星集後》(編者注：詩題原缺，據《新安文獻志》補）其序中言：「李任道編錄濟陽公文章與僕鄙制合為一集，且以雲館二星名之。」已佚。宋朝施德操《北窗炙輠錄》卷上錄其《虜中作三首》，《全宋詩》存之。現錄之如下：

> 滿腹詩書漫古今，頻年流落易傷心。南冠終日囚軍府，北雁何時到上林。開口摧頹空抱樸，脅肩奔走尚腰金。莫邪利劍今安在，不斬姦邪恨最深。
>
> 遙夜沉沉滿幕霜，有時歸夢到家鄉。傳聞已築西河館，自許能肥北海羊。回首兩朝俱草莽，馳心萬里絕農桑。人生一死渾閒事，裂眥穿胸不汝忘。
>
> 不堪垂老尚蹉跎，有口無辭可奈何。強食小兒猶解事，學妝嬌

〔註214〕《宋史》卷三七一《宇文虛中傳》，第11528頁。

女最憐他。故衾愧見沾秋雨，短褐寧忘拆海波。倚杖循環如可待，

未愁來日苦無多。〔註 215〕

對於宇文虛中任職於金一事，歷來各家自有評論，在此不多作論述。不過據史載：「虛中仕金為國師，遂得其柄，令南北講和，大母獲歸，往往皆其力也。近傳明年八月間，果欲行范蠡曹沫事，欲挾淵聖以歸。前五日為人告變，虛中覺有警，急發兵，直至北主帳下，北主幾不能脫，遂為所擒。」〔註 216〕從這幾首詩中可見，即使出仕金國，宇文虛中對金人滅亡北宋的國仇家恨並未忘懷，而且利用其身份為宋金和好做出了許多貢獻。

這幾首詩集中表現了他的愛國情感。「莫邪利劍今安在，不斬姦邪恨最深」，表達了與金人勢不兩立的仇恨與誓死報國的決心，「人生一死渾閒事，裂眥穿胸不忘汝」，表現了以死殉國的決絕。宇文虛中使金而被迫出仕敵國，其矛盾痛苦之情也通過詩歌表現出來，所謂「不堪垂老尚蹉跎，有口無辭可奈何」，「故衾媿見沾秋雨，短褐寧忘拆海波」即是。

（二）留金詩人詩歌創作的藝術特點

使金文人在留金期間創作的詩歌，在藝術上呈現出一定特色。在選材上，多關注周圍細小的事物，如景物節侯的變化；在表現手法上，少用典故，多以白描手法寫景抒情。朱弁《風月堂詩話》體現了以「自然」為旨歸的創作原則，其滯金詩是其詩論思想的體現，具有一定的代表性。

1. 在選材上多關注身邊的細小事物

使金詩人由於特殊的身份，不能在詩中反映重大的社會政治問題，常把目光投注在身邊的細小事物中，如周圍景物、節候的變化，通過在對景物的詠歎中表達思鄉之情。這樣使詩歌創作離開了自北宋以來「文以載道」功利目的的束縛，能夠更自由地表達情感，形成情景交融、物象意興並勝的藝術境界，有唐人風貌。如朱弁《攄抱》：

客滯殊方久，山圍絕塞深。秋風入橫笛，夜月傍沾襟。造膝他

時語，捐軀此日心。飛霜滿明鏡，髮短不勝簪。〔註 217〕

此詩絲毫不涉及宋金戰爭與政治，所談者僅為「風月」，抒一己之情懷。

〔註 215〕《全宋詩》卷一四三二，第 25 冊，第 16495 頁。

〔註 216〕施德操《北窗炙輠錄》卷上，影印文淵閣四庫全書本。

〔註 217〕《全宋詩》卷一六三二，第 28 冊，第 18320 頁。

此詩以絕塞、清秋、夜月、橫笛等富於情感色彩的物象入詩，形象地描寫出一個身處異域、久不得歸的孤客形象，全詩情景交融、渾然一體，末句「飛霜滿明鏡，髮短不勝簪」，情感沉鬱頓挫，化用杜甫詩句「白頭搔更短，渾欲不勝簪」(《春望》)，直造老杜意境。再如其《獨坐》：

草凍慵抽碧，桃癡懶暈紅。黃去猶漢野，紫塞漫春風。使節空留滯，侯圭未會同。階除雪不掃，獨立數歸鴻。〔註 218〕

該詩亦僅寫獨坐時所見到的身邊之景，不關涉戰爭國運等內容，不侈言雄心壯志與中興理想，僅一時一地之見聞與感受。首聯用「慵」「懶」兩字極寫詩人獨坐時的百無聊奈，這絕非北宋廣大士大夫在酒足飯飽之餘故意做作之閒愁，而是行為極端不自由的留金詩人在獨自感知年年冬去春來、任隨自己年華空逝而無所作為的無奈與悲憤。「階除雪不掃，獨立數歸鴻」，詩人獨自傷懷之餘，對百事已經無所關心，遠望天邊無數歸鴻來去自由，物歸人不歸，表達出沉重無奈的思鄉之情。

久在異域，滯金使臣對時間與節候景物的變化非常敏感，常借詠歎時間流逝與風物變遷表達年華虛擲、思國戀鄉的強烈情感。如洪皓《又和春日即事》：

淹留逢地僻，將老惜韶光。齒與青春暮，愁隨白日長。尋芳無處問，對酒有時狂。漫學樊遲圃，空登子反床。霏霏觀雪集，冉冉望雲翔。念母歌零雨，憂君誦履霜。繫書思雁足，看劍憶魚腸。駑馬先駃驥，鴟梟笑鳳凰。一身纏疾病，四載廢烝嘗。作個頭風愈，陳琳檄在旁。〔註 219〕

洪皓使金年已四十一，每一年春去秋來的時節變化他都極為關注。年復一年，有親不能養，有君不能奉，徒在異國觀雪望雲，惟在百無聊奈中感慨歲華空逝。再如朱弁《歲序》：

歲序忽將宴，節旄嗟未還。低雲慘眾木，寒雨失群山。喪亂關詩思，謳謠發病顏。夢魂識舊隱，時到碧溪灣。〔註 220〕

首聯一個「忽」字，準確地表現出使臣在日復一日、萬事蹉跎中，猛然意識到一年時間又將逝去的那種驚惶失措。拘囚於金國的詩人總是在計算著時間，而一歲將暮之時，詩人更加不堪思國懷鄉之情。

〔註 218〕《全宋詩》卷一六三二，第 28 冊，第 18319 頁。
〔註 219〕《全宋詩》卷一七〇一，第 30 冊，第 19171 頁。
〔註 220〕《全宋詩》卷一六三二，第 28 冊，第 18317 頁。

使金文人對北地氣候特徵與風俗習慣的體驗尤其深刻細膩，表現出他們從心底裏對異地生活環境的一種疏離。洪皓來到金國時稱：「自東京至泗州一千三十四里，自云中至燕山數百里，皆下坡，其地形極高，去天甚近。」〔註 221〕認為金國東京「去天甚近」，體現了文人對其地理環境的獨特感受。這在詩中亦有表現。如朱弁《送春》：

> 風煙節物眼中稀，三月人猶戀褚衣。結就客愁雲片斷，喚回鄉夢雨霏微。小桃山下花初見，弱柳沙頭絮未飛。把酒送春無別語，羨君才到便成歸。〔註 222〕

在這首詩中，詩人重點描寫北地節候與南方的差異，對北地三月仍然寒衣未退表現出異常不適，對異域三月才出現花枝弱柳表現出極度敏感。末句「把酒送春無別語，羨君才到便成歸」，構思新穎大膽，突出了北地春天之短、長年地寒風冷的氣候特點，並通過春天可以即來即歸反襯出詩人長年不歸、無可奈何的羈旅之痛。

再如朱弁詩句「行行春向暮，猶未見花枝。晦朔中原隔，風煙上巳疑。」（《上巳》〔註 223〕）通過對金國與中原故地迥異的節候特徵的細膩描寫，突出表現作者對異國氣候的敏感與不適應，反襯出詩人強烈的故國之思與羈留之苦。「風土南北殊，習尚非一躅。出疆雖仗節，入國暫同俗。淹留歲再殘，朔雪滿崖谷。禦冬貂裘敝，一炕且跧伏。」（《炕寢三十韻》〔註 224〕）然暫時入鄉隨俗，但始終不能融入到金人文化環境中，而是以一種外來者的身份、從客觀的角度來審視周圍的景物，不是以主人公的心態來欣賞景物，表現出對異國文化習慣的排斥。「三年北饌飽羶葷，佳蔬頗憶南州味。」（《謝崔致君餉天花》〔註 225〕）亦表現出對金國生活習慣的不適，通過對比，更能表現出朱弁的思國懷鄉之情。

南宋滯金文人以周圍細小事物入詩的做法，與同時期南宋詩人詩歌創作呈現很大區別。南渡初期至紹興中期詩壇以陳與義、朱敦儒、葉夢得等人為代表，其詩歌多紀寫戰亂現實，表達亡國破家的悲憤，借謳歌英雄人物表達中興宋室的理想，並對朝廷苟和恃安政策提出批判，以反映國家破亡、宋金戰爭、

〔註 221〕《松漠紀聞》卷二，影印文淵閣四庫全書本。
〔註 222〕《全宋詩》卷一六三二，第 28 冊，第 18319 頁。
〔註 223〕朱弁《上巳》，《全宋詩》卷一六三二，第 28 冊，第 18319 頁。
〔註 224〕朱弁《炕寢三十韻》，《全宋詩》卷一六三二，第 28 冊，第 18316 頁。
〔註 225〕朱弁《謝崔致君餉天花》，《全宋詩》卷一六三二，第 28 冊，第 18317 頁。

朝廷政策等重要事件為主要內容。朱弁等人因其特殊的身份侷限，很少以重大政治、軍事題材入詩，卻把對國事的悲慨打入到對身世的詠歎中，處處能夠使人感受到國破家亡的政治背景給詩人帶來的巨大心靈創傷，及孱弱的國勢形成的詩人極度不自信的品格，使個人身世遭遇打上深刻的時代烙印，其思鄉之情與亡國之恨密不可分，故選材雖然狹小，境界卻不至於流入窘仄，意象渾厚、情感沉鬱。

2. 在表現手法上少用典故，多用白描手法寫景抒情，情景交融，意境渾茫

從以上所舉洪皓、朱弁等人詩可見，他們很少運用典故，多用白描手法直接寫景抒情，形成了情景交融的意境。這是對北宋後期江西末流之弊端的矯勵。北宋江西詩派「以才學為詩、以文字為詩，以議論為詩」的現象非常突出，以顯示才學、鍛鍊句律、說理議論為主，代替了唐詩的興象情韻，在一定程度上削弱了詩歌的形象性與審美性。留金詩人這些為數不多的使金詩，擺脫了江西詩派的影響，表現出向唐詩回歸的傾向，一方面以外部事物入詩，以個人情感行文，極少使事用典，富含特定的時代內容；另一方面，使金詩歌以特定的意象入詩，形成了情感交融的意境，一部分詩歌直造老杜沉鬱渾融之意境，具有一定的藝術成就與文學史意義。

（三）留金詩人的詩論思想——以朱弁《風月堂詩話》為代表

朱弁今存《風月堂詩話》二卷，集中反映了其詩論思想，體現了以「自然」為創作旨歸的藝術精神。首先，朱弁反對使事用典，重視詩歌得之「自然」，讚賞鍾嶸《詩品》中關於詩歌「吟詠性情，亦何貴於用事」的觀點，反對顏謝以後「大抵句無虛辭，必假故實，語無空字，必究所從。拘攣補綴，而露斧鑿痕跡者，不可與論自然之妙也」〔註 226〕的詩歌創作之風，《四庫全書總目提要》稱：「首尾兩條，皆發明鍾嶸『思君如流水，既是即目，明月照積雪，羌無故實』之義，蓋其宗旨所在。」〔註 227〕其次，認為杜甫之詩集中體現了鍾嶸「自然」之旨，稱「試以嶸言於愛杜者，求之則得矣」〔註 228〕，認為應該以鍾嶸「自然」之旨來理解接受杜甫詩歌，表現出與江西詩派從鍛鍊字句、音律、用典等形式上學習杜甫不同的趨向。另外，朱弁認為詩歌應該繼承風雅傳統，並

〔註 226〕《風月堂詩話》卷上，叢書集成初編本，中華書局 1991 年版，第 1 頁。
〔註 227〕《欽定四庫全書總目》卷一五九《風月堂詩話提要》，第 2744 頁。
〔註 228〕《風月堂詩話》卷下，第 19 頁。

認為曹植、杜甫是得之風雅的典型。所謂「風」者，主要指題材得之自然、出於性情，非綴補奇字、使事用典；所謂「雅」者，主要典麗蘊藉雍容之風格。「風雅」即指作詩以現實生活為題材，不刻意追求句律韻，做到「妥帖平隱」〔註229〕，圓美流轉，不露斧斤痕跡。

朱弁的使金詩是其以「自然」為旨歸的創作思想的具體實踐。首先，朱弁使金詩是其在異域他鄉的所見、所聞、所感的真實記載。據載：「（朱弁）以使事未報，憂憤得目疾，其抑鬱愁歎無憀不平之氣，一於詩發之，歲久成集，號《聘遊集》。」〔註230〕惜其已佚。朱弁現存使金詩以紀實手法詠其親歷之事與親身之感，以具有獨特地域色彩的北地邊塞意象入詩，如山川、朔雪、冷月、低雲、寒雨、白露等，皆為詩人親身感受的塞北風韻，都體現了「得於自然」〔註231〕的選材特點。其次，從藝術表現上，他極少使用典故，多用白描手法，很少以議論入詩，常融紀事、寫景與抒情為一體，情景交融，意象蒼涼冷峻，境界渾涵汪茫，情感沉鬱蘊藉，深得杜詩精神，具有較強的審美意味，體現了「得於自然」的藝術表現形式。

二、使金紀行詩

從詩歌的創作地點來看，除了以上滯金文人所創作的一部分詩歌外，還包括使金文人在出使過程中寫下的詩歌，即使金紀行詩。南宋使金文人在出使的過程中，在經歷故國淪陷地區時，或寫景感懷、或詠物抒情，體現了強烈的愛國精神，是南宋愛國詩文的重要組成部分，同時也是中國古代紀行詩在宋代的發展。

（一）紀行詩的發展

使金紀行詩，屬於「紀行詩」之一種。所謂「紀行詩」，即以人物行程為線索，記載沿途所見、所聞、所感的詩作。我國古代很早就出現了紀行詩，屈原《涉江》是其在江南長期竄逐中所寫的一首紀行詩。詩中敘寫作者南渡長江，又溯沅水西上，獨處深山的情景。其中的景物描寫尤為後人所稱道，「入漵浦余儃回兮，迷不知吾所如。深林杳以冥冥兮，乃猿狖之所居。山峻高以蔽日兮，下幽晦以多雨。霰雪紛其無垠兮，雲霏霏而承宇」。寥寥數語，高度概括地寫

〔註229〕《風月堂詩話》卷下，第19頁。
〔註230〕朱熹《奉使直秘閣朱公行狀》，《全宋文》卷五六六八。
〔註231〕《風月堂詩話》卷上，第1頁。

出深山密林嶔崟幽邃的景象。這一景象又恰到好處地襯托了詩人寂寞而悲愴的心情。屈原的紀行詩《涉江》，把行程中景物的描寫與個人情感的抒發結合起來的結構範式，對後世產生了一定影響。

魏晉南北朝時期謝靈運的山水詩在結構上具有紀行詩的特點：開始敘述一番遊蹤，顯示出詩人是如何進入這片山水的，然後鋪寫景物，最後以說理的方式結尾。例如《石壁精舍還湖中作》：「昏旦變氣候，山水含清輝。清輝能娛人，遊子憺忘歸。出谷日尚早，入舟陽已微。林壑斂暝色，雲霞收夕霏。芰荷迭映蔚，蒲稗相因依。披拂趨南徑，愉悅偃東扉。慮澹物自輕，意愜理無違。寄言攝生客，試用此道推。」開頭四句總結性地敘述了此番遊覽山水的體會，接下去記述了早出晚歸見到的山中美景，景色描寫構成了一幅幅優美的圖畫，結尾是對老莊養生之道的感悟。

初唐時期王勃有一組紀行詩，這從他的《入蜀紀行詩序》中可見：「總章二年五月月癸卯，余自常（長）安觀景物於蜀。遂出褒斜之隘道，抵岷峨之絕徑。超玄溪，歷翠阜，迨彌月而臻焉。若乃採江山之俊勢，觀天地之奇作，丹壑爭流，青峰雜起，陵濤鼓怒以伏注，天壁嵯峨而橫立，亦宇宙之絕觀者也。……嗟乎！山川之感召多矣，余能無情哉？爰成文律，用宣行唱，編為三十首，投諸好事焉。」王勃於唐高宗總章二年（669）五月二十六日，自長安漫遊蜀中，彌月而至。該組詩是王勃紀述其入蜀所見、所聞與所感。王勃是我國古代最早以「紀行詩」命其詩作的詩人，其紀行詩改變以前以單篇詩歌紀行的模式，以組詩的形式紀行，並加之以詩序，是一種創造，可惜已無法窺其全貌。唐代王勃以後，出現了一批紀行組詩，其中杜甫的《發秦州》（發秦州至鳳凰臺）十二首《發同谷》（發同谷至成都府）十二首較有代表性。〔註232〕杜甫紀行詩用概括與具體、有比較與無比較、實寫與虛寫等手法，全力描繪秦隴山川，而且併入身世之感、世事之艱。杜甫此類紀行詩還在對行程景物的描寫中抒發歷史思緒，或抒思古幽情，總結歷史興亡；或寄託坎坷遭遇，抒懷才不遇之怨；或寫傷今情緒，表達對現實的關注與批判。弁端平稱杜甫是「將山水景物詩與懷古詩完美結合併使之定型的第一人」〔註233〕。杜甫紀行詩對後世影響很大，如元代虞集在黃溍《上京道中紀行詩》之後就說道：「少陵入蜀路

〔註232〕李德輝《唐代交通與文學》第五章第六節《紀行組詩研究》梳理整個唐代詩歌，湖南人民出版社2003年版，第268～278頁。

〔註233〕牟端平《杜甫山水景物詩中的歷史意識》，《杜甫研究學刊》1996年第1期。

嶇崎，故有淒涼五字詩。供奉翰林隨翠輦，應知同調不同辭。」〔註 234〕認為黃溍的《上京道中雜詩》十二首是對杜甫紀行詩的直接繼承。

北宋蘇軾有一批紀行詩，與紀行文一起輯為《南行集》，並寫有集序。蘇軾在《南行集序》中道：「己亥之歲，侍行適楚，舟中無事，博弈飲酒，非所以為閨門之歡，而山川之秀美，風俗之樸陋，賢人君子之遺跡，與凡耳目之所接者，雜然有觸於中，而發於詠歎。蓋家君之作，與弟轍之文皆在，凡一百篇，謂之南行集。將以識一時之事，為他日之所尋繹，且以為得於談笑之間，而非勉強所為之文也。」可見其紀行詩寫景與抒懷相結合的特點。王安石曾於仁宗嘉祐年間出使遼國，在出使過程中，寫下了一些記錄行程風物、抒發出使感慨的詩歌，如《出塞》《涿州》《陳橋》《白溝行》《入塞》等。〔註 235〕

宋金交聘過程中，南宋使臣寫下了一些使金紀行詩，記載了自臨安經北方淪陷區到達金國沿途所見的風物、人情、古蹟等，內容涉及詠古、寫景、記事、詠懷。使金紀行詩在過去的文學史中很少提到，至多在南宋范成大名下提及使金詩。到了上個世紀九十年代，使金紀行詩引起了部分人的注意，程千帆、吳新雷主編的《兩宋文學史》在「范成大的愛國詩和田園詩」一節中首次提出「使金紀行詩」的概念，並認為這部分詩是范成大愛國精神的體現。〔註 236〕袁行霈主編的《中國文學史》中指出：「范成大詩中價值最高的是使金紀行詩和田園詩。」並以較大篇幅對范成大此類詩歌進行了論析。他稱：「南宋詩人描寫中原的詩大多是出於想像，而范成大卻親臨其境，所以感觸格外深刻，描寫格外真切，在當時的愛國主題詩歌中獨樹一幟。」〔註 237〕南宋的使金紀行詩是南宋特殊背景下的產物，是詩人主體經歷故國淪陷區的心理、情感、態度的反映，體現了古代紀行詩從兼寫山水風物與人物情感相結合向重點展現詩人主體心靈歷程的轉變，這是「使金紀行詩」對古代「紀行詩」的新變與發展，具有一定的文學史意義。

（二）南宋使金紀行詩

南宋文人的使金詩記寫沿途所見、所聞、所感，常以組詩形式出現，明確

〔註 234〕虞集《道園遺稿》卷五《題黃晉卿上京道中紀行詩後》。

〔註 235〕有關王安石是否使遼及其出使時間的情況，見張滌雲《關於王安石使遼與使遼詩的考辨》（載《文學遺產》2006 年第 1 期）。

〔註 236〕程千帆、吳新雷主編《兩宋文學史》，天津古籍出版社 1991 年版，第 343 頁。

〔註 237〕袁行霈主編《中國文學史》第三卷，高等教育出版社 1999 年版，第 151 頁。

地勾勒出了他們出使的行程，如范成大七十二首絕句。有的雖散見於詩集，但通過考察，依然可以清晰地考察出文人使金的過程，以及使金過程中的心理情感。南宋使金文人途經曾是北宋故國的中原地區，他們以一種特殊的心理感知中原文化與異國風物，在對沿途景物描寫與歷史故跡的詠歎中，表達詩人對故國淪陷的隱痛、對遺民思漢的同情，對中原文化遺失的悲悼，並表達了自己對於出使、治國、軍事等方面問題的思考。

1. 對故國淪陷的隱痛

南宋使金文人渡淮而北，沿途身經目歷，所遇皆非故舊，而且景物殘破，曾經輝煌的都城一片荒涼破敗，寫下了一批表達故國淪陷、抒寫沉重的黍離之悲歎的詩作，如洪皓《次大風韻》：

> 飛廉薄怒意云何，肆暴傷春氣不和。可但揚沙迷白晝，也應震海湧滄波。終霾卷地將飄屋，陰曀驚林定折柯。便欲奮飛聯六鷁，宋都未過且悲歌。〔註 238〕

洪皓此詩作於使金至洨河石橋時。洨河源出河北井陘縣東南，東南流至寧晉縣南入槐河，石橋應在河北境內，時屬金國。該詩前幾聯寫景，突出表現了北方地遠天寒、沙霧彌漫的氣候特徵；尾聯抒情，直接表達了行經故國時的傷痛。再如其《都亭驛詩》：「都驛荒涼尚邃深，息肩藉庇有餘陰。故宮今已生禾黍，翻作行人倍痛心。」〔註 239〕此詩直接敷衍《詩經・黍離》的典故，表現了對故國破亡的傷痛之情。「行人」一詞，指出曾是故國主人，如今僅以使臣身份經行此處，表現出一片花開異主的離亂慘象。

許及之於宋光宗紹熙四年（1193）使金賀生辰，在出使過程中寫下了一些表現悲悼故國淪亡的詩歌，現存於《涉齋集》。〔註 240〕如《車行詩》：「穩如江海迎潮上，險似虛空逐電行。縱使中原平似掌，我車只作不平鳴。」〔註 241〕

〔註 238〕《全宋詩》卷一七〇一，第 30 冊，第 19165 頁。

〔註 239〕《全宋詩》卷一七〇一，第 30 冊，第 19165 頁。

〔註 240〕《永樂大典》著錄《涉齋集》作者為許綸，四庫館臣根據《金史・交聘表》中記載許及之曾出使金國，而《涉齋集》中有多首使金詩，推斷出作者當為許及之（見《欽定四庫全書總目》卷一五九《〈涉齋集〉提要》）；周夢江《〈宋史・許及之傳〉補正及其他》（《中國史研究》1992 年第 4 期）通過詳實的歷史材料，考辨許及之其人及與葉適、潘德久等文人的關係，並補充證明了清季瑞安孫衣言考證出《涉齋集》作者為許及之、許綸為許及之子的結論。

〔註 241〕《全宋詩》卷二四五九，第 46 冊，第 28439 頁。

記載行經中原時，對故國陸沉的不平之情。《羑里城》（至今城中草不生）：「扁公墓下艾猶榮，羑里城中草不生。豈是聖賢遺恨在，只應天自不能平。」〔註 242〕羑里在今河南湯陰縣西北。《史記・殷本紀》載「紂囚西伯羑里」即此地。詩歌首先指出此地草木不生，好像是上古聖賢西伯之遺恨未滅，感動上天使然，借古人之幽恨抒發自己對國土淪陷的憤恨不平之情。《衛州》一詩：「河決從來國陷憂，衛州那在水邊頭。傷心中土淪胥久，可但堪嗟一衛州。」〔註 243〕衛州是北周宣政元年所置，置所在朝歌縣（今河南淇縣），金大定二十六年（1186）移治所共城縣（後改河平縣，繼改蘇門縣，即今河南輝縣市）。此詩是作者行經衛州時所作，全詩以議論的手法，表達了對國土淪陷大半的傷痛。許及之《過龍德宮》：「龍德宮中舊御園，繚牆栽柳儼然存。秋光更向牆頭髮，似與行人濺淚痕。」〔註 244〕詩人行經故國故宮，面對物是人非的殘破景象，不禁悲從中來。《過常山村店中見菊》一詩：「黃菊娟娟媚晚秋，等閒野店亦藏幽。國香何恨成淪落，秋月春風不解愁。」〔註 245〕詩人見到故國的一草一木也不由得想起家國之恨。錢鍾書稱：「（陸游）看見一幅畫馬，碰見幾朵鮮花，聽了一聲雁唳，喝幾杯酒，寫幾行草書，都會惹起他報國仇、雪國恥的心事。」〔註 246〕陸游是在想像中表達亡國之恨與復國之仇，而使金文人是直面淪陷的國土，故一草一木更能激起內心的沉痛悲懷。

洪适也寫了一些表達黍離之悲的詩歌。宋金自紹興十一年（1141）講和通好後，每年互遣正旦、生辰使以示和好。孝宗隆興二年（1164），洪适以中書舍人身份出使金國賀金主生辰。此時距離北宋滅亡已經三十多年，洪适在和平年間出使，其詩中表現出的黍離之悲歎依然十分強烈，如《過穀熟》：

> 玉帛齊盟亦可尋，東風著面客塵侵。隋堤望遠人煙少，汴水流乾轍跡深。
>
> 桃李不言應感舊，山川無主祇傷今。遺民久厭腥膻苦，辟國謀乖負此心。〔註 247〕

汴水指汴渠，即隋通濟渠、唐廣濟渠的東段，途經北宋舊京城開封附近，

〔註 242〕《全宋詩》卷二四五九，第 46 冊，第 28440 頁。
〔註 243〕《全宋詩》卷二四五九，第 46 冊，第 28441 頁。
〔註 244〕《全宋詩》卷二四五九，第 46 冊，第 28441 頁。
〔註 245〕《全宋詩》卷二四五九，第 46 冊，第 28441 頁。
〔註 246〕錢鍾書《宋詩選注》，人民文學出版社 1979 年版，第 192 頁。
〔註 247〕《全宋詩》卷二〇七九，第 37 冊，第 23453 頁。

此時久已乾涸。隋堤即汴堤，隋大業元年開通濟築，西通濟水，南達淮泗，長達數千里，此詩中的隋堤指開封附近的部分，此時已經人煙稀少。詩人來到故國都城，面對一片荒涼破敗的景象，心中的悲憤之情是可想而知的。《次韻車中倦吟二首》之一：「舊國於今作兩家，鄰翁有酒不能賒。明朝又逐歸鴻去，祇有塵埃滿一車。」〔註 248〕寫出了國家破亡，故土被一分為二，即使鄰家亦形如陌路的悲痛。《次韻梁門》一詩：「雙壘依然柳作陰，故疆行盡倍傷心。時平且得無爭戰，苔上戈槍臥綠沈。」〔註 249〕梁門即古大梁城的西面北門，古大梁即北宋故都開封，這首詩寫詩人經行故都時的情景，表現了金人南侵、宋室南渡，江山淪落大半的悲痛之情。

樓鑰在孝宗乾道五年（1169）以書狀官隨其舅汪大猷使金賀正旦，也寫下一些詩表現故國淪陷之悲的詩，如《靈壁道中》：「古汴微流絕，餘民尚孑遺。高丘祠漢祖，荒草葬虞姬。垓下空陳跡，鴻溝愴近時。膏腴滿荊棘，傷甚黍離離。」〔註 250〕靈壁在今安徽濉溪縣西北，秦漢之際項羽追擊漢軍至此。樓鑰此時出使由臨安出發，道經安徽靈壁，借詠懷古蹟古事表達了故國淪陷的黍離之悲。范成大《內丘梨園》（內丘鵝梨為天下第一，初熟收藏，十月出汗後方佳。園戶云：梨至易種，一接便生，可支數十年。吾家園者，猶聖宋太平時所接）：「汗後鵝梨爽似冰，花身耐久老猶榮。園翁指似還三笑，曾共翁身見太平。」〔註 251〕詩人來到北地，看到民間還存在北宋時種植的鵝梨，不禁發出物是人非的沉重感慨。另如曹勳詩《持節過京》：「與客西遊歷汴都，荒寒不復見吾廬。只今黯黯塵埃起，當日蔥蔥氣象無。雖覺人情猶向化，不知天意竟何如。遙思閶闔西邊路，一夕飛魂繞故居（自注：昔家州西竹竿巷）。」〔註 252〕也透露出強烈的黍離之悲，呈現出使金過程中獨特的心理感受。

2. 對遺民思歸的同情

南宋使金詩人在詩中表達遺民情感的詩作較多，如曹勳《入塞》《出塞》二詩：（僕持節朔庭自燕山向北部落以三分為率南人居其二聞南使過駢肩引頸氣哽不得語但泣數行下或以慨歎僕每為揮涕憚見也因作出入塞紀其事用示有志節憫國難者云）

〔註 248〕《全宋詩》卷二〇七九，第 37 冊，第 23453 頁。
〔註 249〕《全宋詩》卷二〇七九，第 37 冊，第 23456 頁。
〔註 250〕《全宋詩》卷二五四一，第 47 冊，第 29411 頁。
〔註 251〕《全宋詩》卷二二五三，第 41 冊，第 25852 頁。
〔註 252〕《全宋詩》卷一八八八，第 33 冊，第 21123 頁。

入塞

妾在靖康初，胡塵蒙京師。城陷撞軍入，掠去隨胡兒。忽聞南使過，羞頂羖羊皮。立向最高處，圖見漢官儀。數日望回騎，薦致臨風悲。

出塞

聞道南使歸，路從城中去。豈如車上瓶，猶掛歸去路。引首恐過盡，馬疾忽無處。吞聲送百感，南望淚如雨。〔註 253〕

曹勳曾於建炎元年（1127）、紹興十一年（1141）、紹興二十九年（1159）年三次使金（見表），根據詩中所寫女子的情況，這兩首詩應該作於建炎元年出使期間。《入塞》一詩以在靖康之難中被北人擄去女子的口吻途述自身經歷，「忽聞南使過，羞頂羖羊皮」一聯中，「羖羊皮」即胡人服飾，寫出了主人公北擄之後無奈著胡服的羞愧；接著寫主人公站在山頂遠望漢使的情景，把北擄女子想見又羞見漢使的情態逼真地表現出來。《出塞》一詩，依然以北擄女子的視角，借缾可隨車歸宋，而人不得歸的悲痛之情。詩前序文中「僕每為揮涕憚見也」之語，真實地表現出了南宋初年亡國之臣北使時的無奈與隱痛。該詩不僅表現了遺民之悲，也表現了使臣的亡國之痛，以及使臣對自己使邊而無法對遺民的慘痛經歷有所安慰時的深深自責。情感複雜、涵義深厚，只有真正出使直面故國與遺民，才能有此深刻體會。

許及之詩《歸途感河南父老語》:「河南民力已無堪，泣訴王人語再三。勤苦遺黎姑少忍，北人何止棄河南。」〔註 254〕表現了對北地遺民生活不堪的深切同情。據《北行日錄》卷上記載，邊民有向南宋使者自述賦稅之苦者，「舊日衣冠之家陷於此者，皆毀抹舊告，為戒酋驅役，號閒糧官，不復有俸。仰其子弟就末作以自給。有舊親事官，自言月得粟二斗，錢二貫短陌，日供重役，不堪其勞，語及舊事，泫然不能已。」〔註 255〕北宋淪亡後衣冠世族淪為「閒糧官」，子弟「就末作以自給」，普通老百姓的生活狀況更不用論。許及之以詩歌記載邊民的生活狀況無疑是屬實的。再如許及之《靈壁壩》:「入泗行來汴似渠，壩成靈壁水全枯。汴流可遏從渠遏，思漢人心遏得無。」〔註 256〕通過對事物的描寫敘述起興，表達出北方遺民思漢之心不可遏制。

〔註 253〕《全宋詩》卷一八八三，第 33 冊，第 21083 頁。
〔註 254〕《全宋詩》卷二四五九，第 46 冊，第 28442 頁。
〔註 255〕《全宋文》卷五九七二，第 265 冊，第 81 頁。
〔註 256〕《全宋詩》卷二四五八，第 46 冊，第 28435 頁。

范成大的使金詩表達了遺民渴望復歸的沉痛迫切之情。如《州橋》:「州橋南北是天街,父老年年等駕回。忍淚失聲詢使者,幾時真有六軍來?」〔註 257〕州橋是北宋故都汴京城內橫跨汴河的天漢橋,「南望朱雀門,北望宣德樓,皆舊御路也」。作者北行使金,途徑曾是故國舊都的汴京,當然不勝今昔興亡之感。「父老年年等駕回」,汴京此時被金人佔領已四十四年,當日的少年,此時已滿頭白髮,但是儘管歲月流逝,而南宋使者所到之處,仍是「遺黎往往垂涕嗟嘖」〔註 258〕,表現詩人對遺民忍死望復歸的同情。據樓鑰記載:「後生者亦云見父母備說,有言其父囑之曰:『我已矣,汝輩當見快活時。』豈知擔閣三四十年,猶未得見。」〔註 259〕范成大《州橋》可與此文互見。范成大《龍津橋》(在燕山宣陽門外,以玉石為之,引西山水灌其下):「燕石扶欄玉作堆,柳塘南北抱城迴。西山剩放龍津水,留待官車飲馬來。」〔註 260〕表現出遺民至死不渝的恢復之念。《相州》(推車老人自言:「吾州韓魏公鄉里,南北兩墳尚無恙」):「禿巾髽髻老扶車,茹痛含辛說亂華。賴有鄉人聊刷恥,魏公元是魯東家。」〔註 261〕韓魏公即北宋著名相韓琦,此詩通過相州淪陷,遺民自稱為韓琦鄉里來保持個人尊嚴的情況記載,表現了遺民堅守中原文化的執著精神。《翠樓》:「連衽成帷迓漢官,翠樓沽酒滿城歡。白頭翁媼相扶拜,垂老從今幾度看。」〔註 262〕描寫詩人在行役中所見,表達了遺民思漢的情感。

南宋著名愛國詩人陸游也有反映遺民情感的詩歌,但多出於想像,如「遺民忍死望恢復,幾處今宵垂淚痕」(《關山月》),「遺民淚盡邊塵裏,南望王師又一年」(《秋夜將曉出籬門迎涼有感》),「遙想遺民垂泣處,大梁城闕又秋砧」(《秋思》)等詩句,與使金詩人通過親身感受寫下的詩歌相比,還是有一定的隔膜。南宋使金記行詩則是詩人親身所歷、親眼所見,故往往寫得具體形象,具有很強的感人力量。

南宋使金紀行詩具有傳統紀行詩的特點,即詩人把沿途所見之景、所見之古蹟、所歷之事以紀實手法描敘下來。同時,南宋使金紀行詩又是特殊歷史時

〔註 257〕《全宋詩》卷二二五三,第 41 冊,第 25849 頁。

〔註 258〕范成大《攬轡錄》,見《范成大筆記六種》,孔凡禮點校,中華書局 2002 年,第 13 頁。

〔註 259〕樓鑰《北行日錄》卷上,《全宋文》卷五九七二,第 265 冊,第 81 頁。

〔註 260〕《全宋詩》卷二二五三,第 41 冊,第 25855 頁。

〔註 261〕《全宋詩》卷二二五三,第 41 冊,第 25850 頁。

〔註 262〕《全宋詩》卷二二五三,第 41 冊,第 25850 頁。

代的產物，使金紀行詩不僅紀寫景物、風情、主體情感，詩人還常以淪陷區遺民的視角抒發遺民亡國破家與思歸宋廷的感受，把表達遺民情感結合起來，這是對傳統紀行詩的發展。

3. 對中原文化遺失的悲悼

南宋文人在使金過程中，詳細記載了沿途所見的歷史遺跡。表面看來，這些詠史懷古詩僅是詩人對行經之地的歷史古蹟的記錄，但在南宋詩人眼中，這些古蹟並非一般意義的歷史遺跡，而是漢族傳統文化的象徵。詩人借吟詠懷古，表達對中原文化遺失的悲悼，是對異族統治中原的抗爭，體現了強烈的中原文化主體意識。如：

> 羑河依舊羑城空，十畝頹基象四墉。重易待更三聖備，諸侯那得七年從。斯文未喪今猶在，遺像雖存祭不供。尚有神靈能濟旱，往來拜謁日憧憧。（洪皓《羑里廟》）〔註263〕

> 長笑袁本初，妄意清君側。垂頭返官渡，奇禍憐幕客。曹公走熙尚，氣欲陵韓白。欺孤計已成，軍容漫煇赫。跨漳築大城，勞民屈群策。北雖破烏丸，南亦困赤壁。八荒思並吞，二國盡勍敵。西陵寄遺恨，講武存陳跡。雉堞逐塵飛，濁流深莫測。回首銅雀臺，鼓吹喧黽蟈。（洪皓《講武城》）〔註264〕

> 恭持天子節，再經邯鄲城。斷垣四頹缺，草樹皆欹傾。慨念全趙時，英雄疲戰爭。殆及五季末，瓜分無定盟。慨念藺君高，璧亦安所盛。翩翩魏公子，有德勝所稱。殆今已千年，廢臺漫崢嶸。趙民尚自若，歌舞娛春榮。金石絲簧奏，彷彿余新聲。興廢乃爾爾，人事徒營營。望城只歎息，盡付西山青。（曹勳《過邯鄲》）〔註265〕

> 漢鼎三分霸業成，併吞猶未戒佳兵。故城四壁存陳跡，荒冢千年斷樂聲。何必枕戈防詭計，豈容橫槊竊詩名。我來弔古停車轍，壟上農人也輟耕。（洪适《次韻講武城》）〔註266〕

> 魯牆絲竹千年在，寂寞朝歌莽一丘。突有浮屠延望眼，何因駐

〔註263〕《全宋詩》卷一七〇一，第31冊，第19166頁。
〔註264〕《全宋詩》卷一七〇一，第31冊，第19166頁。
〔註265〕《全宋詩》卷一八八三，第33冊，第21084頁。
〔註266〕《全宋詩》卷二〇七九，第37冊，第23455頁。

得墨家流。(許及之《朝歌城》)〔註 267〕

叢臺意氣俄銷歇，故壘歌鍾幾劫塵。只有藺卿生氣在，墳前衰草鎮如新。(許及之《趙故城》)〔註 268〕

三尺黄壚直棘邊，此心終古享皇天。汲書猥述流傳妄，剖擊嗟無咎單篇。(范成大《伊尹墓》(在空桑北一里，有磚堠，刻云湯相伊公之墓。相傳墓左右生棘，皆直如矢。)〔註 269〕

陵谷遷稱尚故墟，天盈商罪未蠲除。古今行客同嗤罵，何止三篇泰誓書。(范成大《羑里城》(在羑河上，四垣儼然。))〔註 270〕

堂堂十亂欲興周，肯使君王死作囚。巧笑入宮天亦笑，可憐元不費深謀。(范成大《文王廟》(在羑里城南))〔註 271〕

符離東望即商山，畫出江南見一斑。社稷未能還漢舊，豈容四老老其間。(許及之《望商山》)〔註 272〕

通過詠懷古事，表現出詩人強烈的歷史興亡之感，包含了對現實的沉重思考。北宋滅亡，宋廷撤離至淮河一線以南，失去了北宋大半疆土，也失去了具有豐厚歷史文化淵源的中原之地。中原在上古周朝即是王畿之地，北宋時期繼承歷代文化傳統，建立了以汴京為中心的文化圈。在深受儒家思想影響的宋代文人看來，中原的淪陷是傳統文化的喪失，而文化喪失則面臨著政權是否合理及是能否長存的質疑。南宋文人通過記載中原文化遺跡以備史志，其目的在於繼承文化傳統，表達了南宋文人對偏安政權的正統地位的肯定，寄託了文人希望宋朝政權永存的政治理想。

從此時期使金文人的紀行詩中可見，他們屢次強調南宋文化的「正統」與「宗主」地位。如范成大詩《澌水》(黃河將決其地，則伏流先出，名曰澌水。河身日徙，而南過封丘至胙城界中，已有澌水，去汴京大約五十里耳)：「黃流日夜向南風，道出封丘處處逢。紫蓋黃旗在湖海，故應河伯欲朝宗。」〔註 273〕借

〔註 267〕《全宋詩》卷二四五九，第 46 冊，第 28439 頁。
〔註 268〕《全宋詩》卷二四五九，第 46 冊，第 28439 頁。
〔註 269〕《全宋詩》卷二二五三，第 41 冊，第 25848 頁。
〔註 270〕《全宋詩》卷二二五三，第 41 冊，第 25850 頁。
〔註 271〕《全宋詩》卷二二五三，第 41 冊，第 25850 頁。
〔註 272〕《全宋詩》卷二四五八，第 46 冊，第 28435 頁。
〔註 273〕《全宋詩》卷二二五三，第 41 冊，第 25849 頁。

寫黃河水流向汴京，說明「河伯欲朝宗」，包含了以宋朝為正統文化之所在的思想。洪适《次韻初入東京二首》（其二）：「五門雙闕未央城，碧瓦朱甍雲霧生。真主南巡正嘗膽，從今瞻仰泰階平。」〔註274〕以「真主」稱宋帝，正表現了以宋為正統文化傳承者的觀點。許及之《琉璃河》：「黃河九曲固難窮，六里琉璃未長雄。眼底坳堂君勿詫，使華來自水晶宮。」〔註275〕認為宋朝的使金文人來自「水晶宮」即龍宮。龍在古代是華夏民族的象徵，在此處代表了中原正統文化，這是詩人對宋朝正統文化的肯定，間接否定了金國文化的正宗地位。陸游亦稱「區區梁益豈足支，不忍安坐觀異姓。遺民亦知王室在，閏位那乾天統正。」〔註276〕認為金國雖然入主中原，也不具有合法地位，是不可能將居於正統地位的宋朝徹底滅亡的。文人對宋朝「宗主」地位的刻意強調，其實正是失去中原故地、偏江安左的宋朝文人對宋朝政治地位與權力合法性不自信的表現。

南宋使金文人通過紀寫中原古蹟，包含了詩人的「微言大義」與良苦用心。作為傳統文化象徵的北方文物故跡，在使金詩人看來更包含了更深刻的思想內涵。所以，這些看似平淡的詠史懷古之作，是特定時代裏特殊身份詩人的心路歷程的反映。

南宋文人來到遙遠的北方，他們從宋文化的視角審視異域風物，對北地的民俗風情、服飾藝術等文化，都表現出一種排斥。如洪适詩《次韻保州聞角》：「覺來屈指數修程，歷遍中原長短亭。誰向城頭曉鳴角，胡音嘈囋不須聽。」「胡音嘈囋不須聽，整頓征衫待啟明。已把哀笳變清角，可傷任昧雜韶英。」〔註277〕認為邊地音樂嘈雜難聽，明顯是對異族文化的排斥。范成大《真定舞》（虜樂悉變中華，惟真定有京師舊樂工，尚舞高平曲破）：「紫袖當棚雪鬢凋，曾隨廣樂奏雲韶。老來未忍耆婆舞，猶倚黃鐘衮六么。」〔註278〕記載京師舊樂工跳中原樂舞的情況，對中原文化藝術遭受金人侵略表示痛心。

4. 表達不辱使命的堅定決心

南宋文人出使金國，因為路途遙遠，來回常需數月，其行程之艱是可想而知的。許及之《次韻德久舟行阻風》：「昨日顛風鳥雀喧，牽夫寸步不能前。今

〔註274〕《全宋詩》卷二〇七九，第37冊，第23453頁。
〔註275〕《全宋詩》卷二四五九，第46冊，第28441頁。
〔註276〕《謁諸葛丞相廟》（彌弁八陣原上），《劍南詩稿校注》卷六，第517頁。
〔註277〕《全宋詩》卷二〇七九，第37冊，第23456頁。
〔註278〕《全宋詩》卷二二五三，第41冊，第25853頁。

朝收纜張帆坐，世事乘除只偶然。」〔註 279〕洪皓《車行大雨中》：「折巾諮暑雨，持節櫛回風。馬惜障泥錦，農披護背篷。摧輪方䠱𧿹，痛僕且牢籠。塗曲休辭辱，行將與夏通。」〔註 280〕都記載了使金過程中的艱難情狀。

但是，即是旅途艱險，文人常抱定堅決不辱使命的決心。如洪适《次韻馬上偶成》：「天遣祥風掃塞氛，越疆軺傳禮儀新。禦戎可鑒秦無策，覘國誰誇鄭有人。鳴鶴九皋聞徹響，翔龍千載仰攀鱗。垂鞭日日陪清話，談笑成章泣鬼神。」〔註 281〕表現了對宋朝禦敵有策、出使有人的自信，並表達了以辯才折服敵人、堅決不辱使命的決心。

范成大的詩集中表現了這種態度。如《藺相如墓》（在邯鄲縣南，趙故城之西）：「玉節經行虜障深，馬頭釃酒奠疎林。茲行璧重身如葉，天日應臨慕藺心。」借詠懷古人表達自己的羨慕之情與英雄之思。《出塞路》（安肅北門外大道，容數車方軌）：「當年玉帛聘遼陽，出塞曾歌此路長。漢節重尋舊車轍，插天猶有萬垂楊。」表現出不辱使節的決心。《會同館》（燕山客館也。授館之明日，守吏微言有議留使人者）：「萬里孤臣致命秋，引身何止一漚浮。提攜漢節同生死，休問羝羊解乳不。」（自注：遼人館，本朝使已謂之會同館）體現出義無反顧的無畏精神與堅定不移的愛國情感。〔註 282〕《范成大的此類詩風格慷慨激昂，情感濃烈悲憤，楊萬里稱范成大此類詩「奔逸俊偉，窮追太白」〔註 283〕。

另外像許及之《題曹娥廟》：「當日曹娥念父心，千年江水有哀音。可憐七尺奇男子，忍使神州半陸沉。」借詠歎古事，表達血肉男子之身不應眼見中原淪陷無動於衷，而應該有所作為。其《登第一山》：「登臨休作楚囚悲，遮莫人心知漢思。疇昔百聞今一見，勉旃報國在男兒。」表達了持節報國的決心。〔註 284〕

5. 對朝廷政策的態度及復興宋室的希望

使金過程中的風俗風物、歷史古蹟，往往能引發使金文人豐富複雜的思

〔註 279〕《全宋詩》卷二四五八，第 46 冊，第 28435 頁。
〔註 280〕《全宋詩》卷一七〇二，第 30 冊，第 19183 頁。
〔註 281〕《全宋詩》卷二〇七九，第 37 冊，第 23453 頁。
〔註 282〕《全宋詩》卷二二五三，第 41 冊，第 25851、25853、25856 頁。
〔註 283〕楊萬里《范石湖集序》，見《范石湖集》附錄三引，上海古籍出版社 1981 年版，第 505 頁。
〔註 284〕《全宋詩》卷二四五九、二四五八，第 46 冊，第 28443、28436 頁。

想情感，其中包括對朝廷政策的思考，對宋朝命運的憂慮及對宋朝中興的希望。

如許及之《渡江（時禮物船被風）》：「揚子江頭渡曉風，一舟掀舞浪花中。江神似恨頻將幣，不許和戎出漢宮。」這本是作者記敘其在渡過揚江子時的景象，說明當時風濤怒吼，出使之艱難，而「江神似恨頻將幣，不許和戎出漢宮」，則表達了反對與金人議和納幣的觀點。《涿州》：「驀直中原掌似平，范陽巢穴奈天成。未能太古全無事，黃帝如何不治兵。」指出上古黃帝不修武事而天下太平，對宋朝如何才能平息戰爭提出疑問。《白溝河》：「藝祖懷柔不耀兵，白溝如帶作長城。太平自是難忘戰，休恨中間太太平。」白溝在今河北雄縣西北白溝鎮北，宋遼以此為界，又稱界河，南宋時在金國境內。此詩是頌揚宋太祖以仁德懷柔天下而不以武力征服天下，同時也表達了太平之時不可忘戰的觀點，是對當時承平時久、國人忘戰、苟安忘憂現狀的警告。〔註 285〕

再如洪适《次韻初入東京二首》之一：「乾坤正欲稔天驕，會見降胡款聖朝。蓄銳乘機先自治，莫令武庫五兵銷。」〔註 286〕表達了講和約好必須以「自治」為前提，反對朝廷惟講和為是、廢弛武備的做法。姜特立詩句：「頗驚魏國山河少，尚覺周家境土慳。聖言若圖恢復計，直須神武取榆關。」（自注：《五代史》：中原之險，正在榆關。自石晉失之，故中國無險可守。）〔註 287〕他提出了南宋如圖恢復之計，必先取榆關的觀點，認為石晉割燕雲於遼國，中國自此失去天然屏障，體現出對當時戰爭、戰略問題的思考。

有些詩則直接對朝廷肉食者之流不謀國事、徒使中原陸沉提出強烈的批判，如范成大《雙廟》（在南京北門外，張巡、許遠廟也，世稱雙廟，南京人呼為雙王廟）：「平地孤城寇若林，兩公猶解障妖祲。大梁襟帶洪河險，誰遣神州陸地沉！」〔註 288〕既讚揚前代英雄人物的愛國精神，同時對朝中無人能當恢復大任表示強烈的譴責。樓鑰《泗州道中》：「宿雪助寒色，相看汴水濱。輕車兀殘夢，群馬濺飛塵。行役過周地，官儀泣漢民。中原陸沉久，任責豈無人。」〔註 289〕對遺民思漢表示同情，對朝中無人表示憤慨。

〔註 285〕《全宋詩》卷二四五八、二四五九，第 46 冊，第 28435、28439、28442 頁。
〔註 286〕《全宋詩》卷二〇七九，第 37 冊，第 23453 頁。
〔註 287〕《使北》，《全宋詩》卷二一三二，第 38 冊，第 24082 頁。
〔註 288〕《全宋詩》卷二二五三，第 41 冊，第 25847 頁。
〔註 289〕《全宋詩》卷二五四一，第 47 冊，第 29411 頁。

南宋使金文人也表達出對朝廷命運的擔憂，表現出復興宋室的強烈願望。如洪适《使虜道中次韻會亭》:「平野風煙闊，孤村父老存。薄雲低故堞，落日逐輶軒。分裂時云久，澄清敵未吞。春光滿花柳，天道竟何言。」《漢語大辭典》釋「輶軒」為「古代使臣乘坐的一種輕車」。洪适認為北宋滅亡、故土淪陷，是本屬於一國的土地的「分裂」，是不符合「天道」的表現，希望故國早日恢復。其《次韻初望太行山》:「層巒逾碣石，形勝鎮神州。可惜羊腸險，今包鼠穴羞。天心端有待，人力豈能謀。未老如憑軾，壺漿為曲留。」太行時為金人所據，詩中「可惜羊腸險，今多虎踞憂」，表現了對朝庭命運的憂慮。〔註 290〕再如許及之詩句「中天王氣終當復，千古封疆只宋城」〔註 291〕、「思漢民心今戴宋，密祈興運早中天」〔註 292〕，對宋室中興充滿了自信。「好在關河舊，期來日有新。片雲無可翳，豈待淨妖塵」〔註 293〕，對不久故國恢復、天地一新充滿信心，以「妖」稱金人，表現出對金人的蔑視。范成大詩句「嶢闕叢霄舊玉京，御床忽有犬羊鳴。他年若作清宮使，不挽天河洗不清」〔註 294〕，希望有朝一日成為上清宮使，以天河之水洗淨人間不潔。

南宋的使金紀行詩在寬泛的意義來看，皆屬於邊塞詩。南宋文人使金及其詩歌創作，使古代邊塞詩在題材內容與情感風格方面出現新變，是邊塞詩在宋代的發展。〔註 295〕以范成大為代表的使金紀行詩，是古代「紀行詩」之一種，是對古代紀行詩的發展，使金紀行詩不僅記載使金過程中所見自然景物與民俗風情，同時又是使金文人在特定的時代背景下心靈歷程的反映。使金詩人把沿途所見、所聞與詩人的家國之痛結合起來，把自己對國破家亡的沉痛之情與遺民復國思歸的情感結合起來，開拓了詩的境界。

〔註 290〕《全宋詩》卷二〇七九，第 37 冊，第 23453、23454 頁。

〔註 291〕許及之《宿南京》(詢訪實有戍兵三千人),《全宋詩》卷二四五八，第 46 冊，第 28436 頁。

〔註 292〕許及之《光武廟》,《全宋詩》卷二四五九，第 46 冊，第 28442 頁。

〔註 293〕許及之《入淮》,《全宋詩》卷二四四八，第 46 冊，第 28326 頁。

〔註 294〕范成大《宣德樓》(虜加崇葺，偽改曰承天門),《全宋詩》卷二二五三，第 41 冊，第 25849 頁。

〔註 295〕張高評在《南宋使金詩與邊塞詩之轉折》一文從邊塞詩發展的角度，論述了南宋使金詩對傳統邊塞詩的新變，認為宋代使金詩既有先宋邊塞詩的餘韻，又因使金的特殊背景與文人的特殊身份，使邊塞詩內容出現新變；在藝術表現上則會通紀遊與詠懷、化成敘事與議論，帶上了宋詩的特點（見莫礪鋒編《第二屆宋代文學國際學術研討會論文集》，第 425 頁）。

本章小結

時代環境直接影響到人物心理情感、思想行為，並進而影響文人的文學創作。在宋金戰爭時期，文人歷經戰亂、統兵、入幕、出使金國，形成了具有時代色彩的戰亂文學、幕府文學與使金文學。

其一，文人歷經戰亂，他們把戰爭中的所見、所聞與所感紀寫下來，創作了一批戰亂文學。他們紀寫戰爭過程，表現戰爭中人民的悲慘遭遇與痛苦心靈，批判朝廷苟和政策，謳歌抗金英雄，表達復國理想。他們把亡國之恨與流離顛沛的身世之感結合起來，具有很強的感人力量，是繼漢末建安之亂、唐代安史之亂後又一個戰爭文學創作高峰。

其二，文人統兵、入幕，以幕府文人將帥為中心，形成了一個文學創作群體。他們通過描寫邊塞人情風物，紀寫幕府軍旅生活與詩歌酬唱、送別，表達抗敵復國的英雄理想與志士不遇的悲歎，創作了一批邊塞軍旅詩。幕府文人還寫下了一批幕府散文，包括謝表、檄文、露布等軍事文書，記載征戰歷史的戰爭史傳文及幕府序記文等，在散文發展史上具有一定的意義。

其三，文人出使金國，他們把沿途所見自然風物、歷史古蹟記載下來，並表達出使金過程中複雜的思想情感，創作了一批使金詩。就其創作地點來看，使金詩可以分為兩類：一類是詩人滯留金國時創作的詩歌，一類是詩人在使金過程中創作的詩歌。第一類多反映留金詩人強烈的思國懷鄉之表，表達出渴望休兵息戰的願望與不辱使節的人生理想；在藝術表現上多關注身邊細小的事物，如景物節候的變化來表達情感，少用典故，多以白描手法寫景抒情。第二類多表達對故國破亡的深沉悲悼，對遺民思漢的深切同情，對朝廷政策的批判與針砭，表達持節異域、不辱使節的決心，具有鮮明的時代內涵。這促進了古代「紀行詩」的發展。

附：入幕邊塞——陸游接受岑參的新契機

如前人所論，陸游對前代詩人如陶淵明、王維、蘇軾、杜甫等人人格精神與詩歌風格有著廣泛的接受。同時，陸游也深受盛唐邊塞詩人岑參的影響，尤其是陸游入幕邊塞後，對岑參的詩歌精神有了更深刻的理解，其詩歌風格也多有相似之處。入幕邊塞是陸游接受岑參的重要契機。這一點前人少有論及。本文在比較陸游、岑參二人人生經歷的基礎上，探討陸游入幕後接受岑參的具體內容，陸游接受岑參在其詩歌創作中的表現，藉以一窺南宋文人入幕對其思想精神及詩歌創作的影響。

一

岑參是盛唐著名的邊塞詩人，他把從軍邊塞時的所見、所聞與所感引入詩歌創作，真實地再現了異域邊地奇麗的風光與邊防將士戍邊衛國的英雄氣概，其邊塞詩視野開闊、激情澎湃，充滿了山川奇氣、愛國壯志，洋溢著浪漫氣質和一往無前的英雄主義精神，唱出了昂揚進取的時代最強音，亦是登峰造極的唐詩藝術的重要標誌。岑參邊塞軍旅詩的卓著成就，與其從軍的人生經歷分不開。

岑參曾兩次出處幕府。天寶八載（749 年），他棄官從戎，首次出塞，赴龜茲（今新疆庫車），入安西四鎮節度使高仙芝幕府，任右威錄事參軍，充節度使府掌書記，任職約三載。天寶十三載（754 年），岑參再次出塞，赴庭州（今新疆吉木薩爾縣），入北庭都護封常清幕，被表為大理評事攝監察御使，充安西北庭節度判官，任職約三年。〔註 296〕

兩次從軍入幕，對岑參詩歌創作產生了極大影響，這主要表現在邊塞軍旅詩的創作。岑參第一次入幕就寫了不少邊塞軍旅詩，如《武威送劉判官赴磧西行軍中作》《早發焉耆懷終南別業》《磧中作》《敦煌太守後庭歌》等。第二次出塞所寫的邊塞詩，雖然不出頌揚幕主封常清及與幕友道別之作，但此時軍旅詩將邊塞戰爭、西北荒漠的奇異風光與風物人情納入視野，邊塞風光、異域風情、征戰生活，在岑參立功邊塞的慷慨豪情的觀照下，變得神奇瑰麗、豪放雄壯，突破了以往征戍詩寫邊地苦寒、士卒勞苦、征夫思歸、怨婦盼歸的傳統，開拓了邊塞軍旅詩的題材，在風格上一改以前邊塞詩悲涼的格調，代之以慷慨豪邁的氣勢和異彩紛呈的描寫，表現出別具一格的奇偉壯麗之美。代表作如《走馬川行奉送出師西征》《白雪歌送武判官歸京》《輪臺歌奉送封大夫出師西征》《熱海行送崔侍御還京》《火山雲歌送別》《天山雪歌送蕭治歸京》《田使君美人舞如蓮花北旋歌》等。唐代杜確稱：「其有所得，多入佳境，迴拔孤秀，出於常情。每一篇絕筆，則人人傳寫，雖閭里士庶，戎夷蠻貘，莫不諷頌吟習

〔註 296〕辛文房《唐才子傳校箋》，傅璇琮主編，中華書局 1987 年版，第 443 頁引聞一多《岑嘉州繫年考證》。

焉。」〔註 297〕從傳播之遠高度評價岑參詩歌的創新意義。

與岑參相似，陸游也有過一段從軍入幕的經歷。乾道八年（1172）春，四川宣撫使王炎辟陸游為宣撫司幹辦公事。宣撫使的職能與運行方式與唐代節鎮幕府相似，在北宋時已經出現，「政和之際，又置宣撫」〔註 298〕。但北宋不常置，南宋李心傳稱：「宣撫使，祖宗時不常置，有軍旅大事則命執政大臣為之。」〔註 299〕南宋得到了一定發展，「紹興之初，兩淮京湖皆有宣撫，韓、張、岳號三大帥。」〔註 300〕宣撫使「掌宣布威靈、撫綏邊境及統護將帥、督視軍旅之事」，其屬官有參謀官、參議官、機宜幹辦公事。〔註 301〕陸游即任宣撫使司幹辦公事一職，其職能主要是協助幕主從事邊防武備事宜。

入幕南鄭，是陸游人生中的一次重大轉折。這使得以恢復中原為畢生理想的詩人，有機會親歷抗金前線，入幕府陳獻卻敵之策，實現了他從戎馬上的理想。在考察戰爭形勢的過程中，陸游看到了抗金復國的希望，這更堅定了他主戰的軍事立場，激發了他中興復國的人生理想。同時，從軍南鄭，也是陸游詩歌創作轉捩的一個關鍵。這使他突破江西詩派重形式而輕內容的樊籬，把筆觸指向廣闊的社會生活，其詩歌創作也達到了一個全新的境界。

陸游早年曾從江西詩派第二代詩人曾幾學詩，自謂學得「作詩玄機」，也「妄取」了「虛名」，他所悟出的做詩感受「律令合時方帖妥，工夫深處卻平夷」，亦不外乎是對詩律、用字等詩歌形式的重視。在南鄭鐵馬秋風、豪縱奔放的軍旅生活之後，他的胸襟為之豁然開朗，壯麗的山川形勢、淳樸的土風民俗，使他的生活經歷為之豐富。他的詩歌風格一變，詩風豪俊感激，典麗清新，一洗早期摩乞之態而自成一格。陸游自序道：

> 我昔學詩未有得，殘餘未免從人乞。力孱氣餒心自知，妄取虛名有慚色。四十從戎駐南鄭，酣宴軍中夜連日。打球築場一千步，閱馬列廄三萬疋。華燈縱博聲滿樓，寶釵豔舞光照席。琵琶弦急冰雹亂，羯鼓手勻風雨疾。詩家三昧忽見前，屈賈在眼元歷歷。天機雲錦用在我，剪裁妙處非刀尺。世間才傑固不乏，秋毫未合天地隔。

〔註 297〕岑參《岑參集校注》附錄杜確《〈岑嘉州詩集〉序》，陳鐵民等校注，上海古籍出版社 2004 年版，第 463 頁。

〔註 298〕吳廷燮《北宋經撫年表》，張忱石點校，中華書局 2004 年版，第 3 頁。

〔註 299〕《建炎以來朝野雜記》甲集卷一一，《官制二》之《宣撫使》，第 215 頁。

〔註 300〕吳廷燮《南宋制撫年表序》，見《南宋制撫年表》，第 399 頁。

〔註 301〕《宋史》卷一六七《職官志》，第 3957 頁。

放翁老死何足論，廣陵散絕還堪惜。〔註 302〕

從軍邊塞之後，陸游體會到以前作詩「但欲工藻繪」，不知「工夫在詩外」（《示子遹》），直接從生活中獵取素材，才覺得「詩家三昧忽現前，屈賈在眼元歷歷」。在逐漸意識到詩歌創作的生活源泉，陸游把邊塞軍旅生活納入詩歌創作，極大地豐富了寫作題材，而題材的變化也引起了詩風的變化，清代趙翼稱陸游詩凡三變，「少工藻繪，中務宏肆，晚造平淡」〔註 303〕，所謂「中務宏肆」主要指其從軍入幕之後的詩歌風格。蜀中豐富的幕府生活經歷，是促使陸游詩歌創作發生轉捩的關鍵。

陸游平生最為讚賞的詩人有李白、杜甫、王維、蘇軾、岑參等人。對李白，陸游主要賞其任俠尚武之精神與豪宕雄放之詩風。對杜甫，陸游賞其忠愛之心，「文章垂世自一事，忠義凜凜令人思」，「後世但作詩人看，使我撫几空諮嗟」。〔註 304〕陸游對李杜二人評價固高，但推許之餘總有一種惺惺相惜的感喟。對王維，陸游稱「余年十七八時，讀摩詰詩最熟」，是涉世未深、未經世事的少年陸游的趣尚；中歷時事，陸游「遂置之（指王維詩）者幾六十年」；晚年賦閒山居，在經歷過仕途起伏與人生漂浮不定的經歷後，陸游心態逐漸趨於平靜安詳，再取王維詩集讀之，故「如見舊師友」。〔註 305〕而陸游終生推崇、由衷地感到與自己心契的前代詩人是盛唐邊塞詩人岑參。他稱：「予自少時，絕好岑嘉州詩。往在山中，每醉歸，倚胡床睡，輒令兒曹誦之，至酒醒，或睡熟，乃已。嘗以為太白、子美之後，一人而已。」〔註 306〕唐代李白、杜甫對宋人而言是前代詩歌的兩坐豐碑，陸游認為李杜之後僅岑參與之並駕齊驅，對岑參表示出高度評價與推崇。

陸游自稱少時即喜讀岑參詩歌，是具有強烈的功名思想的陸游對岑參描寫異域風情、表達建功立業理想詩歌的認同與讚賞。但陸游真正理解接受岑參是在他入幕劍南以後，相似的人生經歷使陸游對岑參人格精神及其詩歌風格更能心契神會。宋孝宗乾道九年（1173）春，陸游奉命攝知岑參曾任刺史

〔註 302〕《九月一日夜讀詩稿有感走筆作歌》，《劍南詩稿校注》卷二五，第 1802 頁。

〔註 303〕《甌北詩話》卷六第 2 則：「放翁詩凡三變。……《示子遹》詩云：『我初學詩日，但欲工藻繪……』此可見宗尚之正。……後又有自述一首云：『我昔學詩未有得，……』是放翁詩之宏肆，自從戎巴蜀而境界又一變。及乎晚年，則又造平淡。」第 78～79 頁。

〔註 304〕《讀杜詩》，《劍南詩稿校注》卷三三，第 2191 頁。

〔註 305〕《陸遊集．渭南文集》卷二九《跋王右丞集》，第 2262 頁。

〔註 306〕《陸遊集．渭南文集》卷二六《跋岑嘉州詩集》，第 2229 頁。

的嘉州時〔註 307〕，畫岑參像於書齋時時拜祭，刻岑遺詩八十餘篇且作文跋之：「今年自唐安別駕來攝犍為，既畫公像齋壁，又雜取世所傳公遺詩八十餘篇刻之，以傳知詩律者，不獨備此邦故事，亦平生素意也。」〔註 308〕表現出對岑參的嚮往與景仰之情。入幕邊塞，是岑參、陸游邊塞軍旅詩創作的重要契機。

二

陸游從軍入幕，對岑參有了更深刻的理解，對其詩歌也更加心契神會。入幕邊塞，相似的人生經歷為陸游接受岑參提供了條件。而陸游對岑參的接受，最重要的一點是對岑參詩歌中表現出來的詩人生當盛世、主賓相契、建功幕府的人生際遇的嚮往，是陸游一貫的從軍征戰、建立邊功理想的表現。

乾道九年（1173）春，陸游攝知嘉州，創作了一首詩《夜讀岑嘉州詩集》：

> 漢嘉山水邦，岑公昔所寓。公詩信豪偉，筆力追李杜。常想從軍時，氣無玉關路（公詩多從戎西邊時所作）。至今蠹簡傳，多昔橫槊賦。零落財百篇，崔嵬多傑句。工夫刮造化，音節配韶頀。我後四百年，清夢奉巾屨。晚途有奇事，隨牒得補處。群胡自魚肉，明主方北顧。誦公天山篇，流涕思一遇。〔註 309〕

該詩高度評價岑參詩歌，突出讚賞岑參之詩筆力「豪偉」、氣吞河山的藝術特點與上承韶頀雅樂的思想內涵。詩之末尾「群胡自魚肉，明主方北顧。誦公天山篇，流涕思一遇」，點明了作詩的主旨。岑參詩中表現出來的「一遇」具體指什麼？這可以結合岑參邊塞詩及陸游所處的時代環境與其人生經歷來分析。

陸游在詩中稱「誦公天山篇」，查岑參詩集，以「天山」名篇者僅《天山雪歌送蕭治歸京》：

> 天山雪雲常不開，千峰萬嶺雪崔嵬。北風夜卷赤亭口，一夜天山雪更厚。能兼漢月照銀山，復逐胡風過鐵關。交河城邊鳥飛絕，輪臺路上馬蹄滑。晻靄寒氛萬里凝，闌干陰崖千丈冰。將軍狐裘臥不暖，都護寶刀凍欲斷。正是天山雪下時，送君走馬歸京師。雪中何以贈君別，唯有青青松樹枝。〔註 310〕

〔註 307〕岑參曾為嘉州刺史，著有《嘉州集》；岑參守嘉州的時間，依聞一多先生考證，時間在唐代宗大曆二年至三年之間（767～768）。

〔註 308〕《陸遊集·渭南文集》卷二六《跋岑嘉州詩集》，第 2229 頁。

〔註 309〕《劍南詩稿校注》卷四，第 332 頁。

〔註 310〕《岑參集校注》卷二，第 168 頁。

該詩前五聯鋪寫送別蕭治赴京時雪滿天山、輪臺附近冰封雪凍的情景；第六聯概括描寫幕府將軍的活動；第七聯點出送別的主題；尾聯借經歷風霜嚴寒仍能保持蒼翠挺拔之姿的青松送別，表達了對蕭治節操的讚賞與期望。整首詩並無明確的陸游詩中所謂的「流涕思一遇」之「遇合」的內涵。故陸游詩中的「天山篇」應該不是專指，而是泛指岑參包含了「天山」意象的詩歌，並進而代指岑參描寫異域風光、表達征戰理想、謳歌盛世軍功的邊塞軍旅詩。

《元和郡縣志》:「天山，一名白山，一名折羅漫山。」在伊州北一百二十里，冬夏有雪，出好木及金鐵，匈奴謂之「天山」。「天山」作為邊疆異域的特殊景物，久而久之成為詩歌中象徵邊塞的一個典型意象。「天山」一詞在岑參詩中出現多次，如「輪臺東門送君去，去時雪滿天山路」〔註 311〕，「涼秋八月蕭關道，北風吹斷天山草」〔註 312〕，「四月猶自寒，天山雪濛濛」〔註 313〕，「都護新滅胡，士馬氣亦精。蕭條虜塵淨，突兀天山孤。」〔註 314〕「九月天山風似刀，城南獵馬縮寒毛」〔註 315〕，「看君走馬去，直上天山雲」〔註 316〕等。岑參有關「天山」描寫的詩歌，常在鋪寫誇飾天山千峰萬嶺之雄奇與冰封雪凍之嚴寒中，突出表現戍邊將士的豪壯理想與行軍征戰的悲壯豪情。作為一個邊塞異域的典型意象，在岑參這樣一位具有強烈功名思想與尚武精神的外來者的視野觀照下，「天山」一詞包含了豐富的邊塞、戰爭與尚武的內涵。岑參的邊塞詩雖然有時並無「天山」一詞，但其視角所在仍是冰封雪蓋的塞漠之景與雄奇瑰麗的異域風情，如火山雲氣氤氳、邊地白草枯折、天山雪海荒寒等，通過描寫異域奇偉瑰麗的自然景象與邊地險惡艱苦的自然氣候渲染人物活動的悲壯環境，表達尚武樂征的昂揚激情與豪壯理想，使詩歌呈現出一種崇高美。所以「天山篇」不僅可指岑參那些描寫「天山」的詩歌，也可以代指這些借寫邊地奇偉壯麗之景表達壯志理想的所有邊塞詩。

岑參的邊塞軍旅詩，借寫景物之奇偉瑰麗表達壯志豪情，張揚了盛唐高昂進取、奮發蹈厲的時代精神，亦呈現出詩人生當明世、有機會建功報國的自信與振奮。故陸游在讀岑參包括《天山雪歌送蕭治歸京》在內的邊塞軍旅詩時，

〔註 311〕《白雪歌送武判官歸京》，《岑參集校注》卷二，第 163 頁。
〔註 312〕《胡笳歌送顏真卿使赴河隴》，《岑參集校注》卷一，第 66 頁。
〔註 313〕《北庭貽宗學士道別》，《岑參集校注》卷二，第 157 頁。
〔註 314〕《滅胡曲》，《岑參集校注》卷二，第 161 頁。
〔註 315〕《趙將軍歌》，《岑參集校注》卷二，第 173 頁。
〔註 316〕《醉裏送裴子赴鎮西》，《岑參集校注》卷二，第 184 頁。

心中豐富的人生感慨被激發出來，對岑參生當盛世、有幸投身邊幕建功立業，並能為大唐帝國的邊防事業頌揚歌唱、在詩史揚名立萬的人生際遇表示由衷的嚮往與羨慕。所以陸游讀岑參邊塞詩，主要對岑參「遇合」的人生際遇表示出由衷的嚮往。這個「遇合」，具體而言，首先，指岑參遇於明世，在尚武樂征的時代裏從軍入幕，建立邊功；其次，岑參受知於幕府賢主。岑參兩度出塞，與幕府將帥關係融洽，幕府主賓遇合，第二次出塞幕府主帥封常清，是岑參第一次出塞在安西幕府任職時的同僚。〔註317〕從岑參數首與封常清之詩可見，岑參與封常清關係非常諧和。岑參對封常清的評價亦很高，他在送別幕府友人時稱：「君有賢主將，何謂泣窮途？」〔註318〕「賢主將」即封常清。另外，岑參抗敵衛國的武才受到重視，有機會親上戰場，建功報國，「誓將報主靜邊塵」〔註319〕。

陸游入幕後，在接受學習岑參詩歌的過程中，常常表示出「流涕思一遇」的深沉感慨。他所向往的岑參的「一遇」，指嚮往岑參遇於明世、賢主的人生際遇。這是陸游不滿於現狀的表現。陸游此詩寫於他以四川帥司參議官之職攝知嘉州任上。四川是北伐抗金、收復中原的要塞，川陝以北即是南宋勁敵金人盤踞之地，烽火武備依稀可見。從這一點上看來，雖然唐朝面臨的是中原之外的少數民族國家回紇、突厥等外患，而宋人面臨的是侵佔中原之地的金國，但當時的邊防形勢與社會政治氣候與唐朝並無二致。在陸游看來，雖然自己可以在與唐代並無二致的戰爭時代背景下與岑參一樣入幕邊塞，但卻沒有像岑參一樣的人生際遇，致使英雄空自悲憤感慨。

首先，陸游嚮往岑參生當盛世，在尚武樂征的風氣下，有機會出入幕府、親上戰場，建功立業。陸游此詩寫於乾道九年（1173）。此時距離金人滅亡中原已近半個世紀，國破家亡的切膚之痛對廣大文人而言已經成為遙遠的記憶。南宋大臣普遍沉迷於煙雨江南的侈靡環境中宴樂苟安而不事恢復。以都城杭州為例：「西湖天下景，朝昏晴雨，四序總宜。杭人亦無時而不遊，而春遊特盛焉。承平時，頭船如大綠、間綠、十樣錦、百花、寶勝、明玉之類，何翅百餘。其次則不計其數，皆華麗雅靚，誇奇競好。而都人凡締姻、賽社、會親、送葬、經會、獻神、仕宦、恩賞之經營、禁省臺府之囑託，貴璫要地，

〔註317〕封常清在高仙芝任安西節度使期間（天寶六載十二月至十載七月）為安西節度判官，參見《舊唐書．封常清傳》。

〔註318〕《岑參集校注》卷二《北庭贈宗學士道別》，第157頁。

〔註319〕《岑參集校注》卷二《輪臺歌送封大夫出師西征》，第145頁。

大賈豪民，買笑千金，呼盧百萬，以至癡兒呆子，密約幽期，無不在焉。日糜金錢，靡有紀極。」〔註 320〕文人士子在喧囂繁華的都市生活中逐漸淡忘亡國破家之痛，習慣了安逸享樂之風，「在朝諸大臣，皆流連詩酒，沉溺湖山，不顧國之大計」，「宋自紹興以來，主和議，增歲幣，送尊號，處卑廟，括民膏，戮大將，無惡不作，無陋不為，百姓莫敢言喘。」〔註 321〕而以朱熹、陸九淵、張栻為代表的理學在此時得到極大發展，理學家一味強調「誠心正意」，重視道德心性修養的「內聖」之功，形成了一股清談玄論之風，客觀上迎合了當時主和派恃和苟安的行為。即使如蜀地這樣重要的防金抗金前線，孝宗亦主張「靜鎮」〔註 322〕的策略。在一派保守求和勢力之中，陸游主戰呼聲顯得尤為蒼白。陸游所向往的「一遇」也是對當時君臣上下合力抗金的政治環境的訴求。

其次，陸游嚮往岑參遇合於將帥幕主。陸游雖然曾經有機會入幕戍邊，但在王炎幕府時與王炎關係並非十分相契。陸游在詩中稱：「……至今悲義士，書帛報番情。」他在詩下自注：「予在興元日，長安將吏以申狀至宣撫司，皆蠟彈，方四五寸絹，虜中動息必具報。」〔註 323〕可見雖有諜報敵情，但王炎不能用陸游進取之策。陸游曾經提出「以為經略中原必自長安始，取長安必自隴右始」〔註 324〕，「會看金鼓縱天下，卻用關中作本根」〔註 325〕的建議，但其結果是「畫策雖工不見用，悲吒豈復從軍樂」〔註 326〕，「不如意事常千萬」〔註 327〕。陸游在王炎幕府時，雖計策不被所用，但還是能夠親上前線、考察抗金形勢，並有機會馳聘縱獵，親自參加閱兵征戰活動，與其「上馬擊狂胡，下馬草軍書」的人生理想相差不是很大。在王炎幕府度過短暫的軍旅生涯後，陸游被調任成都安撫使司任參議官並兼制置使參議官〔註 328〕，以處理軍中文

〔註 320〕周密《武林舊事》，西湖書社 1981 年版，第 38 頁。

〔註 321〕鄭燮《板橋集》《范縣署中寄舍弟墨第五書》，見《陸游資料彙編》，第 208 頁。

〔註 322〕陸游在乾道八年在王炎幕府時，為幕府治所寫了一篇《靜鎮堂記》，從此文中可見孝宗曾給王炎下詔，中有「靜鎮坤維」一語。《易》「坤」卦為西南之卦，「靜鎮坤維」是孝宗對王炎經略川陝的要求，即以「靜」為主。

〔註 323〕《昔日》，《劍南詩稿校注》卷一四，第 1442 頁。

〔註 324〕《宋史》卷三九五《陸游傳》，第 12058 頁。

〔註 325〕《山南行》，《劍南詩稿校注》卷三，第 232 頁。

〔註 326〕《三山杜門作歌》之三，《劍南詩稿校注》卷三八，第 2456 頁。

〔註 327〕《追憶征西幙中舊事》之二，《劍南詩稿校注》卷四八，第 2927 頁。

〔註 328〕歐小牧認為，《宋史》僅記載陸游為范成大所辟，任四川安撫司參議，而據陸游詩文考之，可知陸游自乾道八年（1172）十一月王炎召回後離開四川宣撫司幕府，至淳熙二年（1175）春，皆任四川安撫使司參議，中間曾出攝蜀州

牘為主要職責，無機會參加軍事活動，「卻將覆氈草檄手，小詩點綴西州春」〔註 329〕。即使如主戰大臣范成大亦僅視其為一介儒生與詩人，與其賞花開宴賦詩飲酒，獨不論軍務。陸游作於范成大幕府的《春感》一詩比較了他兩次入幕的生活經歷與感受：「少時狂走西復東，銀鞍駿馬馳如風。……叉魚狼藉漾水濁，獵虎蹴蹋南山空。射堋合中萬人看，毬門對植雙旗紅。華堂卻來弄筆硯，新詩醉草誇坐中。劍關南山才幾日，壯氣摧縮成衰翁。雪霜蕭颯已滿鬢，蛟龍鬱屈空蟠胸。……」〔註 330〕懷念南鄭幕府生活，對在范成大幕府空自弄筆作詩、壯氣摧縮的現狀表示不滿。這是為什麼陸游在離開王炎幕府後，以帥司參議官攝知嘉州時，對岑參之詩深致感慨的重要原因。

另外，陸游嚮往岑參可以馳騁戰場、建立軍功的人生經歷。在宋代尚文輕武的時代風氣下，文人普遍以習武事、論兵事為恥辱。如李心傳記載：「時議者以為自兵興以來，士大夫一入軍中，便竊議而鄙笑之，指為濁流。」〔註 331〕陸游「天資慷慨，喜任俠，嘗以踞鞍草檄自任，且好結中原豪傑以滅敵。自商賈、仙釋、詩人、劍客，無不遍交遊」〔註 332〕。他不願做地方官：「何時驃姚師，大刷渭橋恥。士各奮其長，儒生未宜鄙。覆氈草軍書，不畏寒墮指。」〔註 333〕希望能任職中樞贊襄大計，或者軍前執戈草檄，「上馬擊狂胡，下馬草軍書。二十抱此志……」〔註 334〕。但講和苟安的時代政治環境未給陸游尚武樂征提供實現的機會。時人包括宋朝君臣都僅以詩人視之，如起居郎周必大把陸游比作唐代大詩人李白，向孝宗推薦。〔註 335〕史浩、黃祖舜薦陸游「善辭章、諳典故」，孝宗便殿召見也因陸游「力學有聞，言論剴切」才賜進士出身。〔註 336〕時人對其身份的認可與他從軍入武、抗金恢復的「素志」相牴牾。他

通判，權知嘉州、榮州，「皆繫以議職出攝，本職仍為制府參議也」，並考知此間任四川成都制置使者為趙都大、張閣學（震）、薛安撫兼制置（良朋）、李運使等（歐小牧《陸游年譜》，人民文學出版社 1981 年版，頁 142）。據此可知，陸游從軍入幕的時間實際上從乾道八年（1172）春至淳熙三年（1176）帥司參議官解職為止。其前後入幕所從事事務不同，入幕心態亦異。

〔註 329〕《夏夜大醉醒後有感》，《劍南詩稿校注》卷七，第 582 頁。

〔註 330〕《劍南詩稿校注》卷六，第 536 頁。

〔註 331〕《要錄》卷一〇六，紹興元年十一月戊寅，第 1732 頁。

〔註 332〕《四朝聞見錄》乙集《陸放翁》，第 65 頁。

〔註 333〕《投梁參政》，《劍南詩稿校注》卷二，第 135 頁。

〔註 334〕《觀大散關圖有感》，《劍南詩稿校注》卷四，第 357 頁。

〔註 335〕《鶴林玉露》甲編卷四《陸放翁》，第 71 頁。

〔註 336〕《宋史》卷三九五《陸游傳》，第 12057 頁。

在王炎幕府解散後被命任四川安撫司參議官，從漢中到成都參議官時寫下一首《劍門道中遇微雨》:「衣上征塵雜酒痕，遠遊無處不消魂。此身合是詩人未？細雨騎驢入劍門。」〔註 337〕「此身合是詩人未」，表達了不甘心做一行吟驢背的詩人的心態。他在《喜譚德稱歸》中寫道：「少鄙章句學，所慕在經世，諸公薦文章，頗恨非素志。一朝落江湖，爛熳得自恣。討論極王霸，事業窺莘渭。孔明景略間，卻立頗睥睨。……」〔註 338〕，聲辯其平生素志在於「經世」濟時，而不願以文章顯世。這種自己身份定位與社會認可角色的錯位，使陸游的軍事才能始終沒有機會受到最高統治者的賞識，其希望通過從軍征戰建立功業的人生理想始終不能實現，這就使陸游不能不在悲憤感慨之餘，對能夠入幕邊塞建功立業的岑參表達出由衷的嚮往之情。

陸游在經過入幕劍南的曲折經歷後，對朝廷恃和苟安的對金政策、重文輕武的士林風尚及個人的際遇出處都有了更加深刻的思考。陸游少年時熟讀岑詩而沉積於胸中的對岑參的理解，也隨著他對現實問題的思考更加明晰、深刻，故更能體會岑詩的思想內涵與藝術風格。

三

陸游在入幕南鄭及以後所創作的大量邊塞軍旅詩在思想內涵與藝術風格上都酷似岑參，可見岑參詩歌的深刻影響。

首先，陸游詩歌尚武立功思想與岑詩相似。岑參有著強烈的功名思想，而他實現功名的途徑是立功邊塞。岑參寫下了許多表達投筆從戎、建功立業的豪邁理想的邊塞詩，如在《送人赴安西》中寫道：「上書帶胡鉤，翩翩度隴頭。小來思報國，不是愛封侯。」讚美友人從戎，實際上表現了自己從軍征戰生活的嚮往。在《送李副使赴磧西官軍》中更直言道：「功名只向馬上取，真是英雄一丈夫。」〔註 339〕強烈而迫切地表達了以軍功成名的理想。岑參熱情歌頌邊塞戰爭，通過描寫邊地景物之奇特、氣候之荒寒蒼涼，渲染出邊防將士行軍征戰的緊張激烈，寄託他對軍旅生活的深厚感情和對軍功的強烈追求及從征作戰的興奮和歡慶勝利的喜悅。

陸游的詩具有強烈的功名思想。他稱「投筆書生古來有，從軍樂事世間

〔註 337〕《劍南詩稿校注》卷三，第 269 頁。
〔註 338〕《劍南詩稿校注》卷六，第 536 頁。
〔註 339〕《全唐詩》卷一九九，第 2055 頁。

無」〔註 340〕，對軍旅生活表現出異常熱情。陸游對南鄭軍旅生活的描寫，場面激烈、情感激昂，表達出尚武樂征的思想，如寫閱武巡邊：「朝看十萬閱武罷，暮馳三百巡邊行。」〔註 341〕寫軍營生活：「鐵衣上馬蹴堅冰，有時三日火不食，山蕎佘粟雜沙磣，黑黍黃粱如土色，飛霜掠面寒壓指，一寸赤心惟報國。」〔註 342〕寫邊塞行軍：「獨騎洮河馬，涉渭夜銜枚」〔註 343〕，「馬蹄度隴雹聲急，士甲照日波光明」〔註 344〕，「散關驛近柳迎馬，駱谷雪深風裂面」〔註 345〕，「平川月如霜，萬馬皆露宿」〔註 346〕。寫射獵：「南沮水邊秋射虎，大散關頭夜聞角」〔註 347〕，「西行亦足快，縱獵南山秋。騰身刺猛虎，至今血濺裘」〔註 348〕，「前年從軍南山南，夜出馳獵常半酣。玄熊蒼兕積如阜，赤手曳虎手毿毿」〔註 349〕。陸游對前代蜀中英傑多賦詩頌揚，如《金錯刀行》中「提刀獨立顧八荒」的失意鬥士；《胡無人》中「鬚如蝟毛磔，面如紫石棱」「追奔露宿青海月，奪城夜踏黃河冰」的勇士；《寶劍吟》中「慨然思遐征」的寶刀主人；《對酒歎》中「千金輕擲重意氣，百舍孤征赴然喏」的大丈夫。〔註 350〕陸游通過詠歎南鄭、川蜀歷代英豪表達自己抗金復國、建功立業的人生理想。

其次，陸游入蜀及以後所創作的詩歌，風格亦受到岑參很大影響。歐小牧稱：「先生詩格典麗豪俊之處，頗近岑參。」〔註 351〕陸詩風格近於岑參者，主要指描述邊塞風物人情與邊塞軍旅生活、表達功名追求與尚武精神的邊塞軍旅詩。

第一，陸游風格之「奇」近於岑參。杜甫稱「岑參兄弟皆好奇」(《漢陂行》)。「好奇」的性格特徵促使岑參入幕絕域；「好奇」的性格特徵，促成了

〔註 340〕《獨酌有懷南鄭》，《劍南詩稿校注》卷一七，第 1318 頁。
〔註 341〕《秋懷》，《劍南詩稿校注》卷一八，第 1396 頁。
〔註 342〕《江北莊取米到作飯香甚有感》，《劍南詩稿校注》卷一七，第 1340 頁。
〔註 343〕《歲暮風雨》，《劍南詩稿校注》卷二六，第 1839 頁。
〔註 344〕《秋懷》，《劍南詩稿校注》卷一八，第 1396 頁。
〔註 345〕《春日登小臺西望》，《劍南詩稿校注》卷八一，第 4374 頁。
〔註 346〕《夏夜》，《劍南詩稿校注》卷三〇，第 2026 頁。
〔註 347〕《三山杜門作歌》之二，《劍南詩稿校注》卷三八，第 2456 頁。
〔註 348〕《步出萬里橋門至江上》，《劍南詩稿校注》卷八，第 618 頁。
〔註 349〕《聞虜亂有感》，《劍南詩稿校注》卷四，第 346 頁。
〔註 350〕《劍南詩稿校注》卷四、五，第 361、367、352、415 頁。
〔註 351〕《陸游年譜》，人民文學出版社 1981 年，第 134 頁。

其詩歌奇麗豪壯的藝術風格。岑詩之「奇」主要指借描寫邊地奇偉壯麗之景象與幕府悲壯慘烈之戰鬥場面，表達奮發蹈厲的豪情壯志，形成的「瑰麗雄奇」藝術風格。陸游的邊塞詩也具有「奇」的特點，劉熙載稱其詩「淺中有深，平中有奇」，「令人咀味」（《藝概・詩概》）。這個「奇」既表現在內容方面，也表現在詩歌構思與藝術風格上。內容上主要指不甘心作一「腐儒」或「詩人」，而希望立功邊塞的雄心壯志，藝術上則主要表現在構思之奇特。他常採用「記夢」的形式追憶他在四川幕府時的生活情景與征戰經歷，通過誇張渲染之筆描寫邊地荒寒淒涼的景象與縱獵打圍的雄肆壯闊場面，來凸顯出塞殺敵的豪情壯志與軍旅生活的蹈勵奮發，並通過誇飾之虛筆，描寫想像中宋廷殺敵復國、駐兵河外、招降金人的情景，突出地表現出陸游構思之奇巧與大膽，也更好地表現了陸游矢志不渝的復國之志。清代賈臻有一首詩《讀放翁詩》云：

> 我讀放翁詩，時時作壯語。呼鷹漢廟秋，赴戰榆關下。奇想結夢寐，快意瀉肺腑：傳檄下西涼，盡復漢唐土。公卿翳何人？醉歌雜嘲侮。不獨示兒詩，感人涕如雨。大聲而疾呼，於事竟何補！一腔忠愛心，有觸便傾吐。每飯不忘君，上配少陵杜。豈於詩律間，乖合較銖黍。根源在詩外，五字足千古。掩卷發長歎，悲風蕩庭戶。〔註 342〕

所謂「時時作壯語」即指陸游詩中表達出來的豪情壯志。「奇想結夢寐」指出了陸游構思之「奇」，記載了充滿大膽想像的內容，突出表現了詩人的主觀創造性。其想像之事通過詩人「奇」幻之筆寫出來，盡情地表露自己恢復中原的興奮之態，酣暢淋漓地表現出了詩人心底裏渴望恢復的那份急切與焦灼之情。陸游詩之「奇」是其激昂豪邁的情感內容與奇特巧妙之構思表現出來的「奇偉豪壯」藝術風貌。這與岑參詩歌之「奇」有相通之處。

第二，陸游邊塞詩悲壯沉郁風格近於岑參。岑參邊塞詩中有悲壯的一面，如嚴羽稱：「高岑之詩悲壯，讀之使人感概。」（《滄浪詩話・詩評》）辛文房《唐才子傳》稱岑參「與高適風骨頗同，讀之令人慷慨懷感」〔註 353〕。明代高棅稱：「高適、岑參之悲壯，李頎、常建之超凡，此盛唐之音也。」〔註 354〕近人

〔註 352〕見《陸游資料彙編》，第 356 頁。

〔註 353〕《唐才子傳校箋》，第 443 頁。

〔註 354〕《唐詩品匯・總序》，上海古籍出版社 1981 年影印本，第 8 頁。

廖立以「悲壯奇麗」概括了岑參邊塞詩的總體風格，稱：「岑詩風格雖有一線貫穿，有著共同的東西，但不同時期不同題材的詩歌又各有側重，其風格也有差異，如悲壯風格，在岑參邊塞詩中就表現得更為突出，其山林田園詩就較少這種風格因素。」〔註355〕岑參邊塞詩的悲壯風格，主要表現征戰生活之悲壯，表達了功業無成的悲歎。

陸游的詩歌呈現出悲壯的一面，而且具有悲憤沉鬱的特點，元代方回稱：「放翁善為悲壯。」〔註356〕陸游「未嘗一日忘蜀」〔註357〕，蜀地是抗金前線，是可以建功立國之地。陸游渴望親自從戎，可惜「位不能稱其才，才不能施於時，而徒託諸空言以自見」〔註358〕。陸游一生「本意滅虜收河山」〔註359〕，結果卻「蹭蹬乃去作詩人」〔註360〕，終其一生未能實現自己的抗金願望，只得抱憾飲悲。梁啟超稱：「辜負胸中十萬兵，百無聊賴以詩鳴。誰憐愛國千行淚，說到胡塵意不平。」〔註361〕理想與現實的矛盾形成了陸游邊塞詩悲壯的藝術風格。清代紀昀特別推崇陸游「感激豪宕、沉鬱深婉之作」〔註362〕，即指其邊塞軍旅詩而言。

陸游晚年在比較唐代岑參與王維二人寫於幕府的詩歌時稱：「岑參在西安幕府詩云：『那知故園月，也到鐵關西。』韋應物作郡時，亦有詩云：『寧知故園月，今夕在西樓。』語意悉同，而豪邁閒澹之趣，居然自異。」〔註363〕稱岑參詩「豪邁」，稱王維詩「閒澹」，深得其中三昧；而陸游所讚賞嚮往的正是岑參那些描寫邊塞風物、表達英雄壯志的瑰麗奇偉、悲壯「豪邁」的詩風。

清代梅曾亮稱：「詩莫盛於唐，而工詩者多幕府時作。陸務觀歸老湖，其詩亦不如成都、南鄭時為極盛。夫鳥歸巢者無聲，葉落糞本者不鳴，其勢然也。」〔註364〕陸游在四川幕府時所作的邊塞軍旅詩，使其詩歌創作進入到一個新的

〔註355〕《岑參邊塞詩的風格特色》，見《岑參事蹟著作考》，中州古籍出版社1997年版，第260頁。
〔註356〕方回《跋遂初尤先生尚書詩》，見《陸游資料彙編》，第78頁。
〔註357〕陸子虡《劍南詩稿跋》：「然其心固未嘗一日忘蜀也，其形於詩歌，蓋可考矣。」
〔註358〕《吳越所見書畫錄》卷一，《陸游資料彙編》引元．李曄《題晨起詩卷》，第112頁。
〔註359〕《樓上醉書》，《劍南詩稿校注》卷八，第629頁。
〔註360〕《初冬雜詠》，《劍南詩稿校注》卷七九，第4278頁。
〔註361〕《飲冰室文集》卷四五下《讀陸游翁集》，見《陸游資料彙編》，第389頁。
〔註362〕《四庫全書總目》卷一六〇《〈劍南詩稿〉提要》，第2143頁。
〔註363〕《老學庵筆記》卷三，中華書局1979年版，第32頁。
〔註364〕《陳邦厀詩序》，見《陸游資料彙編》，第348頁。

境界。入幕邊塞，是陸游詩歌進入一個全新的藝術境界的重要契機。這一點，與岑參入幕後創作盛唐邊塞詩的藝術高峰有相似之處。

小結

從接受學角度而言，「接受不是一種消極的文本消費行為，在其效果中帶有消費者或明或隱、或深或淺的個人印記」〔註365〕。陸游接受岑參，有其本身就具有的功名思想與尚武精神有關，故他少年時即喜讀岑詩。但只有到了入幕南鄭，在真正經歷過一段幕府生活之後，才對岑參人格精神及其詩歌思想有更加深刻的理解。入幕邊塞，是陸游接受岑參的重要契機：相似的入幕經歷，是陸游接受岑參的條件；嚮往岑參遇合於盛世、賢主是陸游接受岑參的重要內容；在接受岑參的基礎上，陸游的邊塞軍旅詩也受到岑參邊塞詩的很大影響。

〔註365〕鄔國平《中國古代接受文學與理論》，黑龍江人民出版社2005年版，第7頁。

第六章　宋金戰爭對南宋文學思想的影響

北宋滅亡、中原淪陷的社會現實對詩歌創作產生了較大影響，文人開始走出書齋、關懷廣泛的社會現實。這體現了歷史變革與文學新變的同步性。當代學者王小舒指出：「南渡以後，文學和生活的關係變得更為緊密了。」〔註 1〕不僅文學創作及時廣泛而且深刻地反映了社會現實，許多詩論家也開始總結、反思前代詩詞創作傾向，強調詩詞思想內容，體現出向「言志」傳統、「風雅」精神回歸的傾向。表現在詩論中，是對江西詩派重形式、輕內容傾向的批判，強調繼承「風雅」精神，並以關注現實的杜甫之詩為學習典範，其中以張戒《歲寒堂詩話》、黃徹《䂬溪詩活》、葛立方《韻語陽秋》為典型代表；表現在詞論中，則是明確提出「復雅」的思想，要求詞接緒詩經「騷雅」傳統，使詞賦予肩負時代精神的功能。

第一節　「詩言志」傳統的回歸與杜詩精神的接受

在宋金戰爭的時代背景下，眾多文人面對國破家亡的現實與亡國滅族的憂患，開始打破北宋江西詩派重形式、輕內容的傳統，重視在詩中廣泛關注現實生活與人民命運。與之一致，在詩論思想中則表現出對「詩言志」理論的強調，並具體表現在對杜甫詩歌精神的接受上。

〔註 1〕郭延禮編《中國文學精神》宋元卷，第四章《愛國精神的高揚及其文化意義》，山東教育出版社 2003 年版，第 144 頁。

一、張戒《歲寒堂詩話》

張戒《歲寒堂詩話》大約成於紹興七八年（1137～1138）間。詩話主要內容有兩個方面：一則強調「詩言志」傳統，要求詩歌創作具有「風雅」精神；一則批判以黃庭堅為代表的江西詩僅學得杜詩格律、未得其精神。

張戒《歲寒堂詩話》〔註 2〕開篇稱：「言志乃詩人之本意，詠物特詩人之餘事。古詩、蘇、李、曹、劉、陶、阮，本不期於詠物，而詠物之工，卓然天成，不可復及。其情真，其味長，其氣勝，視《三百篇》幾無愧，凡以得詩人之本意也。潘、陸以後，專意詠物，雕鐫刻鏤之工日以增，而詩人之本旨掃地盡矣。」提出了「詩以言志為工」的核心觀點，指出言志抒情乃作詩之根本目的和出發點，是詩人的「本意」。以「言志」為出發點，張戒在《歲寒堂詩話》中樹立了可供當時人取法的典型——杜甫。《歲寒堂詩話》分為上下兩卷，共計 69 條。下卷 33 條全是作者對杜詩的感慨與讚頌；上卷 36 條中，絲毫不涉及杜甫及杜詩的共 20 條，其餘 16 條都以較長篇幅論述杜甫。一部《歲寒堂詩話》幾乎是張戒以杜甫為最高典範論證自己詩論觀點的著作，表現了張戒對杜甫超乎尋常的推崇。其中最重要的一點，是張戒對杜甫繼承《詩經》紀寫現實、針砭時弊的「風雅」精神的推崇。

首先，讚賞杜甫之詩繼承了《詩經》紀寫現實、針砭時弊的「風雅」精神。張戒稱：「子美詩奄有古今，學者能識國風、騷人之旨，然後知子美用意處；識漢魏詩，然後知子美遣詞處。至於『掩顏謝之孤高，雜徐庾之流麗』，在子美不足道也。」他不滿於元稹僅從藝術角度著眼的評價，認為杜甫最大成就乃在於繼承了風騷傳統。歷來評論者所稱《風》《騷》之旨，一般指《風》詩諷喻時事的怨刺精神和《離騷》作者忠而遭謗的憂國憂民精神，對古典現實主義文學創作傳統產生了深遠影響。杜甫生當「遍地瘡痍」的亂離時代，其詩作真實地反映了一個時代的社會矛盾與社會生活圖景，被譽為「詩史」，正是《風》《騷》傳統的繼承。關於「識漢魏詩，然後知子美遣詞處」，意在告誡學杜者不可本末倒置，滿足於技巧的模仿而忘其「用意處」，所以張戒主張取漢魏詩之自然質樸，切不要因追逐形式之巧而忽略作品的思想內容，顯然亦是為了突出學杜詩之思想精神的觀點。張戒還讚揚杜甫詩歌內容的豐富性及風格多樣性，他稱杜甫與王安石、黃庭堅、歐陽修等人僅習詩歌之一：「在山林則山林，在廊廟則廊廟，遇巧則巧，遇拙則拙，遇奇則奇，遇俗則俗，或放或收，或新

〔註 2〕《歷代詩話續編》本，丁福寶輯，中華書局 2001 年版。

或舊，一切物，一切事，一切意無非詩者，故曰：『吟多意有餘』，又曰：『詩盡人間興』，誠哉是言。」指出杜甫不僅能夠隨物賦形，真實逼真地表現外物，呈現豐富多彩的詩歌風格，而且還能把筆觸伸向廣闊的社會，深入、廣泛、真實地反映社會現實。

其次，張戒稱讚杜詩之「氣」。他稱：「阮嗣宗詩，專以意勝；陶淵明詩，專以味勝；曹子建詩，專以韻勝；杜子美詩，專以氣勝。」又稱：「韻有不可及者，曹子建是也；味有不可及者，淵明是也；才有不可及者，李太白、韓退之是也；意氣有不可及者，杜子美是也。……至於杜子美則又不然，『氣吞曹、劉』，固無與為敵。」陳應鸞《歲寒堂詩話箋注》中釋「氣」「意氣」為同一意思，指詩人崇高的情志和品格體現於詩的氣勢和氣概。這種「氣」表現於杜詩即是「子美詩篤於忠義，深於經術，故其詩雄而正」，是「忠義之氣、愛君憂國之心，『造次必於是，顛沛必於是』。」曹丕《典論・論文》中稱：「文以氣為主，氣之清濁有體。」這個「氣」主要指作家本身的一種氣質。張戒拈出杜詩之「氣」進行論述，是把詩歌的思想內容與風格呈現結合起來探討的。汪湧豪稱：「文學批評中的『氣』範疇，指稱基於創作主體生命精神和內在活力之上的氣質個性及其在作品中的體現。」〔註3〕張戒讚賞杜詩之「氣」，主要指詩歌本身所具的一種道德力量及其沉鬱豐厚的表現風格。對於這個「氣」的形成，一方面是以杜甫深厚的道德積養為基礎，正是有了「致君堯與舜，再使風俗淳」的儒家入世理想，才使其詩歌具有感人至深的情氣力量。同時，杜詩之以「氣勝」，是以特定的時代歷史文化為其生成土壤。歷史上大凡以「多氣」「使氣」著稱的作家和作品，多出生在時事亂離、人生多艱的時代，如建安時代「梗慨而多氣」〔註4〕，劉琨身罹厄運，「善為淒戾之詞，自有清拔之氣」（鍾嶸《詩品》卷中）。杜詩以氣勝，其意氣為古今所不及者，正在於他親歷「安史之亂」，而且他本身具有強烈的憂患意識與歷史使命感，故能以其廣闊深邃的視野、博大深厚的情懷，對國家民族所經受的傷亂寄予密切關注與同情，其記事、詠物皆自胸臆中流中，故真誠深切，感人心魄。

另外，張戒極為讚賞杜甫關注現實的人格精神。張戒評杜甫《可歎》篇：「觀子美此篇，古今詩人，焉得不伏下風乎？忠義之氣，愛君憂國之心，造次

〔註3〕汪湧豪《範疇論》，復旦大學出版社1999年版，第461頁。

〔註4〕劉勰《文心雕龍・時序》：「觀其時文，雅好慷慨，良由世積亂離，風衰俗怨，並志深而筆長，故梗概而多氣。」

必於是，顛沛必於是，嗟歎之不足，故其詞氣能如此，恨世無孔子，不列於《國風》《雅》《頌》爾。」張戒認為杜甫不可以一詩人視之，而是具有高尚人格精神的士大夫典範。他稱：「『公若登台輔，臨危莫愛身』，乃聖賢法言，非特詩人而已。」又稱：「少陵在布衣中，慨然有致君堯、舜之志，而世無知者，雖同學翁亦頗笑之，故『浩歌彌激烈』『沉飲聊自遣』也。此與諸葛孔明抱膝長嘯無異，讀其詩，可以想其胸臆矣。嗟夫，子美豈詩人哉！」在張戒看來，杜甫是封建文人的道德偶像與儒家聖賢，是時刻心存社稷，能夠臨危受命、身任國難的完美士大夫形象。

與尊杜相一致，張戒對江西詩派提出了激烈的批判。江西詩派發軔於北宋中期的蘇軾、黃庭堅，至徽、欽宗時幾乎佔據了整個詩壇。北宋後期，江西後學更是亦步亦趨黃庭堅所提出的「點鐵成金，奪胎換骨」「無一字無來處」的創作方法，講求詩歌用典、片面追求鍊字造句的形式，完全忽視了詩歌題材的現實來源。南渡後，江西詩派創作發生新變，開始關注社會現實。這樣，在新的歷史時代背景下，詩歌理論界的一些有識之士開始反思江西詩派之得失，對江西詩派提出批判。張戒是南宋後較早批判江西詩派之失的詩論家。他對黃庭堅等人的批評，重點在批評他們只重形式、忽視詩歌社會內容的傾向。張戒自述宋高宗年間與呂本中的一次交鋒：「往在桐廬見呂舍人居仁，余問：『魯直得子美之髓乎？』居仁曰：『然。』……居仁沉吟久之，曰：『子美詩有可學者，有不可學者。』余曰：『然則未可謂之得髓矣。』」張戒認為黃庭堅等人學習杜甫未得其髓即未得杜詩精神，而杜詩精神就在於關心國事民生的詩歌內容。他稱：「魯直學杜甫，僅得其格律耳。」表現出對黃庭堅等江西詩人丟掉杜甫精神、專習杜詩形式的不滿。張戒的批判還擴及到蘇軾身上，他稱：「蘇、黃押韻之工，至矣，盡矣。然究其實，乃詩人中一害，使後生只知用事、押韻之為詩，而不知詠物之為工，言志之為本也，風雅自此掃地矣。」反對詩歌專務形式之工，極力反對詩歌中嘲風月、弄花草之作，主張詩歌應與廣大社會現實與人物情感結合起來，是對傳統「詩言志」理論的強化。

自北宋以來詩人普遍標榜學杜，但有兩種不同的傾向，一則重視學習杜甫的思想性與藝術性相結合，真實深刻地反映某一特定歷史階段的現實生活；一則僅注意從形式技巧上模仿杜甫，著眼於篇章、結構、遣詞、用律等方面。江西末學即屬於後一種，他們對杜詩的理解僅限於「無一字無來處」、用典使事、用「拗體」。其實，江西詩派之宗主黃庭堅雖然讚賞杜甫到夔州後古律「句法簡易」「大巧出焉」(《與王觀復書》),但他亦稱「老杜雖在流落顛沛,未嘗一日不在本朝,故善陳時事,句律精深,超古作者,忠義之氣激發而然」〔註5〕,讚揚杜甫的忠義之氣,其詩歌創作中亦不乏愛國之篇。這說明黃庭堅並非僅賞杜甫詞勝句巧的形式,只是其後學「未得其所長,而先得其所短」〔註6〕,多重在形式上下工夫,而忽視了詩歌應有的現實內容。

南宋初,文人士大夫目睹並經歷了山河破碎、國破家亡的重大變故,他們已經逐步意識到江西詩派理論不能夠更好地滿足詩人關注現實、寄慨身世、宣洩悲憤的情感,他們需要借助於杜詩的思想內容來表達深刻的社會關注、反映巨變的歷史現實。在這樣的時代環境下,杜甫的忠義之心、獨立操行就成為詩論家的理想範式。

二、黃徹《碧溪詩話》

《碧溪詩話》十卷,南宋黃徹著。徹字常明,福建莆田人,宣和甲辰(1124)登進士第〔註7〕,曾任辰溪縣丞、沅州軍事判官,麻陽、嘉魚、平江縣令。黃徹南歸後,在興化(今福建莆田)之碧溪,寫下了這部詩話。〔註8〕

黃徹生活在北宋末期和南渡初期江西詩派盛行之時,其《碧溪詩話》主旨以杜詩精神為取法對象,反對江西詩之習氣。四庫館臣稱:「論詩大抵以風教為本,不尚雕華。然徹本工詩,故能不失風人之旨,非務以語錄為宗,使比興之義都絕者也。」〔註9〕「以風教為本」指出了黃徹詩論關注社會現實的主張,而在具體實現步驟上,黃徹是以杜甫作為典范進行論述的。

黃徹在詩話自序中稱:「予遊宦湖外十餘年,竟以拙直忤權勢,投印南歸。白寓興化之碧溪,閉門卻掃,無復功名意,不與衣冠交往者五年矣。……故凡心聲所底,有誠於君親,厚於兄弟朋友,嗟念於黎元休戚,及近諷諫而輔名教者,與予平日舊遊所經歷者,輒妄意鋪鑿,疏之窗壁間。……至於嘲風雪、弄草木而無與於比興者,皆略之。嗚呼!士之有志於為善,而數奇不偶,終不能略展素蘊者,其胸中憤怨不平之氣,無所舒吐,未嘗不形於于篇

〔註5〕魏慶之《詩人玉屑》卷一六《韓致元·不忘君》,中華書局1959年版,第357頁。

〔註6〕《歲寒堂詩話》卷上,第455頁。

〔註7〕《福建通志》卷三三、《文獻通考》卷二四九,影印文淵閣四庫全書本。

〔註8〕黃徹《碧溪詩話自序》,《歷代詩話續編》本,第345頁。

〔註9〕《欽定四庫全書總目》卷一九五《〈碧溪詩話〉提要》,第2745頁。

咏，見於著述者也。」〔註10〕道出了詩話選詩標準：取有補於風化名教者，嘲風弄月之類不取。黃徹在《詩話》中所取最多者為杜甫之詩，這體現了黃徹希望通過強調杜甫精神與詩歌創作來補時闕政、矯勵士風的理想，也體現了他希望通過強調學習杜詩思想精神來反拔江西之詩的願望。

首先，黃徹推崇杜甫關念國事、憂國憂民的愛國精神。黃徹引杜甫《送嚴武》詩句「公若登台輔，臨危莫愛身」，《寄裴道州蘇侍御》詩句「致君堯舜付公等，早據要路要捐軀」，稱這是杜甫「素所蓄積而未及施設者，故樂以告人耳。夫全軀碌碌之人，果何能為？」〔註11〕認為杜甫與那些全軀保妻子的苟且無為之徒不同，時刻以國家生民利益為念。引杜甫「窮年憂黎元，歎息腸內熱」，「胡為將暮年，憂世必力弱」，「寧令吾廬獨破，受凍死亦足」詩句，讚賞杜甫憂民之心「廣大，異夫求穴之螻蟻輩」，並推原杜甫之本心，認為與孟子民本思想無二致。〔註12〕黃徹對杜甫感時觸景、揭露時弊的作品極力讚賞，他稱杜甫《除草》一詩「憤邪嫉惡」，「懷抱可見」。〔註13〕他引杜甫晚年讚揚元結《賊退示官吏》語，認為是杜甫對元結以詩為民請命行為的贊同，稱杜甫對元結「可謂深相知」。〔註14〕認可人們對杜甫詩句「築場憐蟻穴，拾穗許村童」評之為「有仁民愛物意」。〔註15〕黃徹稱「杜老非畏亂離，其所以愁憤於干戈盜賊者，蓋以王室元元為懷也」〔註16〕，指出杜甫之詩多寫亂離之世的愁憤感慨，都是以社稷之安危與生民之苦樂為憂，指出了杜甫時刻關注民生的現實主義精神。

黃徹對杜甫老而不見用但終身不改其忠君愛民之情極為推崇，他舉杜甫詩「扁舟空老去，無補聖明朝」，「報主身已老」，讚賞杜甫「以稷契輩人，而使老棄閒曠，非惟不形怨望，且惓惓如此」的人格精神，並指出那些「彼遭時遇主，言聽計從，復幸年鬢未暮，而不能攄誠戮力以圖報效」之人，面對杜甫「良不愧此歟」。〔註17〕在黃徹看來，杜甫不僅是一位詩人，更是一位具有高尚人格精神的時代典範，是具有不畏國難、戮力報國之士風的代表。

〔註10〕《碧溪詩話》卷首黃徹序，第345頁。
〔註11〕《碧溪詩話》卷一，第347頁。
〔註12〕《碧溪詩話》卷一，第347頁。
〔註13〕《碧溪詩話》卷三，第361頁。
〔註14〕《碧溪詩話》卷六，第373頁。
〔註15〕《碧溪詩話》卷六，第377頁。
〔註16〕《碧溪詩話》卷七，第378頁。
〔註17〕《碧溪詩話》卷四，第362頁。

黃徹常把杜甫與前人如陶淵明、李白、白居易、韓愈等進行比較，突出杜甫人格精神與杜詩思想內容。如引歐陽修謁執政坐中賦雪詩「主人與國共休戚，豈惟喜悅將豐登。須憐鐵甲冷徹骨，四十餘萬屯邊兵」，與韓愈豫裴晉公宴會詩「林園窮勝事，鍾鼓樂清時」，皆「作鬧」之詩。引杜甫《夏日歎》「浩蕩想幽薊，王師安在哉」，《夏夜歎》「念我荷戈士，窮年守邊疆」，認為「老杜一言一詠，未嘗不在於憂國恤人，物我之際，則淡然無著」，是「仁人君子之用心，終食不可忘也」。〔註 18〕通過比較，讚賞杜甫時刻以國事生民為念的高尚品質。

其次，黃徹指出杜甫離亂經歷是其人格性情與詩歌精神形成的原因。黃徹認為杜甫《壯遊》詩真實地記載了杜甫流寓漂泊的歷程與感受，反映了特定背景下的社會現實，以豐富生動的現實為創作源泉，詩歌才會「豪氣逸韻，可以想見」。〔註 19〕黃徹論道：「書史蓄胸中，而氣味入於冠裾；山川歷目前，而英靈助於文字。」既指出了經史書籍對於涵養情氣的作用，亦指出了詩人之閱歷對於詩歌創作的源泉作用。從其所舉杜甫《壯遊》詩可知，黃徹更重視人生經歷、目睹耳聞對於開拓詩人視野、豐富詩歌題材的重要作用。

陳俊卿在《砦溪詩話序》中評道：「夫詩之作，豈徒以青白相媲、駢儷相靡而已哉！要中存風雅，外嚴律度，有補於時，有輔於名教，然後為得。杜子美詩人冠冕，後世莫及，以其句法森嚴，而流落困躓之中，未嘗一日而忘朝廷也。……若嘲煙雲、媚草木等語，率略而不取；惟是含風雅而中律度，有補於時，有輔於名教者，如璆琳琅玕，森然在目。得詩人之關鍵，窺作者之閫奧；詳而正，諷而不刻，使人心開目明，玩味不能去手，斯可謂難得也已。」〔註 20〕指出杜甫之詩可以作為後世學習範式，黃徹詩話以杜甫為典範、以杜甫有補於時闕之詩為例進行論述的特點。黃徹在宋室國難當頭、士風萎靡、重形式輕內容的江西詩派主宰詩壇時，能以批判黃庭堅之弊端，堅持較正確的觀點點評杜甫及其詩，具有一定的社會意義和文學史意義。

三、葛立方《韻語陽秋》

《韻語陽秋》二十卷，堪稱宋代詩話中的巨帙。作者為葛立方（？～1164）

〔註 18〕《砦溪詩話》卷九，第 389 頁。
〔註 19〕《砦溪詩話》卷八，第 383 頁。
〔註 20〕《砦溪詩話》卷首陳俊卿《序》，《歷代詩話續編》，第 344 頁。

字常之，丹陽人，後徙吳興（今浙江省），紹興八年（1138）登進士第，任中書舍人、吏部侍郎等職。晚年罷官回到吳興，過著悠閒舒適的隱居生活。葛立方現存著述除《韻語陽秋》《歸愚集》外，還有失傳的《西疇筆耕》《方輿別志》等書。葛立方與其父葛仲勝一起被視為當世能文之士。葛立方《韻語陽秋》比《歲寒堂詩話》和《岩溪詩話》要晚得多，其詩論思想亦有一定差異，但都表現出對杜詩精神的強調。

《韻語陽秋》對杜甫非常關注，全書421條，涉及杜甫者有88條，占全書條目五分之一強。引用杜詩者達150餘首，涉及現存杜詩十分之一強。葛立方對杜甫的關注主要指杜甫人格精神及人生經歷與詩歌創作之關係的認識。

首先，葛立方認為杜甫之詩是其在亂離時代中漂泊流亡經歷及其心理感受的反映。對杜甫貧窮艱辛、終身漂泊的生活遭遇，葛立方說道：「杜子美身遭亂離，復迫衣食，足跡幾半天下。自少時遊蘇及越，以至作諫官，奔走州縣，既皆載《壯遊》詩矣。其後《贈韋左丞》詩云：『今欲東入海，即將西去秦。』則自長安之齊魯也。《贈李白》詩云：『亦有梁宋遊，方期拾瑤草。』則自東都之梁宋也。《發同谷縣》云：『賢有不黔突，聖有不暖席。始來茲山中，休駕喜地僻。奈何物迫累，一歲四行役。』則自隴右之劍南也。《留別章使君》云：『終作適荊蠻，安排用莊叟。隨雲拜東皇，掛席上南斗。』則自蜀之荊楚也。」〔註21〕開篇即指出杜甫詩歌創作的時代背景，乃在於「身遭亂離」，然後較詳細地敘述了杜甫在亂離時代中流徙漂泊的過程及其在詩歌中的體現。不過，少時遊蘇、趙、梁、宋，尚是「裘馬輕狂」之日，但杜甫發同谷、之劍南、走荊楚，則純是由於安史之亂的戰爭造成的。葛立方認為杜甫「寄身於兵戈騷屑之中，感時對物，則悲傷繫之，如『感時花濺淚』是也，故作詩多用一『自』字」〔註22〕，指出杜甫因為寄身於「兵戈騷屑之中」，時勢變化、現實憂患常能激起杜甫的情感。黃徹進而說道：「自古工詩者，未嘗無興也。觀物有感焉，則有興。今之作詩者，以興近乎訕也，故不敢作，而詩之一義廢矣。」〔註23〕批評當時詩人不關心社會現實弊端。這段話揭示了杜甫詩歌與其時代環境、生平遭際之間的關係，也體現了葛立方對詩歌創作現實來源的強調，與南渡之初張戒等人的詩論主張一致。

〔註21〕《韻語陽秋》卷二〇，《歷代詩話》，何文煥輯，中華書局1981年版，第653頁。
〔註22〕《韻語陽秋》卷一，第484頁。
〔註23〕《韻語陽秋》卷二，第494頁。

葛立方對杜甫身處亂離的時代、身經漂泊流亡的生活，因外物之感奮激發而作為詩歌深有感觸，葛立方通過詩話的形式解讀杜甫及其詩歌，其實亦寄寓了自己的身世之慨。葛立方在南渡後征戰不休的時代裏，也曾經歷過漂泊輾轉、舉家逃亡的生活。葛立方有《攜家避地》一首：「菟裘真可老，飄寓失初心。去去家山遠，行行澤國深。光陰三翼過，情緒二毛侵。何日干戈定，鷗盟得再尋。」〔註24〕記載了詩人在宋金戰爭時期，攜家避亂的經歷與感受，尾聯「何日干戈定，鷗盟得再尋」，表達了對戰爭亂離何時了的深重憂慮。另外，《宋詩紀事》引葛立方《避地傷春》兩首：「洛陽宮闕半成灰，草草花枝濺淚開。國色天香消息斷，妝臺誰奉紫金杯。」「石門連日動征鼙，花柳無情自繞溪。回首故園今好在，杜鵑花落子規啼。」〔註25〕這兩首詩把視野放在亡國破家的時代背景下來寫，第一首中「洛陽」無疑是中原淪陷區的象徵，通過對洛陽宮闕如灰、花開無主的寂寥荒涼之景的描寫，表達了沉痛的黍離之悲歎。第二首借「杜鵑啼血」的典故表達自己思國懷鄉之情。葛立方這類詩較多，通過紀實性的筆墨，集中表現了他在戰爭亂離的時代裏，漂泊流徙的生活經歷與人生感慨。葛立方生當亂離之世，寫下的一些表達身世之慨的紀實詩，亦明顯受到杜甫的影響。

其次，葛立方從杜甫人生情感角度解讀杜詩。如稱「老杜寄身於兵戈騷屑之中……言人情對境，自有悲喜，而初不能累無情之物也。」〔註26〕「人之悲喜，雖本於心，然亦生於境。心無所繫累，則對境不變，悲喜何從而入乎？……蓋心有中外枯菀之不同，則對境之際，悲喜隨之爾。」〔註27〕指出杜甫身處「兵戈騷屑」之中，故能以真實之筆記寫歷史；同時亦是杜甫心懷天下、博愛萬物的性情所致，因為其胸中常懷深沉的憂喜之情，故才能在外物的感發下表現出來。另外，葛立方對杜甫忠君愛民、多情博愛精神多有頌揚。

南渡後，江西詩派獨盛一時，其影響無處不在。不少身受國家變故的文人士大夫，目睹山河破碎的現實，竭力擺脫江西詩派「資書以為詩」的習氣，把詩歌創作的筆觸伸向廣闊的社會，積極反映社會巨變的歷史與個人遭遇的不平。這些文人多是政治上的主戰派，因其在當時主和勢力日益得勢的政治環境

〔註24〕《宋百家詩存》卷一九，第468頁。
〔註25〕清・厲鶚《宋詩紀事》卷四五，上海古籍1983年版，第1142頁。
〔註26〕《韻語陽秋》卷一，第484頁。
〔註27〕《韻語陽秋》卷一六，第617～618頁。

中受到愈來愈重的排擠與迫害，發而為詩，激而為論，不約而同地對同是身處亂離時代的杜甫表現出情感上的共鳴，對杜甫忠君憂國情懷表示推許，對其不幸身世表示同病相憐。以張戒、黃徹、葛立方為代表的詩論家的思想，是對南渡後詩歌創作實踐的理論總結，包含了詩論家本身的詩學思想，寄寓了他們強烈的憂患意識與歷史責任感，是南宋特定時代背景的產物，與其漂泊流徙的人生經歷有密切關係。

第二節　詞的「復雅」思潮及「以詩為詞」之蘇詞範式的確立

與南渡後詞人抒發英雄理想、關注國計民生的創作實踐一致，詞學理論中「復雅」呼聲高漲，要求詞作與詩三百、「騷雅」之趣與儒家詩教傳統結合起來，從而使「使酒玩世」的小詞賦予傳導時代脈博、載負時代精神的功能，並具體表現在繼承蘇軾「以詩為詞」的傳統，在詞中普遍反映文人士大夫心聲與現實社會內容，體現了時代激變對詞學理論發展的影響。

一、南宋詞「復雅」理論

「雅」是社會文化風尚的一種體現，代表著特定時代的文化觀念，表示對文明正確規範的倡導。由「雅」派生出來的「雅正」指正道的規範；「風雅」指文學教化或風流儒雅；「高雅」指審美趣味的高尚和雅致；「閒雅」指淡高雅的狀態。這都體現了社會上層文化圈內的一種文化風尚，它與世俗文化和流俗習尚相對立。中國古代文學作品基本上是在社會上層文化圈內流行，屬於風雅文化的範疇。唐代新興的音樂文學——詞，本是適應流行音樂（俗樂）的歌詞，供世俗社會消遣，託體甚卑，故倚聲填詞被視為「小道」，被排斥在正統文學之外。北宋時期，詞體內部逐漸產生了復雅趨勢。這主要是宋代文人士大夫在將詞作為遣興娛賓、閒居鼓吹的工具時，常作為言志諷諭之用，以適應上層文化圈的典雅氛圍，在一定程度上改變了其原有的俚俗性質。宋詞「雅化」的傾向在北宋晏殊、歐陽修等人的應酬、祝頌和言志作品中已見端倪，至蘇軾改革詞體加速了「雅化」的進程。南宋初年，由於歷史巨變，民族危機嚴重，詞體表達漢族民眾的愛國情感，促進了詞壇復雅，一些詞論家開始在詞學理論中提出「復雅」。

「復雅」本質目的就是「把詞的創作與『詩言志』的儒家傳統詩教接榫。」〔註28〕北宋時黃庭堅在《小山詞序》中曾有所表達，但不夠明確。南渡後，復雅一度成為風尚。曾慥《樂府雅詞》以「雅」為標準來編選詞集，《碧雞漫志》以「雅」為標準來評價詞人。其中表達最明確的是黃大輿與鯛陽居士。建炎三年（1129），黃大輿在《梅苑序》中說：「目之曰《梅苑》者，詩人之義託物取興，屈原制騷或列芳草，今之所記，蓋同一揆。」將詞上接屈原的騷體詩。

鯛陽居士有一部詞選著作《復雅歌詞》，冠於卷首有《復雅歌詞序略》，明確表示了詞集的選錄標準。《復雅歌詞序略》約作於紹興十一年至二十年間。〔註29〕它以「樂與政通」的傳統觀點，追述詞樂的發展和流變，將詞的源頭直指《詩》三百篇，以期當今詞壇恢復《詩經》以來的「騷雅」傳統以補國事。鯛陽居士對溫庭筠以來近三百年的詞壇歷史作了總結：「迄於開元、天寶間，君臣相與為淫樂，而明皇尤溺於夷音，天下薰然成俗。於是才士始依樂工拍彈之聲，被之以詞句；句之長短，各隨曲度，而愈失古之聲依永之理也。溫、李之徒，率然抒一時情致，流為淫豔猥褻不可聞之語。吾宋之興，宗工巨儒、文力妙天下者，猶祖其遺風，四方傳唱，敏若風雨焉。」〔註30〕鯛陽居士在嚴辨音樂「雅正」基礎上，將詞接緒「止乎禮義」的「詩三百五篇」與漢樂府，並以此為標準，批評唐五代詞「淫豔猥褻」之失，將自溫庭筠至北宋詞概括為：在音樂表現上「淆糅華夷，焦殺急促，鄙俚俗下，無復節奏」，在文本上「率然抒一時情致，流為淫豔猥褻不可聞之語」；在「雅正」與「淫邪」的比例上，「韞騷雅之趣者，百一二而已」，惟有包括蘇軾《卜算子》在內的部分詞，在「百一二」的「騷雅」之列，是合乎治世的「雅正」之作。鯛陽居士其人已不可考，其所編《復雅歌詞》已佚，從今存十餘首詞及評語可見，其選詞純以儒家政治教化觀念和政治寄託為標準，以貫徹「騷雅」的主張，力圖發揚中國《詩經》與《離騷》的文學傳統。鯛陽居士鑒於北宋歌詞「流為淫豔猥褻不可聞之語」「蕩而不知所止」的現狀，以「復雅」為號召，力主詞作「韞騷雅之趣」，使詞取得與詩一樣的表現功能，繼承《詩經》以來的「風雅」傳統，反映社會現實，追求溫柔蘊藉的藝術風格。

〔註28〕王水照《宋代文學通論》緒論，河南大學出版社1997年版，第18頁。

〔註29〕詳見吳熊和《關於鯛陽居士〈復雅歌詞序〉》，《吳熊和詞學論集》，杭州大學出版社1999年版。

〔註30〕宋．祝穆《古今事文類聚．續集》卷二四《歌曲源流》，影印文淵閣四庫全書本。

南宋詞的「復雅」，是儒家詩教說對詞體創作的要求，與宋金戰爭的時代背景下文人強烈的憂患意識有關。南宋詞壇「復雅」的一個前提是靖康之變所激發出來的家仇國恨。在此前提下，詞林迫切需要樹立起儒家的詩學原則，從而賦予「使酒玩世」的小詞予傳導時代脈博、載負時代精神的功能。據《唐宋諸賢絕妙詞選》卷二引鮦陽居士論蘇軾《卜算子》語：「『缺月』，刺明微也。『漏斷』刺暗時也。『幽人』，不得志也。『獨往來』，無助也。『驚鴻』，賢人不安也。『回頭』，愛君不忘也。『無人省』，君不察也。『揀盡寒枝不肯棲』，不偷安於高位也。『寂寞吳江冷』，非所安也。與〈考槃〉詩極相似。」《毛詩國風考槃序》云：「《考槃》，刺莊公也。不能繼先公之業，使賢者退而處窮也。」在鮦陽居士看來，蘇詞也是諷刺君主不能修德任賢，使賢人失志。這樣的詞符合儒家的詩學原則，故屬於雅詞。鮦陽居士《復雅歌詞》中，將《詩衛風考槃》「賢者退而窮處」之義比擬蘇軾《卜算子》一詞，並提出了「騷雅」一詞。詩騷傳統，在本質上是強調文學的社會功能與教化作用，南渡士人將詞與詩騷合流，其目的不僅要推尊詞體，更重要的是要改變與擴大詞這種文學樣式的職能，將宋代文學的淑世精神，由詩歌進而浸染到詞中，將詞「從自娛娛人的功能轉向力圖有益於世道人心、道德教化，從內心世界的低徊抒寫轉向對社會世間的一定關注」〔註 31〕。這是對「詞別是一家」傳統詞學觀的反拔，並最終使詞從音樂的束縛中解脫出來，成為文人士子表情達意、干預社會的重要工具，在創作中實現美與善的統一。

鮦陽居士《復雅歌詞序》有感於「夷音」風行、「雅音」不作而造成的「王政」與國運衰落的歷史，還通過嚴「華夷之辨」與「雅俗之別」，闢夷音，崇雅正，正人心，在詞壇上「撥亂世而反正」。他指出當時音樂詞作的情況是：外則由於「五胡之亂華」後，「戎敵強種，雄居中原，故其謳謠，淆糅華夷，焦殺急促，鄙俚俗下，無復節奏，而古樂府之聲律不傳」，至唐玄宗「尤溺於夷音，天下薰然成俗」，內則「鄭衛之音作，詩之聲律廢矣」，「句之長短，各隨曲度，而愈失古之聲依永之理也。溫、李之徒，率然抒一時情致，流為淫豔猥褻不可聞之語。我宋之興，宗工巨儒，文力妙天下者，猶祖其風，蕩而不知所止」，至使詞「韞騷雅之趣者，百一二而已」。為了撥外「夷」內「鄭」交織而成的「淫亂」之音，急切需要倡導像蘇軾《卜算子》那樣的「畎畝不忘君」

〔註 31〕王水照《宋代文學通論》，第 18 頁。

的「溫柔敦厚之氣」。這與胡安國《春秋胡氏傳》「中國之為中國，以其有父子、君臣之大倫也，一失則為夷狄」之說同出一轍，可見南渡後文人在思想與文學領域進行的撥亂反正的努力。鮦陽居士對《花間詞》的批判及對雅俗文學的觀點，已經超越了對文學藝術本身的認識，而「將視野擴展到詞體賴以生成和發展的廣泛的社會文化背景中。揭示出詞的生成和發展與社會風俗之間的內在聯繫」。〔註32〕

二、「復雅」的具體要求

為實現詞的「復雅」，使詞擔當起傳導社會精神與時代脈搏的功能，在詞中必須反映國家民生的社會現實，反映詞人主體的心理情感、理想抱負，這就是詞「以性情為本」、以詞記史的理想的出現，及「以詩為詞」的蘇詞範式的最終確立。

（一）「以性情為本」

南宋詞論家提出了「以情性為本」的思想。「以情性為本」主張表現人的「情性」，即詞表現家國之感與身世之慨。「以情性為本」的思想最早是王灼在其《碧雞漫志》中提出的：

> 古人因事作歌，抒寫一時之意，意盡則止，故歌無定句。因其喜怒哀樂，聲則不同，故句無定聲。今章節皆有轄束，而一字一拍，不敢輒增損，何與古相戾與？予曰：皆是也。今人固不及古，而本之情性，稽之度數，古今所尚，各因其所重。……古人豈無度數，今人豈無情性，用之各有輕重，但今不及古耳。〔註33〕

「本之情性，稽之度數」語出自《禮記．樂記》：「先王本之情性，稽之度數，制之禮義，合生氣之和，道五常之情。」〔註34〕本指一切禮儀的制作應以情性為本，王灼引之論述詞的創作中詞與音樂的本末關係，與「以韻律為本」的傳統詞論思想相對而言，提出應以表情達意為本，音樂處於從屬的地位，不應使音樂限制情性的表達。這反映了在南宋時代變遷時期，文學思想中要求突破形式束縛、自由表達個人情感、反映現實內容的傾向。王灼理論亦代表了當時詞學思想的普遍觀點，如胡寅在為向子諲《酒邊詞》作序時

〔註32〕沈松勤《兩宋詞壇雅俗之辨的文化闡釋》，載《社會科學戰線》2002 年 2 期。
〔註33〕王灼《碧雞漫志》卷一，中華書局影印本 1991 年版，第 7 頁。
〔註34〕《十三經注疏》，第 1535 頁。

道：「詞曲者，……名曰曲，以其曲盡人情耳。」〔註 35〕朱弁《風月堂詩話》卷上中說：「東坡以詞曲為詩之苗裔，其言良是。然今之長短句比之古樂府歌詞，雖云同出於詩，而祖風已掃地矣」。主張詩詞同源，要求以詞體反映詩歌的內容。再如鄭剛中《烏有編序》道：「長短句，亦詩也。詩有節奏，昔人或長短其句而歌之。被酒不平，謳吟慷慨，亦足以發胸中之微隱。」〔註 36〕

這在詞人創作中表現得非常突出。如張元幹代表作兩首《賀新郎》，其中「夢繞神州路」寄李綱，堅決支持其抗金主張，抒發自己報國抗金的雄心壯志。另一首「曳杖危樓去」，為被秦檜迫害的胡銓送行，抒發對金兵入侵的痛恨與對投降派的憤慨，具有強烈的現實意義。辛棄疾將悲歌慷慨、抑鬱無聊之氣一一寄之於詞，以詞為陶寫之具。辛棄疾門人范開《稼軒詞序》云：「公一世之豪，以氣節自負，以功業自許，方將斂藏其用以事清曠，果何意於歌詞哉，直陶寫之具耳。」〔註 37〕

（二）追求「詞史」的表現功能

「詞史」即比照「詩史」而言。晚唐孟棨在《本事詩・高逸》中稱杜甫「逢祿山之難，流離隴蜀，畢陳於詩，推見至隱，殆無遺事，故當時號為『詩史』」〔註 38〕。概括而言，「詩史」包括以下幾方面內容：紀寫時事，與史相合；表現社會心理，揭示歷史的真實狀態；為詩人一生行跡之史。〔註 39〕「詞史」亦可作如是觀。

南渡後的宋詞亦具的「史」的特點，詞人「出處去就，動息勞逸，悲歡憂樂，忠憤感激，發賢惡惡」等一一見之於詞，使人「讀之，可以知其世」〔註 40〕。南渡後，李清照、陳與義、朱敦儒等人的詞，紀寫詞人在戰爭中的漂泊孤獨、英雄失路的悲憤與歸隱山林的無奈，以紀實之筆寫詞人心路歷程，具有鮮明的時代內涵。〔註 41〕反映了詞創作與歷史發展的同步性特徵。

〔註 35〕見施蟄存主編《詞籍序跋萃編》，中國社會科學出版社 1994 年版，第 168 頁。

〔註 36〕《全宋文》卷三九〇五，第 178 冊，第 266 頁。

〔註 37〕見《稼軒詞編年箋注》（增訂本），辛棄疾撰、鄧廣銘注，上海古籍出版社，第 596 頁。

〔註 38〕丁福保輯《歷代詩話續編》，第 15 頁。

〔註 39〕參魏中林、賀國強《詩史思維與梅村體史詩》，載《文學遺產》2003 年第 3 期。

〔註 40〕杜甫《杜詩詳注》引胡宗愈《成都新刻草堂先生詩碑序》，仇兆鰲注，中華書局 1995 年版，第 2243 頁。

〔註 41〕參見王兆鵬《宋南渡詞人群體研究》）中篇《心靈的探尋》一章，第 61～156 頁。

如紹興三十一年（1161），金完顏亮南侵，虞允文大敗金軍於采石，張孝祥做《水調歌頭》（和龐佑父聞采石戰勝）一詞，頌揚虞允文的采石戰績，在談古論今中抒發自己從戎報國、廓清中原的決心：「我欲乘風去，擊楫誓中流。」寧宗嘉泰四年（1204）韓侂胄議北伐抗金，辛棄疾、劉過、陸游寫下《沁園春》《滿江紅》《水龍吟》《賀新郎》等詞，支持韓侂胄北伐。宋金在戰爭過程中，亦常息兵講和，雙方建立交聘制度，互派使節，共通友好，這亦在詞中有反映。如淳熙十二年（1185），章森（字德茂）以大理少卿試戶部尚書使金，賀金主生辰，陳亮《水調歌頭》（送章德茂大卿使虜）送之，紀寫歷史，並表達了陳亮對遣使的觀點。此詞慷慨激昂，充滿了金國必亡、國仇必雪的信心與決心。其中「堯之都，舜之壤，禹之封，於中應有，一個半個恥臣戎」，語調憤激，既有對朝廷曲膝的譴責，又有對章德茂此行的勉勵。清代詞學家陳廷焯云：「精警奇肆，幾於握拳透爪，可作中興露布讀。」〔註 42〕「露布」指「誅討奏勝之書也」〔註 43〕，可見陳亮該詞具有很強的戰鬥力。

「國家不幸詩家幸，賦到滄桑句便工」（趙翼《題遺山詩》）。由政宣而南渡，詞作的內容與主題發生了深刻的變化，也極大地促進了詞的發展。政宣以來，以大晟詞人為代表的詞壇助長了諛頌和淫靡的社會風氣。大晟府著名詞人万俟咏曾將自己的詞集名為《勝萱麗藻》，按內容分為應制、風月脂粉、雪月風花、脂粉才情，詞作的工具性和純娛樂性顯著。而因政治的壓迫而不得志或處於廢罷居家的詞人，其詞的最高境界，往往著力抒發雖處逆境依然達觀放曠的胸懷，縱酒放耽是其笑傲人世的主要方式。但無論是在朝還是在野的士人，他們的詞中普遍缺少應有的尊嚴與力量，以及士人「先天下之憂而憂」的社會責任感、批判精神與憂患意識。南渡初期，士人飽經苦難，終於從「功成作樂、治定制禮」〔註 44〕的太平夢中驚醒。詞不再是僅供世人享受的一種娛樂形式，也不僅是個人在花草叢中咀嚼、渲瀉一己之悲歡的文學。「自金兵南侵，二帝北狩，江山僅餘半壁，豪華盡付流水。一時慷慨悲歌之士，莫不攘臂激昂，各抱恢復失地之雄心，借展『直搗黃龍』之素願」，「不平則鳴，於是橫放傑出之歌詞，宛若天假之，以泄一代英雄抑塞磊落不平之氣。此時外逼於強寇、內誤於權奸。在長短句中所表現之熱情，非嫉讒邪之蔽明，即痛仇讎之莫報，蒼涼

〔註 42〕《白雨齋詞話》卷一，唐圭璋編《詞話叢編》，中華書局 1986 年版，第 8794 頁。
〔註 43〕趙昇《朝野類要》卷四。
〔註 44〕黃以周《續資治通鑒長編拾補》，中華書局 2004 年版。

激壯，一振頹風」〔註45〕。

（三）「以詩為詞」的蘇詞範式的建立

蘇軾詞在北宋並未受到很高的重視，到了南宋，卻被提升至儒家經典的高度，如稱鮦陽居士在《復雅歌詞》中稱東坡詞「與《考槃》詩極相似」。王之望稱：「蓋東坡詞如國風，山谷跋如小序。」〔註46〕，王灼稱東坡詞：「指出向上一路，新天下耳目，弄筆者始知自振。」〔註47〕南宋理學人士從儒家義理出發評價蘇詞，如邵博稱「蘇氏之文出於《檀弓》」〔註48〕。王十朋稱其「道大才高」〔註49〕、「日月爭光薄風雅」〔註50〕。周必大稱其「行如冰雪，足以下照百世；望如九鼎，足以坐銷群奸。」〔註51〕楊萬里稱「精忠塞得乾坤破，日月伴渠文字新」〔註52〕，推其為傳孟子、韓愈「道統」「文統」衣缽的人物，並稱「我有香一瓣，恨不生並世」〔註53〕。陳傅良推之為「宋一經」，稱「公之文，宜作宋一經，以傳無窮，藏之名山，副在京師」〔註54〕，與陸游「千古尊正統」〔註55〕之說相呼應。

南宋文人對蘇詞的重新闡釋，包含了他們的政治理想，由於國仇家恨的激發，給蘇軾提倡的「詩人之雄」注入了新的時代內涵。以詞載負時代精神，成為詞林普遍的價值取向。與以儒家詩學為旨歸的價值取向一致，「復雅」在詞的風格上主張以蘇軾駿發踔厲的詞為祁向。如胡寅《向薌林〈酒邊集〉後序》將詞曲上承《詩經》，以「變風」「變雅」衡量詞之雅俗，指出蘇軾「以詩為詞」，

〔註45〕龍榆生《兩宋詞風轉變論》，《龍榆生詞學論文集》，上海古籍出版社1997年，第246頁。

〔註46〕《跋魯直書東坡〈卜算子〉詞》，《全宋文》卷四三六八，第197冊，第374頁。

〔註47〕王灼《碧雞漫志》卷二，中華書局影印本1991年版。

〔註48〕《邵氏聞見後錄》卷一四，劉德權、李劍雄點校，中華書局1983年版，第107頁。

〔註49〕《遊東坡十一絕》其一，《全宋詩》卷二〇三八，第36冊，第22879頁。

〔註50〕《讀東坡詩》，《全宋詩》卷二〇三七，第36冊，第22856頁。

〔註51〕《跋宗室子漎藏前輩帖》，《全宋文》卷五一二四，第230冊，第262頁。

〔註52〕《寄題儋耳東坡故居尊賢堂太守譚景先所》其一，《全宋詩》卷二三一一，第42冊，第26586頁。

〔註53〕《胡英彥得歐陽公二帖蓋訓其子仲純叔弼之語其一公自書之其一東坡書之英彥刻石以遺朋友吾叔父春卿得一本有詩謝英彥和焉萬里用其韻以簡英彥》，《全宋詩》卷二二七八，第42冊，第26122頁。

〔註54〕《跋東坡桂酒頌》，《全宋文》卷六〇四〇，第268冊，第15頁。

〔註55〕《玉局觀拜東坡先生海外畫像》，《劍南詩稿校注》卷九，第714頁。

變革詞風，「一洗綺羅香澤之態，擺脫綢繆宛轉之度，使人登高望遠，舉首高歌，而逸懷浩氣，超乎塵垢之外」〔註 56〕，深得源流之正。南宋中期，湯衡在《張紫微雅詞序》中稱張孝祥「駿發踔厲，寓於詩人句法」的剛健詞風與蘇軾詞「同一關鍵」。結合張孝祥詞的創作背景可知，湯衡此序不僅在讚賞張孝祥詞的藝術風格，更在於感召詞林中人遠紹蘇軾、近追張孝祥，用駿發踔厲的詞風傳導時代脈博，弘揚民族精神。朱熹在《書張伯和詩詞後》中指出，張孝祥詞「讀之使人奮然有擒滅仇虜、掃清中原之意」〔註 57〕。張孝祥反映抗金復國之志、風格踔厲奮風的詞正是胡寅、湯衡等人詞「復雅」的具體表現。

王灼和胡寅皆崇尚雅詞，並推崇蘇軾改革詞體之功，從理論上支持復雅的主張，並確立了學習的典範。此時的詞論，以「復雅」為主張，「為正視現實的志在恢復的精神的傾注，對花間、柳永一派詞采取了批判的態度，語壯聲宏、發揚蹈厲的蘇、辛詞風，則得到了高度的讚揚」〔註 58〕。此後，發揚文學的騷雅傳統，提倡豪放風格，學習蘇軾詞，成為南宋初以來雅詞的特點。就南渡詞人的創作風格而言，或趨於豪放，或流於清曠，多為東坡範式所籠罩。如四名臣李光、李綱、胡銓「三公多近東坡」〔註 59〕，而趙鼎《得全居士詞》，雖「最為豔發，似晏元獻」，但其南渡後詞往往「清剛沉至」。其第一首南渡詞《滿江紅丁未九月南渡泊舟儀真作》，陳廷焯評基「慷慨激烈，發欲上指，詞境雖不高，然足以使懦夫立志」〔註 60〕，也近於蘇軾。其餘詞人如陳與義、朱敦儒、葉夢得、李彌遜等南渡後學蘇的跡象亦較明顯。陳與義《無住詞》「皆絕似坡仙語」，「語意超絕，可摩坡公之壘」〔註 61〕。朱敦儒南渡前詞風超曠，已有東坡風範；南渡後「憂時念亂，忠憤之致」〔註 62〕讀後「慷慨激烈，發欲上指」〔註 63〕。「從整個《樵歌》風格看來，它是沿著蘇軾一個清剛豪放的道路向前發展的」〔註 64〕。葉夢得早期詞「婉麗綽有溫李之風」，「晚歲落其實而華之，

〔註 56〕《全宋文》卷四一七六，第 189 冊，第 358 頁。
〔註 57〕《全宋文》卷五六三四，第 251 冊，第 151 頁。
〔註 58〕吳熊和《唐宋詞通論》，浙江古籍出版社 1989 年版，第 290 頁。
〔註 59〕施蟄存《詞籍序跋萃編》中國社會科學出版社 1994 年版，第 176 頁。
〔註 60〕《白雨齋詞話》卷一，唐圭璋《詞話叢編》，第 3914 頁。
〔註 61〕《詞話叢編》第 484 頁。
〔註 62〕《詞話叢編》第 185 頁。
〔註 63〕《詞話叢編》第 3914 頁。
〔註 64〕龍榆生《兩宋詞風轉變論》，《龍榆生詞學論文集》，上海古籍出版社 1997 年版，第 354 頁。

能於簡淡處，時出雄傑，不減靖節、東坡」〔註 65〕。李彌遜「長調多學蘇軾，與柳、周纖穠別為一派。」〔註 66〕

龍榆生在《兩宋詞風轉變論》中稱：「然詞風轉變之由，一方由時勢造成，一方亦有淵源可述。」〔註 67〕「淵源」主要指以蘇門文人為代表的元祐詞風，而「時勢」一個重要方面就是指南宋之初的宋金對抗及南宋朝廷積弱不振的國勢。這體現了戰爭形勢對詞創作的影響。「時運交移，質文代變」（《文心雕龍·時序》），「詞至南宋始極其工，至宋季而始極其變」（朱彝尊《詞綜發凡》）。詞的發展新變與時代風雲變幻密切相關。南宋詞創作發生了根本變化，徹底改變了詞產生之初重視描摩感觀刺激的內容與追求「綺豔香澤」的風格。與南宋詞創作實踐一致，詞學理論「復雅」呼聲高漲，並最終確立了蘇軾「以詩為詞」的創作範式，體現出時代變遷對文學思潮的影響。

本章小結

北宋滅亡、中原淪陷的社會現實對詩歌創作產生了較大影響，文人開始走出書齋、關懷廣泛的社會現實，在詩歌與詞作中反映現實，表達人生理想。在文學思想領域，眾多批評家開始總結、反思前代詩詞創作傾向，強調詩詞思想內容，體現出向「言志」傳統、「風雅」精神回歸的傾向。表現在詩中，批判江西詩派重形式、輕內容的傾向，強調「詩言志」的傳統，並以反映現實的杜甫之詩為學習典範；表現在詞論中，則是明確提出「復雅」的思想，要求詞繼承「騷雅」傳統，具有載負時代精神的功能，並最終確立了蘇軾「以詩為詞」的創作範式。

〔註 65〕施蟄存《詞籍序跋萃編》，第 134 頁。

〔註 66〕施蟄存《詞籍序跋萃編》，第 158 頁。

〔註 67〕《龍榆生詞學論文集》，上海古籍出版社 1997 年版，第 246 頁。

結論與餘論

北宋滅亡後，宋朝在江南建立偏安政府，其歷史進入到南宋，也開始了與金國南北對峙的過程。在宋金對峙的百餘年裏，戰爭成為兩國重要的外部環境，這對雙方政治、經濟、文化、學術、文學的發展都產生了深遠影響。本文《宋金戰爭與南宋文學研究》即是以南宋為考察對象，探討戰爭的時代背景、文化生態對文人思想、心理、行為及文學創作、文學思想的影響。

本文中的「戰爭」既指一次具體的軍事行為，也指一種長期存在的狀態。宋朝的文人既是政治家、學者，又是文學家，所以探討戰爭與文人及文學的關係，必須遵循宋代文人身份的特性，使研究涉及到軍事、政治、學術等內容。本文主要採取社會文化學與文、史、哲交叉的研究方法，探討戰爭這一文化環境對文人政治、軍事、學術觀點，文人士風、行為、心理的影響，並進而探討戰爭中的文學特徵。

一、戰爭背景下的文人研究是本文研究的第一個內容

主要探討以下三方面內容：

首先，探討文人的戰爭態度及由此形成的文人關係。戰爭對文人最直接的影響就是對文人戰爭觀的影響，及由此形成的複雜的文人關係。宋金戰爭從一開始，就面臨著對金是和還是戰的問題。在不同的戰爭時期，文人對和、戰表現出不同的態度，並形成了複雜的文人關係。第一，靖康之難前後，形成了以李綱與汪伯彥、黃潛善為代表的戰、和對立。以李綱為中心，形成了一個主戰的文人群體。第二，紹興中期，形成了主戰文人與秦檜——高宗主和集團的

對立；以趙鼎為中心，形成了主戰的文人集團。第三，「隆興北伐」前後，形成了以張浚與湯思退戰、和對立，張浚與史浩之間的戰、守對立。張浚起用道學人士助其北伐，在其周圍出現了一個主戰的文人集團，同時又是道學集團，文人的戰、和之爭與道學、反道學之爭互為表裏。第四，「隆興和議」後宋朝與金朝保持了近四十年的和平友好關係，在此期間，介於戰、和之間的主守派得到極大發展，這與朱子理學的發展分不開。朱熹等性理學家強調「正心誠意」之學，在戰爭態度上主張「先修內後攘外」，促進了主守派的發展。與朱熹等人相對立的浙東事功學派，認為「道在日用」中，實現抗金復國即體現了「道」，表現出時不我待的激進態度，是主戰派的代表。以朱熹為主的主守派與以陳亮等人為主的主戰派的政見之爭與其學術之爭互為表裏，成為此時期的突出特點。第五，寧宗開禧二年（1206）權臣韓侂胄再次興兵北伐，韓侂胄在北伐之前打擊道學人士，在北伐時期又起用道學人士，主戰文人雖受到韓侂胄「道學黨禁」迫害，一方面支持韓侂胄北伐，一方面對韓侂胄主動興兵表現出矛盾複雜的心理，文人命運與韓侂胄密切相關，文人之間呈現錯綜複雜的關係。

其次，探討戰爭背景下的文人士風。宋金戰爭影響了南宋文人的心理、情感，並最終形成了具有鮮明戰爭文化內涵的士林風尚。面對中原淪陷、朝廷偏安的社會現實，文人士子普遍關注朝廷政治、軍事問題，表現出深厚的「恢復」情結、強烈的「中興」理想與英雄意識。第一，南宋文人具有突出的「恢復」理想，南宋文人改變了南宋以前儒學思想中關於「夷」「夏」同質、可以用「夏」變「夷」的觀點，認為宋人與「夷狄」金人有不共戴天之仇，不可通過仁義道德使其歸附，只能採取戰爭的形式將其徹底消滅，表現出「夷夏之辨」「夷夏之防」思想的強化。他們通過研習闡釋儒家經典如《春秋》《詩經》《易》等強化「夷夏之辨」的思想，突出「尊王攘夷」中「攘夷」的內容。第二，南宋文人具有深厚的「中興」情結。他們對南宋君臣及文人士子提出「中興」宋室的希望，並對自己建立「中興」之功表示期許；熱情頌揚高宗順天而立、「中興」宋室的偉大功績；借賦詠徵引包含了「中興」文化意義的「浯溪」意象與《車攻》事典表達其「中興」理想。就其實質而言，「中興」即復興北宋盛世的領土疆域、政治地位及上古王道治德等文化傳統。第三，南宋文人具有強烈的英雄意識。他們歌頌前代英雄與當代英雄，塑造英雄自我形象，寄託了恢復中原故土的希望，表達了渴望從軍征戰、建立功名的人生理想及英雄失路的悲憤。

他們所稱賞的英雄是具有強烈的憂患意識與高度的社會責任感的人物，是具有經邦治國、抗敵禦侮、出將入相的文武全才。以此出發，他們對當時儒學家清談玄論之風提出批判。第四，南宋文人還表現出一定的隱逸追求，與其逃避戰亂、受主和派打擊等時代因素分不開，但他們隱逸卻時刻關注現實，表達出英雄不遇的悲憤與抗金復國的理想。

另外，探討宋金戰爭中的文人行為。第一，文人普遍談關注軍事問題，他們在上疏、奏論、策對等政論文中，討論軍事政策、用兵方略。他們研習前代兵學著作，整理考校歷代兵書，並自己創作兵書，希望改變朝廷兵弱將驕、戰鬥力低下的現狀。這與宋朝文治背景下士人主體意識的強化有關，與南宋武舉制度的發展完善有關，而對南宋岌岌可危命運的深重憂患意識是其談兵的關鍵原因。第二，文人直接參與軍事實踐：一則文人以帥臣身份，在戰爭時期來到邊境開幕戍邊，治兵征戰；一則文人任職於將帥幕府。與唐代幕府將帥由武人充任不同，南宋幕府府主多由文人擔任，而且幕府軍事職能與府州民事職能開始融合，幕府文人將帥除了統兵征戰之外，兼處理民事。文人屬官的辟置與升遷受制於朝廷，其屬性向幕職州縣官轉化，突出了民事職能，淡化了軍事職能。在宋代重文輕武的風氣下，南宋幕府文人的心態發生了很大變化，唐代以軍功為尚的理想一去不返。第三，在宋金戰爭背景下，大多文人有過出使金國的經歷。「古者兵交，使在其間」，宋金戰爭時期，宋朝屢次向金國派遣使臣，包括正旦、生辰等常使與報聘使、通問使等泛使兩類，其中泛使與戰爭的關係尤為密切。南宋的使臣是由正使、副使及三節從人組成的使團，其中正使由文人充任。絕大部分文人使臣在使金過程中表現出不畏死難、不辱使命的高尚節操，對於維護南宋領土與尊嚴及民族和平相處做出了重要貢獻，達到了「不戰而屈人之兵」的目的。

二、戰爭背景下的文學創作是本文研究的第二個內容

這包括兩個方面：

首先，研究戰爭背景下的文學創作。以文人經歷、行為為線索，探討在戰爭背景下形成的幾類文學，包括戰亂文學、幕府文學及使金文學。第一，以靖康之難為中心，探討反映戰爭的戰亂文學，並與建安時期、安史之亂後的戰亂文學進行比較，以揭示戰爭對文學思想內容與藝術風格的影響。第二，研究幕府邊塞軍旅詩與幕府散文。與唐代邊塞詩相比，南宋幕府詩具有新的特點，這

與南宋特定的戰爭形勢、軍事制度及文人入幕心態有關。第三，南宋眾多文人出使金國，創作了一批使金詩。其中包括一批被拘禁於金國的詩人如朱弁、宇文虛中、洪皓等人的詩歌創作，及范成大、許及之等人的使金紀行詩。留金詩人因為被拘禁的身份，其詩歌在思想內容與藝術風貌上與南宋主流詩壇呈現一定差異。范成大等人的使金紀行詩帶上了使者獨特的視角，是使臣獨特的心理、情感的折射。他們把沿途所見、所聞與詩人的家國之痛結合起來，把自己對國破家亡的沉痛之情與遺民復國思歸的情感結合起來，開拓了詩的境界，具有一定的文學史意義。

其次，研究戰爭背景下的南宋文學思想。包括詩學理論與詞學理論，兩個方面。第一，在宋金戰爭的時代背景下，眾多文人基於國破家亡的現實與亡國滅族的憂患，開始打破北宋江西詩派重形式而輕內容的傳統，開始在詩中廣泛關注現實生活與人民命運；與之一致，在詩論思想中則表現出對「詩言志」理論的強調，並具體表現為對杜甫詩歌精神的接受。第二，與南渡後詞人抒發英雄理想、關注國計民生的創作實踐一致，詞學理論中「復雅」呼聲高漲，要求詞作與詩三百、「騷雅」之趣與儒家詩教傳統結合起來，從而為「使酒玩世」的小詞賦予傳導時代脈博、載負時代精神的功能，並具體表現在繼承蘇軾「以詩為詞」的傳統，在詞中普遍反映文人士大夫心聲與現實社會內容。

戰爭是南宋文人生存的歷史背景與生態環境，戰爭影響到文人政治、日常生活的方方面面，戰爭也對南宋各體文學產生了深遠影響。本文以上僅是對宋金戰爭時期南宋文人及文學部分內容作淺要探討。關於此主題的研究，還有許多問題有待進一步深入探討，現稍作申述：

首先，南宋戰爭文學如戰亂文學、幕府邊塞文學、使金文學還可作更為系統的研究，許多具體的戰爭文學作品有待進一步探討。如南宋戰爭檄文研究，包括檄文內容的歷史文獻意義，檄文文體特徵與情感特徵等的研究。再如南宋使金文人「覘國」視角下的文學書寫研究。使金詩人在使金過程中，往往帶有覘視金國即類似於間諜的軍事目的，他們在使金紀行詩文中常帶上「覘國」的視角，以期紀下敵國的地形地勢、軍事武備等內容以備朝廷諮詢，但他們又在金人的嚴密防備監視下行事謹小慎微，故其作品常具有隱晦性書寫與缺位性書寫特徵。再如，南宋戰爭文學的「詩史」特徵探討。南宋戰爭文學是我們瞭解宋金戰爭史的一個窗口，便詩文並不等於歷史。主戰文人激進的戰爭態度與功名思想使其常不能正視客觀歷史現實而錯誤理解戰爭形勢，一些戰爭詩、戰爭詞具有很強的主觀性，他們對戰爭的觀點與態度亦不一定符合歷史發展的規律。這以陸游為典型代表。清代趙翼稱：「放翁之不忘恢復，未免不量時勢，然亦多誤於傳聞之不審。在蜀時，金之邊將時有蠟書來報宣威幕府，具言其國虛實。彼以蠟書來利賞賜，自必詭言禍敗，以中吾所喜，肯以實告耶？淳熙十一年，金世宗如會寧，命太子守國，而放翁有《聞虜酋遁歸漠北》詩。十二年又有《感秋》詩，自注：『聞虜酋自香草澱入秋山，蓋遠遁矣。』不知金國每年巡歷春水秋山，自其常制。金世宗最號賢君，國中稱小堯舜，其時朝政清明，邊圉義安，有何事而遁歸漠北，遁入秋山耶？可見鄰國傳聞之訛，易於從聽，而放翁輒易輕信。其後慶元四年又有詩《聞金虜亂淮以北民苦徵調皆望王師之室》。可見邊疆紛聽，好言敵國有恤，此韓侂冑所以輕率用兵致敗也。開禧二年，吳曦反，以蜀地降金。三年安丙誅曦，稍復蜀地，而放翁有詩『解梁已報偏師入』，自注云：『見邸報，西師已復關中郡縣。』又有《聞西師復華州詩》。是時關中郡縣及華州何曾能復，而已見之邸報，則邸報且不足信，況傳聞耶！」〔註 1〕而陸游詩中表現出的抗金復國的人生理想，在南宋孝宗「隆興和議」、理學興起之後也並不一定是時代精神主流，更多的可能是出於陸游的英雄幻想。另外，除了主戰派，其他主和派、主守派的文學作品亦應予以更多關注。

其次，對戰爭文學的整體美學風格有待進一步探討。南宋描寫戰爭場面與戰爭現實、詠歎戰爭歷史事件與歷史軍事人物、表達戰爭策略戰術的文學作品，具有比較一致的美學特徵，即強烈的悲劇精神，這與特定的戰爭形勢下士人風尚與性格特徵有關。而一批歌頌英雄、表達「恢復」理想的作品則呈現出鮮明的「崇高美」的特徵，尤其表現在豪放詞中，改變了南宋以前詞之「柔美」的藝術風貌。南宋文學家談兵論戰的散文，呈現出鮮明的「縱橫」特色，這與文人習知兵學、熟讀兵書有關，兵家縱橫凌厲、奇譎詭異的思想風格必然影響到其散文風格。南宋文人普遍具有從軍經歷，且熟讀兵書，具有深厚的兵學修養。他們的文學作品普遍具有鮮明的兵家色彩與軍人氣質。如陳傅良在《徐薦伯詩集》中所記載：「吾友徐薦伯登武舉第，一日示余《橫槊醉稿》。余讀已，喜薦伯慷慨有烈丈夫氣。其詩詞，視唐諸子矻矻弄篇章者多哉！」陳傅良在《跋徐薦伯橫槊醉稿》一文中稱：「讀其詩頓挫清厲，有壯士橫槊之氣，倚馬而作，露版有餘。」徐薦伯是南宋時期的武貢士，武舉出身者所寫的詩歌，陳傅良稱

〔註 1〕《甌北詩話》卷六，見《陸游資料彙編》，第 299 頁。

之為「慷慨有烈丈夫氣」。這體現了作者身份經歷、知識背景與文學藝術風貌之間的密切聯繫。對這一類問題都有待深入研究。

另外，對宋金戰爭背景下的南宋戰爭文學可以作一個詳細的編年。

因為宋代史料豐富，文人眾多，文學成果繁富，如果就南宋戰爭文學作一詳細編年，則可使本文的研究論述更為有理有力。本文涉及面較大，故在材料駕馭方面多有不足，文章的論述也多有不盡人意之處。本文採用以戰爭為點，戰爭對文人的思想、心理、行為及文學創作、文學思想的影響為線的結構形式，注重從平面角度來考察戰爭與文人及文學的關係，但對文人思想、心理、行為與文學創作、文學思想之間的縱向聯繫論述不夠透徹，故文章各章之間的內在邏輯有待更一步凝練打磨，這都有待以後進一步完善。

參考書目

1.《周禮注疏》,(漢)鄭玄注,(唐)陸德明音義,(唐)賈公彥疏,影印文淵閣四庫全書本。

2.《春秋左傳注疏》,(晉)杜預注,(唐)孔穎達疏,(唐)陸德明音義文淵閣四庫全書本。

3.《春秋分紀》,(宋)程公說著,影印文淵閣四庫全書本。

4.《春秋權衡》,(宋)劉敞著,影印文淵閣四庫本書本。

5.《孫氏春秋經解》,(宋)孫覺著,影印文淵閣四庫本書本。

6.《紫岩易傳》,(宋)張浚著,影印文淵閣四庫全書本。

7.《絜齋毛詩經筵講義》,(宋)袁燮著,影印文淵四庫全書本。

8.《五禮通考》,(清)秦惠田著,影印文淵閣四庫全書本。

9.《周官集注》,(清)方苞著,影印文淵閣四庫全書本。

10.《宋元學案》,(清)黄宗羲、全祖望著,陳金生、梁運華點校,中華書局,1986 年。

11.《魏書》,(齊)魏收著,中華書局,1974 年。

12.《荊楚歲時記》,(梁)宗懍著,中華書局,1991 年。

13.《晉書》,(唐)房玄齡等著,上海古籍出版社,1986 年影印本。

14.《北史》,(唐)李延壽著,中華書局,1974 年。

15.《續資治通鑒長編》,(宋)李燾著,中華書局,2004 年。

16.《三朝北盟會編》,(宋)徐夢莘著,影印文淵閣四庫全書本。

17.《建炎以來繫年要錄》,(宋)李心傳著,中華書局,1988 年。

18.《建炎以來朝野雜記》,(宋)李心傳著,中華書局,2000年。
19.《續宋編年資治通鑒》,(宋)劉時舉著,影印文淵閣四庫全書本。
20.《皇宋中興兩朝聖政》,(宋)留正著,續修四庫全書本。
21.《續編兩朝綱目備要》,(宋)佚名著,中華書局,1995年。
22.《中興小紀》,(宋)熊克著,影印文淵閣四庫全書本。
23.《宋大事記講義》,(宋)呂中著,影印文淵閣四庫全書本。
24.《東都事略》,(宋)王稱著,影印文淵閣四庫全書本。
25.《太平治跡統類》,(宋)彭百川撰,叢書集成續編本。
26.《名臣碑傳琬琰集》,(宋)杜大珪著,影印文淵閣四庫全書本。
27.《宋名臣奏議》,(宋)趙汝愚編,影印文淵閣四庫全書本。
28.《宋朝事實類苑》,(宋)江少虞著,上海古籍出版社,1981年。
29.《郡齋讀書志校證》,(宋)晁公武著,孫猛校證,上海古籍出版社,1990年。
30.《松漠紀聞》,(宋)洪皓著,影印文淵閣四庫全書本。
31.《直齋書錄解題》,(宋)陳振孫著,上海古籍出版社,1987年。
32.《攬轡錄》,《范成大筆記六種》,(宋)范成大著,中華書局,2002年。
33.《大金弔伐錄校補》,(金)佚名著,金少英校補,李慶善整理,中華書局,2001年。
34.《宋史》,(元)脫脫等著,中華書局,1977年。
35.《金史》,(元)脫脫等著,中華書局,1975年。
36.《宋史全文》,(元)佚名著,黑龍江人民出版社,2005年。
37.《文獻通考》,(元)馬端臨著,華東師範大學出版社,1985年。
38.《南宋書》,(明)錢士升著,影印文淵閣四庫全書本。
39.《宋史紀事本末》,(明)陳邦瞻著,中華書局,1977年。
40.《歷代名臣奏議》,(明)楊士奇、黄淮等編,影印文淵閣四庫全書本。
41.《宋史翼》,(清)陸心源著,中華書局,1991年。
42.《續資治通鑒》,(清)畢沅著,中華書局,1957年。
43.《資治通鑒後編》,(清)徐乾學著,影印文淵閣四庫全書本。
44.《廿二史劄記校證》,(清)趙翼著,王樹民校,中華書局,1984年。
45.《宋會要輯稿》,(清)徐松著,中華書局,1957年影印本。
46.《宋大詔令集》,中華書局,1962年。

47.《讀史方輿紀要》,（清）顧祖禹著，山東畫報出版社，2004 年。
48.《欽定四庫全書總目（整理本）》,（清）紀曉嵐、陸錫熊、孫士毅等著，中華書局，1997 年。
49.《燕翼詒謀錄》,（宋）王栐著，影印文淵四庫全書本。
50.《鶴林玉露》,（宋）羅大經著，中華書局，1983 年。
51.《齊東野語》,（宋）周密著，張茂鵬點校，中華書局，1983 年。
52.《癸辛雜識》,（宋）周密著，中華書局，1988 年。
53.《浩然齋雅談》,（宋）周密著，影印文淵閣四庫全書本。
54.《隱居通義》,（宋）劉壎著，影印文淵閣四庫全書本。
55.《四朝聞見錄》,（宋）葉紹翁著，中華書局，1989 年。
56.《桯史》,（宋）岳珂著，中華書局，1981 年。
57.《鄂國金佗倅編續編校注》,（宋）岳珂著，王曾瑜校注，中華書局，1989 年。
58.《貴耳集》,（宋）張端義著，中華書局，1958 年。
59.《獨醒雜志》,（宋）曾敏行著，朱傑人標校，上海古籍出版社，1986 年。
60.《揮塵錄》,（宋）王明清著，影印文淵閣四庫全書本。
61.《揮塵錄後錄》,（宋）王明清著，中華書局，1961 年。
62.《老學齋筆記》,（宋）陸游著，中華書局，1979 年。
63.《遊宦紀聞》,（宋）張世南著，中華書局，1981 年。
64.《舊聞證誤》,（宋）李心傳著，中華書局，1981 年。
65.《吹劍錄》,（宋）俞文豹著，中華書局，1991 年。
66.《清波雜志校注》,（宋）周煇著，劉永翔校注，中華書局，1995 年。
67.《藏一話腴》,（宋）陳郁著，影印文淵閣四庫全書本。
68.《北窗炙輠錄》,（宋）施德操著，影印文淵閣四庫全書本。
69.《古今事文類聚遺集》,（宋）祝穆，（元）富大用，（元）祝淵著，影印文淵閣四庫全書本。
70.《西塘集耆舊續聞》,（宋）陳鵠著，中華書局，2002 年。
71.《雞肋編》,（宋）莊綽著，中華書局，1983 年。
72.《歸潛志》,（金）劉祁著，中華書局，1983 年。
73.《歸潛志二》,（金）劉祁著，中華書局，1991 年。
74.《花草粹編》,（明）陳耀文編，影印文淵閣四庫全書本。

75.《說郛》,(明)陶宗儀著，影印文淵閣四庫全書本。
76.《宋人軼事彙編》，丁傳靖輯，中華書局，1981 年。
77.《預章文集》,(宋)羅從彥著，影印文淵閣四庫全書本。
78.《北海集》,(宋)綦崇禮著，影印文淵閣四庫全書本。
79.《雪山集》,(宋)王質著，影印文淵閣四庫全書本。
80.《晦庵集》,(宋)朱熹著，影印文淵閣四庫全書本。
81.《止齋先生文集》,(宋)陳傅良著，四部叢刊本。
82.《李清照集箋注》,(宋)李清照著，徐培均箋注，上海古籍出版社，2003 年版。
83.《樵歌》,(宋)朱敦儒著，上海古籍出版社，1998 年。
84.《陳與義集》,(宋)陳與義著，吳書蔭、金德厚點校，中華書局，1982 年。
85.《陳亮集》,(宋)陳亮著，中華書局，1987 年。
86.《葉適集》,(宋)葉適著，劉公純等點校，中華書局，1961 年。
87.《范石湖集》,(宋)范成大著，上海古籍出版社，1981 年。
88.《陸游集》,(宋)陸游著，中華書局，1976 年。
89.《劍南詩稿校注》,(宋)陸游著，錢仲聯校注，上海古籍出版社，2005 年。
90.《兩宋名賢小集》,(宋)陳思編、(元)陳世隆補，影印文淵閣四庫全書本。
91.《瀛奎律髓匯評》,(元)方回著，上海古籍出版社，1984 年。
92.《宋百家詩存》,(清)曹廷棟編，上海古籍出版社，1993 年。
93.《宋詩紀事》,(清)厲鶚著，上海古籍出版社，1983 年。
94.《全宋詩》，傅璇琮等主編，北京大學出版社，1991。
95.《全宋詞》，唐圭璋主編，中華書局，1999 年。
96.《全宋文》，曾棗莊、劉琳主編，上海辭書出版社，2006 年。
97.《風月堂詩話》,(宋)朱弁著，中華書局，1988 年版。
98.《歷代詩話續編》，丁福寶輯，中華書局，2001 年。
99.《歲寒堂詩話》,(宋)張戒著,《歷代詩話續編》本，中華書局，2001 年。
100.《砻溪詩話》,(宋)黃徹著,《歷代詩話續編》本，中華書局，2001 年。
101.《韻語陽秋》,(宋)葛立方著，何文煥輯,《歷代詩話》，中華書局，1981 年。
102.《後村詩話》,(宋)陳師道著,《歷代詩話續編》本，中華書局，2001 年。

103.《白雨齋詞話》，（清）陳廷焯，上海古籍出版社，1984 年。
104.《中國通史》第七卷《五代遼宋夏金時期》，白壽彝主編，上海人民出版社，1999 年。
105.《兩宋文學史》，程千帆、吳新雷著，上海古籍出版社，1998 年。
106.《唐代使府與文學研究》，戴偉華師著，廣西師範大學出版社，1998 年。
107.《唐代幕府與文學》，戴偉華師著，現代出版社，1990 年。
108.《藝術哲學》，（法）丹納著，傅雷譯，安徽文藝出版社，1998 年。
109.《辛稼軒年譜》，鄧廣銘著，上海古籍出版社，1997 年。
110.《政治中的人性》，（英）格雷厄姆.沃拉斯著，朱曾汶譯，商務印書館，1995 年。
111.《隋唐軍事》，郭紹林著，中國文史出版社，2005 年。
112.《中國文學精神》，郭延禮編，山東教育出版社，2003 年。
113.《南宋史稿》，何忠禮、徐吉軍著，杭州大學出版社，1999 年。
114.《陸游資料彙編》，孔凡禮、齊之平編，中華書局，2004 年。
115.《唐代交通與文學》，李德輝著，湖南人民出版社，2003 年。
116.《二十世紀遼金史論著目錄》，劉浦江著，上海辭書出版社，2003 年。
117.《中國轉向內在——兩宋之際的文化內向》，（美）劉子健著，趙冬梅譯，江蘇人民出版社，2002 年。
118.《宋代散文史論》，馬茂軍師著，中華書局，2008 年。
119.《宋代教育》，苗春德著，河南大學出版社，1992 年。
120.《江西詩派研究》，莫礪鋒著，齊魯書社，1986 年。
121.《第二屆宋代文學國際學術研討會論文集》，莫礪鋒編，江蘇教育出版社，2003 年。
122.《宋史叢考》，聶叢岐著，中華書局，1980 年。
123.《中國戰略思想史》，鈕先鍾著，實文堂書店，民國 81 年（1992 年）。
124.《魏晉南北朝文學思想史》，羅宗強著，中華書局，1996 年。
125.《宋學的發展與演變》，漆俠著，河北人民出版社，2002 年。
126.《朱子新學案》，錢穆著，巴蜀書社，1986 年～1987 年。
127.《宋詩選注》，錢鍾書著，人民文學出版社，1979 年。
128.《唐代邊塞詩的文化闡釋》，任文京著，人民出版社，2005 年。
129.《中國軍事文學史》，任昭坤著，四川人民出版社，1999 年。

130.《學人遊幕與清代學術》，尚小明著，社會科學文獻出版社，1999 年。
131.《北宋文人與黨爭》，沈松勤著，人民文學出版社，2004 年。
132.《南宋文人與黨爭》，沈松勤著，人民文學出版社，2005 年。
133.《春秋左傳學史稿》，沈玉成、劉寧著，江蘇古籍出版社，1992 年。
134.《朱子大傳》，束景南著，福建教育出版社，1992 年。
135.《朱子年譜長編》，束景南著，華東師範大學出版社，2001 年。
136.《中國歷代治邊方略研究》，孫建民著，軍事科學出版社，2004 年。
137.《中國歷代戰爭史》，臺灣三軍大學編，黎明文化事業股份有限公司，1980。
138.《兩宋之交的詩歌研究》，汪俊著，旅遊教育出版社，2001 年。
139.《唐代後期軍事史略論稿》，王永興著，北京大學出版社，2006 年。
140.《宋南渡詞人群體研究》，王兆鵬著，文津出版社，1992 年。
141.《張元幹年譜》，王兆鵬著，南京出版社，1989 年。
142.《宋朝兵制初探》，王曾瑜著，中華書局，1983 年。
143.《北宋經撫年表 南宋制撫年表》，吳廷燮著，中華書局，1984 年。
144.《唐宋詞通論》，吳熊和著，浙江古籍出版社，1989 年。
145.《李清照全集評注》，徐北文著，濟南出版社，1990 年。
146.《宋詩話》，許總著，重慶出版社，1992 年。
147.《士大夫政治演生史稿》，閻步克著，北京大學出版社，2006 年。
148.《接受美學與接受理論》，（德）H.R.姚斯、（美）R.C.霍拉勃著，遼寧人民出版社，1987 年。
149.《行為主義》，（美）約翰.布魯德斯.華生著，知書房出版社，2005 年。
150.《朱熹的歷史世界》，余英時著，生活．讀書．新知三聯書店，2004 年。
151.《士與中國文化》，余英時著，上海人民出版社，2003 年。
152.《中國文學史》，袁行霈著，高等教育出版社，1996 年出版。
153.《宋代教育——中國古代教育的歷史性轉折》，袁征著，廣東高等教育出版社，1991 年。
154.《唐代藩鎮研究》，張國剛著，湖南教育出版社，1987 年。
155.《宋初政治探研》，張其凡著，暨南大學出版社，1995 年。
156.《中國兵學文化》，張文儒著，北京大學出版社，1997 年。
157.《朱熹的終極關懷》，趙峰著，華東師範大學出版社，2004 年。
158.《中國兵學史》，趙國華著，福建人民出版社，2004 年。

159.《金宋關係史》，趙永春著，人民文學出版，2005 年。
160.《中國戰爭發展史》，中國人民革命軍事博物館編著，人民出版社，2001 年。
161.《中國歷代戰爭年表》，「中國軍事史」編寫組編，解放軍出版社，2003 年。
162.《中國通史》，周谷城著，上海人民出版社，1957 年。
163.《徽宗詞壇研究》，諸葛憶兵著，北京出版社，2001 年。
164.《接受美學導論》，朱立元著，安徽教育出版社，2004 年。

附　錄

附表一：宋金交聘中的南宋泛使表〔註450〕

時間	正使	副使	使臣名目	文獻	備註
靖康元年正月	李棁		議和使	《要錄》卷一建炎元年正月辛卯條，P13	
靖康元年二月	宇文虛中 簽書樞密院事	王俅	議和使	《宋史》卷二十三，《欽宗》P424	
靖康元年八月	王雲 徽猷閣待制	馬識遠 閤門宣贊舍人	議和使	《宋史》卷二十三《欽宗》P430	
靖康元年八月	劉岑秘書著作佐郎；李若水太常博士		軍前通問使	《金初漢族士人溯源》P24；《宋史》卷二十三《欽宗》P430	李若水有《山西軍前和議錄》、《奉使錄》兩書，記載其出使，《會編》引其文。
靖康元年十月	聶昌同知樞密事	耿南仲	議和使	《要錄》卷一建炎元年正月辛卯條，P18	「許盡割河東北地。」
靖康元年十一月	趙構康王，王雲刑部尚書		議和，上尊號〔註451〕	《宋史》卷二十三《欽宗》P432	《宋史》卷二十三《欽宗》：「許割三鎮，奉袞冕、車輅，尊其主為皇叔，且上尊號。」
靖康元年十一月	馮澥資政殿學士；李若水		議和	《宋史》卷二十三《欽宗》P432	《宋史》卷二十四《高宗一》P444 記載：「李棁、宇文虛中、鄭望之、李鄴皆以使金請割地，責廣南諸州並安置。」可見此前除了李

〔註450〕本文《宋金戰爭與南宋文學研究》將研究的時間上下限定在南宋建國的建炎元年（1127）年至金國滅亡的宋理宗端平元年（1234）。靖康元年（1126）金人發動侵宋戰爭，戰爭的結果直導致了北宋的滅亡。靖康之難既是北宋的滅亡時間，也是南宋建立的起點。討論宋金間的戰爭不可避免地要討論靖康之難，靖康之難前後，宋朝數次向金國派遣使臣議和，都屬於「泛使」。本文將靖康之難前後的使臣之遣一併納入統計。

〔註451〕有些使臣無名目，只有遣使事項，故標示事項。

					稅、宇文虛中之外，還有鄭望之、李鄴使金議和。
建炎元年五月	**周望** 太常少卿		通問使	《宋史》卷二十四《高宗一》P445	「使河北軍前通問二帝。」
建炎元年五月	**王倫** 朝奉郎假刑部侍郎	**朱弁** 修武郎	通問使	《要錄》卷五，建炎元年五月戊戌條 P125	通問徽欽二帝 未行
建炎元年五月	**傅雱**宣義郎假工侍郎	**趙哲** 武功大夫	通和使	《要錄》卷五，建炎元年五月戊戌條 P125	議和 未行
建炎元年五月	**傅雱**	**馬識遠** 閤門宣贊舍人	祈請使	《要錄》卷五，建炎元年五月戊戌條 P127	
建炎元年六月	**徐秉哲**徽閣直學士假資政殿學士		通問使	《宋史》卷二十四《高宗一》P445	「秉哲辭」，未行。
建炎元年十一月	**王倫** 朝奉郎假刑部侍郎	**朱弁** 閤門舍人	通問使	《宋史》卷二十四《高宗一》P450；《宋史》卷三七一《王倫傳》	《宋史》卷三七一《王倫傳》記載：「建炎元年，選能專對者使金。問兩宮起居，遷朝奉郎假刑部侍郎，充大金通問使，閤門舍人朱弁副之。見金左副元帥宗維議事。金留不遣。」《要錄》卷十五，建炎二年五月癸卯條記載：「朝奉郎大金通問使王倫始渡河，遂與其副閤門宣贊舍人朱弁至雲中，見左副元帥宗維計事，金留不遣。」 《宋史全文》卷十六下《宋高宗二》：建炎二年五月「癸卯大金通問使王倫始渡河與其副朱弁至雲中見宗維議事金留不遣。」建炎二年五月應為朱弁等人到時金國的時間。

建炎二年	**劉誨**宣教郎	**王睨**朝奉郎	軍前通問使	《要錄》卷一九，建炎三年正月乙酉條 P379；《宋史》卷二五《高宗二》P454	《要錄》記載劉誨等於建炎三年正月使金還，故使金應在建炎二年；《宋史》記載為建炎元年二月。
建炎二年二月	**宇文虛中** 安化軍節度副使		通問使	《宋史》卷二十五《高宗二》P454	「應詔使絕域，復中大夫，召赴行在。」此次宇文虛中等未行，尋改祈請使
建炎二年五月	**宇文虛中** 資政殿大學士	**楊可輔**	祈請使（祈歸請二帝）	《宋史》三七一《宇文虛中傳》；《宋史》卷二五《高宗二》P456	「丙申，宇文虛中充大金通問使，武臣楊可輔副之。尋改虛中為祈請使。」（《宋史全文》卷十六下《宋高宗二》）
建炎二年	**魏行可** 奉議郎假禮部侍郎	**郭元邁** 右武大夫果州團練使	金國軍前通問使	《要錄》卷一八，建炎二年十一月乙未條 P369；《宋史》卷二十五《高宗二》P458	
建炎三年正月	**李鄴** **周望** **宋彥通吳德休**		大金軍前通問使	《宋史》卷二五《高宗二》P459	
建炎三年三月	**王孝迪**中書侍郎 **盧益**尚書左丞	**辛道宗**武功大夫忠州防禦使；**鄭大年**武功大夫永州團練使兩浙西路兵馬都監	奉使大金國信使	《要錄》卷二一，建炎三年三月戊子條 P425；《宋史》卷二十五《高宗二》P463	
建炎三年五月	**洪皓** 徽猷閣待制假禮部尚書	**龔璹** 右武大夫假明州觀察使	通問使	《要錄》卷二三，建炎三年五月乙酉條 P485；《宋史》卷二十五《高宗二》P465	
建炎三年七月	**崔縱** 中奉大夫右文殿修撰工部尚書	**郭元明** 武顯大夫忠州刺史	奉使大金軍前使	《要錄》卷二五，建炎三年七月丁酉條 P512；《宋史》卷二五《高宗二》P467	

建炎三年八月	**杜時亮** 秘閣修撰假資殿學士	**宋汝為** 修武郎假武功大夫開州刺史	奉使大金軍前使	《要錄》卷二六，建炎三年八月丁卯條 P524；《宋史》卷二十五《高宗二》P467	
建炎三年九月	**張邵** 奉議郎直龍圖閣假禮部尚書	**楊憲** 武義大夫	大金軍前通問使	《要錄》卷二八，建炎三年九月丙辰條 P554；《宋史》卷二十五《高宗二》P468	
建炎三年十月	**孫悟**		金國軍前致書使	《宋史》卷二五《高宗二》P470	
紹興二年九月	**潘致堯** 左承議郎假吏部侍郎	**高公繪** 武經郎假武功大夫忠州刺史	大金奉表使兼軍前通問使	《要錄》卷五八，紹興二年九月壬戌 P1004；《宋史》卷二十七《高宗四》P500	
紹興三年五月	**韓肖胄** 端明殿學士同簽書樞密院事	**胡松年** 給事中試工部尚書	大金軍前奉表通問使	《要錄》卷六五，紹興三年五月丁卯條 P1103；《宋史》卷二七《高宗四》P505	《宋史》稱「充金國軍前通問使」。
紹興四年正月	**章誼**	**孫近**	通問使	《要錄》卷七二，紹興四年正月丙寅條 P1201；《宋史》卷二七《高宗四》P508	
紹興四年八月	**魏良臣** 左朝散郎假工部侍郎	**王繪** 武顯大夫假右武大夫果州團練使	大金國軍前奉表通問使	《要錄》卷七九，紹興四年八月乙未條 P1296；《宋史》卷二十七《高宗四》P511	
紹興五年五月		**何蘚**修武郎	大金國軍前奉表通問使（通問二聖）	《要錄》卷八九，紹興五年五月辛巳條 P1482；《宋史》卷二八《高宗五》P520	《宋史》記載：「中書舍人胡寅言國家與金世讎，無通使之義。張浚奏使事兵家機權，後將闢地復土，終歸於和，未可遽絕。乃遣行。」可見使金議和。

紹興七年二月	**王倫** 徽猷閣待制	**高公繪** 武經大夫、達州刺史	奉使大金國迎奉梓宮使	《要錄》卷一〇九，紹興七年二月庚子條 P1764；《宋史》卷二八《高宗五》P529	《宋史》記載紹興七年正月，「何鮮、范甯之至自金國，始聞上皇及寧德皇后崩」，故於二月遣使迎梓宮。
紹興七年十二月	**王倫** 徽猷閣直學士提舉醴泉觀	**高公繪** 右朝奉大夫	大金國奉迎梓宮使	《要錄》卷一一七，紹興七年十二丁亥條 P1895；《宋史》卷二八《高宗五》P529	
紹興八年七月	**王倫** 徽猷閣直學士提舉萬壽觀假端明殿學士	**陳括**尚書金部員外郎假徽猷閣待制（後以右武大夫榮州防禦使知閤門事**藍公佐**假慶遠軍承宣使代之）	奉迎梓宮使	《要錄》卷一二一，紹興八年七月乙酉條 P1951；丁亥條 P1951	《宋史》卷二十九《高宗六》記載：「覆命王倫及藍公佐奉迎梓宮。」P537
紹興九年正月	**王倫** 端明殿學士、同簽書樞院事	**藍公佐** 宣州觀察使	迎奉梓宮奉還兩宮交割地界使	《要錄》卷一二五，紹興九年正月丙戌條 P2034	
紹興九年六月	**王倫** 同簽書樞密院事	**藍公佐** 保信軍節度使	議事	《要錄》卷一二九，紹興九年六月乙亥條 P2092；《金史・交聘表》P1400 紹興九年九月）；《宋史》卷二九《高宗六》P540	《金史・交聘表》稱「祈請使」。此次王倫使金被拘，直至紹興十四年被殺（《要錄》卷一百五二，紹興十四年七月 2444）
紹興十年	**莫將** 禮部尚書		迎徽宗梓宮	《金史・交聘表》P1400，紹興十年四月	
紹興十一年九月	**劉光遠**		通問使	《宋史》卷二九《高宗六》P550	以通問之名議和
紹興十一年一月	**魏良臣** 尚書吏部侍郎	**王公亮** 福州觀察使	大金軍前通問使（又稱「稟議使」）	《要錄》卷一四二，紹興十一年十月壬午條 P2283；《宋史》卷二九《高宗六》P550	旨在與金人商議和談事宜，《宋史》稱為「金國稟議使」

紹興十六年九月	**何鑄**		祈請使	《宋史》卷三〇《高宗七》P565	「請國族」，即談議和條件。
紹興二十一年二月	**巫伋**		祈請使	《金史·交聘表》P1406 紹興二十一年六月；《宋史》卷三〇《高宗七》P572	《金史》稱宋「遣祈請使請山陵地」，《宋史》稱「請歸淵聖皇帝及皇族增加帝號等事」。
紹興二十六年四月	**陳誠之** 翰林學士兼侍讀假資政殿大學士醴泉觀使兼侍讀	**蘇曄** 吉州刺史知閤門事假崇信軍節度使領閤門事	賀大金上尊號使	《要錄》卷一七二，紹興二十六年四月庚寅 P2833；《宋史》卷三一《高宗八》P585	「陳誠之為大金國賀上尊號使，蘇煜副之。陳誠之假資政殿學士，蘇煜假崇寧軍節度使副之，為泛使，上金國主尊號也。」（《會編》卷二二一，紹興二十六年四月十八）
紹興二十六年	**張邵** 奉議郎直龍圖閣假禮部尚書	**楊憲**	奉使大金軍前使	《會編》卷二二二，紹興二十六年七月	「……時金再入師渡河，而南朝廷求可使者，欲止其師，莫有應者。公慨然請行。上嘉之，特轉五官，授奉議郎直龍圖閣，借禮部尚書充奉使大金軍前使，楊憲副之。以泛使恩官其二弟祁、邴。」（《會編》卷二二二，紹興二十六年七月。）
紹興二十九年六月	**王綸** 同知樞密院事	**曹勳** 保信軍承宣使、知閤門事	大金奉表稱謝使	《要錄》卷一八二，紹興二十有九年六月甲申條 P3023；《宋史》卷十一《高宗八》P592	「遣王綸為大金奉表稱謝使。時宰相欲遣大臣為泛使覘敵，且堅盟好。綸請行，乃以綸充稱謝使，曹勳副之。」（《資治通鑑後編》卷一百十八，紹興二十九年六月甲辰條。）
紹興三十年	**葉義問** 同知樞密院事	**劉允升** 和州防禦使知閤門事假崇信軍節度使	大金報謝使	《要錄》卷一八四，紹興三十年二月戊午 P3079	「謝其來弔祭也。上亦恐金有南侵意，因使義問覘之。」（《要錄》卷一百八十四，紹興三十年二月戊午）
紹興三十一年四月	**周麟之** 同知樞密院事	**張掄**武翼大夫、貴州刺史、知閤門事假保信軍節度使（周	大金奉表起居稱賀使	《要錄》卷一八九，紹興三十一年四月辛未 P3167；《宋史》卷三十二《高宗九》P600	賀金主遷都。《要錄》此條稱：「初，朝廷聞金主欲移居於汴，且屯兵宿、亳間，議遣大臣奉使」，可見所謂「奉表起居使」其目的在

		麟之本自擇蘇曄為副，因其未行而卒，代之以張掄）			於窺探敵情，臨時所遣。《宋史》稱：「賀遷都。」 從《要錄》卷一九〇，紹興三十一年六月甲寅條 P3184，可見周麟之上書力辭使金，故此次遣使應未行。
紹興三十一年六月	徐嘉 敷文閣待制、樞密都承旨假資政殿大學士左中大夫醴泉觀使	張掄 文州刺史	大金起居稱賀使	《要錄》卷一九〇紹興三十一年六月戊辰、庚午條 P3188；《會編》卷二二九，紹興三十一年七月	「遺史曰：徐嘉、張掄為泛使，去盱眙軍館中以待。金人接伴使副到泗州，即渡淮。金人忽遣諫議大夫韓汝嘉，走馬八匹徑渡淮，直入館中。……」（《會編》卷二二九，紹興三十一年） 《要錄》卷一九〇紹興三十一年六月乙卯 P3186，秘閣修撰提舉台州崇道觀劉岑、左朝散大夫徐嘉皆願使金，故召赴行在；《要錄》卷一九〇紹興三十一年六月戊辰條 P3188，劉岑入對：「臣……惟不惜一死，可以報國，有如議不合，當以臣血濺金主之衣。」高宗於是遣徐嘉。
隆興元年	洪邁 胡昉		議和使	《金史·交聘表》P1419 隆興元年五月	此次遣使議和，雙方約為叔侄國
隆興元年十一月	王之望	龍大淵	通問使	《宋史》卷三三《孝宗一》；《宋史》卷三八一《張闡傳》	金國以書諭通好，議國書、歲幣、唐鄧海泗四地，遣王之望等使金議事。
隆興二年	周葵 王之望		議和使	《金史·交聘表》P1420 隆興二年十一月	「約世為侄國，書仍書名再拜，不稱「大」字，並以宋書副本來上，和議始定。」
隆興二年八月	魏杞 禮部尚書	康湑 崇信軍承宣使	金國通問使	《金史·交聘表》P1422 乾道元年正月；《宋史》卷三三《孝宗一》P627	《金史交聘表》稱宋朝以魏杞「奉國書誓表」。

隆興二年閏十一月	**王抃** 奉使金國通問國信所參議官		奉使金國通問使	《宋史》卷三三《孝宗一》P629	《宋史》：十一月，王抃曾以國信所大通事之職，「持周葵書如金帥府」，「請正皇帝號為叔侄之國，易歲貢為歲幣，減十萬，割商秦地，歸被俘人，惟叛亡者不與。誓目大略與紹興同。」閏十一月奉使入金國。
乾道元年五月	**李若川** 吏部尚書	**曾覿** 寧國軍承宣使	上尊號使	《宋史》卷三三《孝宗一》P631；P631《金史・交聘表》中「大定五年八月」P1421	
乾道六年閏五月	**范成大** 資政殿大學士	**康湑** 崇信軍節度	祈請使	《宋史》卷三四《孝宗二》P648；《金史・交聘表》P1426）乾道六年九月丙戌	「遷成大起居郎，假資政殿大學士充金祈請國信使，國書專求陵寢，蓋泛使也。」（《宋史》卷三百八十六《范成大傳》）
乾道八年二月	**姚憲**		上尊號使	《宋史》卷三四《孝宗二》P653	《宋史》：「使金賀上尊號附請受書之事。」
淳熙元年四月	**張子顏** 試工部尚書	**劉崈** 明州觀察使	報聘使	《宋史》卷三四《孝宗二》P657；《金史・交聘表》P1432 淳熙元年九月己酉	《宋史》：三月，金遣梁肅等來計事，故宋遣張子顏報聘；《金史交聘表》稱「求免起立接書」。
淳熙三年	**湯邦彥** 翰林學士知制誥	**陳雷** 昭信軍承宣使	申議使	《金史・交聘表》P1436 孝宗淳熙三年三月	
紹熙五年閏十月	**林季友**		報謝使	《宋史》卷三七《寧宗一》P717	非常使之謝。
開禧二年	**林拱**忠訓郎	**宋顯**武翼郎	議和使	《金史・交聘表》P1476）開禧二年十一月	
	陳璧		議和使	《金史・交聘表》P1476 開禧二年十二月癸丑	

開禧三年四月	方信孺		奉使金國通謝使	《宋史》卷三八《寧宗二》P744	《金史交聘表》P1478：開禧三年二月「詣行省乞和」，開禧三年五月「詣都元帥府請增歲幣」。
開禧三年六月	林拱辰		金國通謝使	《宋史》卷三八《寧宗二》P745	
開禧三年九月	王柟		求和	《宋史》卷三八《寧宗二》P746；《金史・交聘表》1478	《宋史》：「遣王柟持書赴金國都副元帥府。」《金史交聘表》：開禧三年十一月「宋韓侂胄遣王柟以書詣元帥」。
嘉定元年正月	許奕 試禮部尚書	吳衡 福州觀察使	金國通問使	《宋史》卷三八《寧宗二》P749；《金史・交聘表》「泰和八年」六月，P1479	《金史・交聘表》：「進誓表報謝。」

注：材料出處中，《宋史》與《金史》關於使臣出使的時間不同，蓋因為《宋史》記載以宋朝使臣出使時間為準；《金史》記載以宋朝使臣到達金國的時間為準。

附表二：宋金交聘中的南宋正旦、生辰常使表

時　間	正　使	副　使	使臣名目	文　獻	備　註
紹興九年八月	蘇符 給事中	王公亮 知閤門事	正旦使	《要錄》卷一三一紹興九年八月庚午條 2110；《宋史》卷二九《高宗六》P541	九月降旨，十年三月還朝。由於戰爭的原因南宋至此時才開始遣使賀金國正旦
紹興十二年五月	沈昭遠 戶部侍郎假禮部尚書	王公亮 福州觀察使知閤門事假保信軍承宣使	生辰使	《要錄》卷一四五紹興十二年五月乙未條 P2324；《宋史》卷三〇《高宗七》P556	《要錄》：「金主亶以七夕日生，以其國忌，故錫燕諸路用次日。」
紹興十二年九月	楊願		正旦使	《宋史》卷三〇《高宗七》P557	

紹興十三年八月	**鄭樸** 起居郎權尚書兵部侍郎	**何彥良** 左武大夫保順軍承宣使知閤門事	正旦使	《要錄》卷一四九紹興十三年八月己亥條 P2404；《宋史》卷三〇《高宗七》P559	《要錄》：「時出疆必遣近臣，故並遷二人，自是以為例。」
	王師心 尚書左司郎中權工部侍郎	**康益** 武功大夫鮮州防禦使幹辦皇城司	生辰使	《要錄》卷一四九紹興十三年八月己亥條 P2404；《宋史》卷三〇《高宗七》P559	
紹興十四年八月	**林保**		正旦使	《宋史》卷三〇《高宗七》P531	
	宋之才		生辰使		
紹興十五年九月	**錢周材** 起居舍人權尚書刑部侍郎	**俞似** 閤門祗侯	正旦使	《要錄》卷一五四紹興十五年九月辛酉條 P2485； 《宋史》卷三〇《高宗七》P563	
	嚴抑 國子司業權工部侍郎	**曹溦** 閤門祗候	生辰使	《要錄》卷一五四紹興十五年九月辛酉條 P2485； 《宋史》卷三〇《高宗七》P563	
紹興十六年八月	**邊知白** 將作監權尚書戶部侍郎	**孟思恭** 武節郎兼閤門宣贊舍人	正旦使	《要錄》卷一五五紹興十六年八月甲寅條 P2513； 《宋史》卷三〇《高宗七》P565	《要錄》：「先是奉使者得自辟十人以行，賞典既厚，願行者多納金以請。遂以為例。執羔始拒絕之。」
	周執羔 右司員外郎權禮部侍郎	**宋鑱孫** 左武大夫知閤門使	生辰使	《要錄》卷一五五紹興十六年八月甲寅條 P2513；《宋史》卷三〇《高宗七》P565	
紹興十七年八月	**沈該** 尚書禮部侍郎權工部侍郎	**蘇曄** 閤門宣贊舍人	正旦使	《要錄》卷一五六紹興十七年八月乙巳條 P2537；《宋史》卷三〇《高宗七》P567	《要錄》：「工部尚書詹大方言，近充賀大金生辰使，自入境，待遇使人甚厚。及至大金闕廷，供張飲饌，一一精腆。臣已戒一行官吏，

	詹大方 工部尚書	**容肅** 閤門宣贊舍人	生辰使	《要錄》卷一五六，紹興十七年八月戊申 P2537； 《宋史》卷三〇《高宗七》P567	不得過有須索。竊慮後來三節人，或有不識大體，責辦供應，妄生語言，望嚴行戒飭，庶幾鄰好修睦，永久不替。詔今後使副及三節人，並具知委狀申尚書省。」（卷一五七紹興十八年五月壬申條 P2557）
紹興十八年八月	**王墨卿**		正旦使	《金史·交聘表》記載皇統九年（宋紹興十九年）正月「庚申朔，宋使賀正旦。庚子，宋使賀萬壽節。」《宋史》卷三〇《高宗七》P568	宋使於前一年出發，至次年正月賀節。《宋史》:「遣王墨卿使金賀正旦，陳誠之賀金主生辰。」
	陳誠之		生辰使		
紹興十九年八月	**張卮** 太常少卿	**趙述** 武節大夫和州團練使知閤門事	正旦使	《要錄》卷一六〇紹興十九年八月丙寅 P2592	《要錄》:「通好後以，庶官出疆自此始。」
	湯鵬舉 直秘閣知臨安府守司農卿	**石清** 右武大夫吉州刺史帶御器械	生辰使	《要錄》卷一六〇紹興十九年八月丙寅 P2592	
紹興二十年八月	**陳誠之** 權尚書禮部侍郎兼侍講	**錢愷** 均州觀察使知閤門事	正旦使	《要錄》卷一六一紹興二十年八月辛酉 P2620； 《宋史》卷三〇《高宗七》P572	《要錄》:「述嘗在遣中，以病免。至是覆命之。初，東昏王亶之世，皇太后歲遣裴磨申后禮物鉅萬，及亮代立，遂削此禮。誠之入北境，預為遜詞諭之，金人竟不敢言。及還。上嘉之。」
	王曮 起居舍人兼權直學士院	**趙述** 武節大夫和州團練使權知閤門事	生辰使	《要錄》卷一六一紹興二十年八月辛酉 P2620；《宋史》卷三〇《高宗七》P572	
紹興二十一年八月	**陳夔** 中書門下省校正諸房公事	**蘇曄** 武功大夫惠州刺史權知閤門事	正旦使	《要錄》卷一六二紹興二十有一年八月甲申條 P2643；《宋史》卷三〇《高宗七》P573	

	陳相 樞密院檢詳諸房文字	**孟思恭** 武節大夫吉州刺史權知閤門事	生辰使	《要錄》卷一六二紹興二十有一年八月甲申條 P2643；《宋史》卷三〇《高宗七》P573	
紹興二十二年					缺
紹興二十三年九月	**吳㮚**		正旦使	《宋史》卷三一《高宗八》P578	
	施鉅		生辰使		
紹興二十四年十月	**沈虛中**		正旦使	《宋史》卷三一《高宗八》P580	
	張士襄		生辰使		
紹興二十五年十月	**王瑨** 禮部侍郎	**王漢臣** 閤門宣贊舍人	正旦使	《要錄》卷一六九紹興二十五年十月壬午條 P2767；《宋史》卷三一《高宗八》P582	
	鄭枏 宗正丞（後以權尚書吏部侍郎**徐嚞**代）	**李大授** 閤門宣贊舍人	生辰使	《要錄》卷一六九紹興二十五年十月壬午條 P2767；《宋史》卷三一《高宗八》P582	《要錄》卷一七〇紹興二十有五年十一月己未條 P2778 記載：十一月宗正丞充大金國賀生辰使鄭枏罷，以權尚書吏部侍郎徐嚞充賀生辰使。
紹興二十六年閏十月	**李琳** 宗正少卿	**宋均** 秉義郎侍衛馬軍司幹辦公事	正旦使	《要錄》卷一七五紹興二十六年閏十月辛丑 P2888；《宋史》卷三一《高宗八》P586	
	葛立方 尚書左司郎中	**梁份** 閤門宣贊舍人	生辰使	《要錄》卷一七五紹興二十六年閏十月辛丑 P2888；《宋史》卷三一《高宗八》P586	
紹興二十七年十一月	**孫道夫** 太常少卿	**鄭朋** 閤門宣贊舍人	正旦使	《要錄》卷一七八紹興二十七年十有一月乙丑條 P2941；《宋史》卷三一《高宗八》P588	又見《金史・交聘表》上「正隆三年」，P1410。

	劉章 起居郎	李邦傑 閤門宣贊舍人	生辰使	《要錄》卷一七八紹興二十七年十一月辛巳條 P2945；《宋史》卷三一《高宗八》P588	
紹興二十八年十月	沈介 秘書少監	宋直溫 閤門祇候	正旦使	《要錄》卷一八〇紹興二十八年十月丁亥朔 P2987；《宋史》卷三一《高宗八》P590	《要錄》:「名新南門曰嘉會。」
	黃中 國子司業	李景夏 閤門祇侯辦御前忠佐軍頭見司	生辰使	《要錄》卷一八〇紹興二十八年十月丁亥朔 P2987；《宋史》卷三一《高宗八》P590	
紹興二十九年十月	楊邦弼 起居舍人	張說 右武大夫榮州刺史兩浙西路馬步軍副都總管	正旦使	《要錄》卷一八三紹興二十九年冬十月甲寅條 P3057	
	李潤 太府卿	張安世 閤門宣贊舍人	生辰使	《要錄》卷一八三紹興二十九年冬十月甲寅條 P3057	
紹興三十年十月	虞允文 起居舍人	孟思恭 知閤門事	正旦使	《要錄》卷一八六紹興三十年冬十月丁未條（中華書局版缺，據四庫本）;《宋史》卷三一《高宗八》P596	
	徐度 樞密院檢詳諸房文字	王謙 帶御器械幹辦皇城司	生辰使	《要錄》卷一八六，紹興三十年冬十月丁未條（中華書局版缺，據四庫本）;《宋史》卷三一《高宗八》P596	《要錄》卷一百八十六，紹興三十年十月辛酉條:「帶御器械幹辦皇城司王謙為賀大金生辰副使，時蘇紳以病告，故也。」
紹興三十一年					缺

隆興二年十二月	**洪适** 禮部尚書	**龍大淵**崇信軍承宣使	生辰使	《宋史》卷三三《孝宗一》P630；《金史·交聘表》中「大定五年三月」。	「敵既講好，首命公為賀生辰使，北遣同僉書宣徽院事高嗣先接伴，自言其父司空有德忠宣，相與甚歡，得其要領以歸。」（《盤洲文集》附錄，周必大《宋宰相贈太師魏國洪文惠公神道碑銘》）
乾道元年十月	**方滋** 戶部尚書	**王抃** 福州觀察使	正旦使	《宋史》卷三三《孝宗一》P632；《金史·交聘表》中，「大定六年正月」	
乾道元年十二月	**王曮** 吏部尚書	**魏仲昌** 利州觀察使	生辰使	《宋史》卷三三《孝宗一》P633；《金史·交聘表中》「大定六年三月」，P1422	
乾道二年十月	**薛良朋** 試工部尚書	**張說** 昭慶軍承宣使	正旦使	《宋史》卷三三《孝宗一》P635；《金史·交聘表中》「大定七年正月」，P1423	
乾道二年十二月	**梁克家** 翰林學士	**趙應熊** 安慶軍承宣使	生辰使	《宋史》卷三三《孝宗一》P636；《金史·交聘表中》「大定七年三月」，P1424	
乾道三年十月	**唐瑑** 試戶部尚書	**宋鈞** 保寧軍承宣使	正旦使	《宋史》卷三四《孝宗二》P641；《金史·交聘表》中「大定八年正月」，P1424	
乾道三年十二月	**王瀹** 試工部尚書		生辰使	《宋史》卷三四《孝宗二》P642；《金史·交聘表中》「大定八年三月」，P1421	

乾道四年十月	**鄭聞** 試工部尚書	**董誠** 明州觀察	正旦使	《宋史》卷三十四《孝宗二》P644； 《金史·交聘表中》「大定九年」正月，P1425	
乾道四年十二月	**胡元質** 翰林學士	**宋直溫** 保康軍承宣使	生辰使	《宋史》卷三四《孝宗二》P645；《金史·交聘表中》「大定九年」三月，P1425	
乾道五年十月	**汪大猷** 試吏部尚書	**曾覿** 寧國軍承宣使	正旦使	樓鑰《攻媿集》卷一一一《北行日錄》上；《宋史》卷三四《孝宗二》P646；《金史·交聘表中》「大定十年」正月 P1426	
乾道五年十二月	**司馬伋** 試工部尚書	**馬定遠** 泉州觀察使	生辰使	《宋史》卷三四《孝宗二》P647；《金史·交聘表中》「大定十年」三月，P1427	
乾道六年十月	**呂正己** 試工部尚書	**辛堅之** 利州觀察使	正旦使	《宋史》卷三四《孝宗二》P649；《金史·交聘表中》「大定十一年」正月，P1428	
乾道六年十一月	**趙雄** 翰林學士	**趙伯驌** 泉州觀察使	生辰使	《宋史》卷三四《孝宗二》650；《金史·交聘表中》「大定十一年」三月，P1428	
乾道七年十月	**莫濛** 試工部尚書	**孫顯** 利州觀察使	正旦使	《宋史》卷三四《孝宗二》P652；《金史·交聘表中》「大定十二年」正月，P1429	
乾道七年十二月	**翟紱** 龍圖閣學士	**俎士粲** 宜州觀察使	生辰使	《宋史》卷三四《孝宗二》P652；《金史·交聘表中》「大定十二年」三月，P1430	

乾道八年十月	**馮樽** 試吏部尚書	**龍雲** 泉州觀察使	正旦使	《宋史》卷三四《孝宗二》P654；《金史・交聘表中》「大定十三年」正月，P1431	
乾道八年十二月	**韓元吉** 試禮部尚書	**鄭興裔** 利州觀察使	生辰使	《宋史》卷三四《孝宗二》P654；《金史・交聘表中》「大定十三年三月，P1431	
乾道九年十月	**留正** 翰林學士	**張嶷** 利州觀察使	正旦使	《宋史》卷三四《孝宗二》P656；《金史・交聘表中》「大定十四年」正月，P1432	
乾道九年十二月	**韓彥直** 戶部尚書	**劉炎** 保信軍承宣使	生辰使	《宋史》卷三四《孝宗二》P656；《金史・交聘表中》「大定十四年」三月，P1432	
淳熙元年十月	**蔡洸** 試戶部尚書	**趙益** 江州觀察使	正旦使	《宋史》卷三四《孝宗二》P658；《金史・交聘表中》「大定十五年」正月，P1434	
淳熙元年十二月	**吳琚**		生辰使	《宋史》卷三四《孝宗二》P658	
淳熙二年十月	**謝廓然** 試戶部尚書	**黃夷行** 泉州觀察使	正旦使	《宋史》卷三四《孝宗二》P660；《金史・交聘表中》「大定十六年」正月，P1435	
淳熙二年十二月	**張宗元** 試工部尚書	**謝純孝** 利州觀察使	生辰使	《宋史》卷三四《孝宗二》P660；《金史・交聘表中》「大定十六年」三月，P1435	

淳熙三年十月	**閻蒼舒** 試吏部尚書	**李可久** 江州觀察使	正旦使	《宋史》卷三四《孝宗二》P662；《金史・交聘表中》「大定十七年正月」，P1436	
淳熙三年十一月	**張子正** 試戶部尚書	**趙士葆** 明州觀察使	生辰使	《宋史》卷三四《孝宗二》P662；《金史・交聘表中》「大定十七年」三月，P1437	
淳熙四年十月	**錢良臣** 翰林學士	**延璽** 嚴州觀察使	正旦使	《宋史》卷三四《孝宗二》P664；《金名・交聘表中》「大定十八年」正月，P1438	
淳熙四年十一月	**趙思** 試禮部尚書	**鄭槐** 宜州觀察使	生辰使	《宋史》卷三四《孝宗二》P664；《金史・交聘表中》「大定十八年」三月，P1438	
淳熙五年十月	**宇文价** 戶部侍郎	**趙鼐** 江州觀察使	正旦使	《宋史》卷三五《孝宗三》P669；《金史・交聘表中》「大定十九年」正月，P1439	
淳熙五年十二月	**錢沖之** 龍圖閣學士	**劉諮** 潭州觀察使	生辰使	《宋史》卷三五《孝宗三》P669；《金史・交聘表中》「大定十九年」三月，P1439	
淳熙六年十月	**陳峴** 試禮部尚書	**孔異** 宜州觀察使	正旦使	《宋史》卷三五《孝宗三》P671；《金史・交聘表中》「大定二十年」三月，P1439	
淳熙六年十一月	**傅淇** 試工部尚書	**王公弼** 婺州觀察使	生辰使	《宋史》卷三五《孝宗三》P671；《金史・交聘表中》「大定二十年」三月，P1440	

淳熙七年十月	**葉宏** 龍圖閣學士	**張詔** 福州觀察使	正旦使	《宋史》卷三五《孝宗三》P673；《金史・交聘表中》「大定二十一年」正月，P1441	
淳熙七年十一月	**蓋經** 試戶部尚書	**裴良能** 閬州觀察使	生辰使	《宋史》卷三五《孝宗三》P674；《金史・交聘表中》「大定二十一年」三月，P1441	
淳熙八年十月	**施師點**		正旦使	《宋史》卷三五《孝宗三》P676	《金史・交聘表中》「大定二十二年」無記載
淳熙八年十一月	**燕世良**		生辰使	《宋史》卷三五《孝宗三》P676	《金史・交聘表中》「大定二十二年」無姓名記載
淳熙九年十月	**王藺** 試吏部尚書	**劉弢** 明州觀察使	正旦使	《宋史》卷三五《孝宗三》P678；《金史・交聘表中》「大定二十三年」正月，P1442	
淳熙九年十一月	**賈選** 試工部尚書	**鄭興裔** 武奉軍承宣使	生辰使	《宋史》卷三五《孝宗三》P679；《金史・交聘表中》「大定二十三年」三月，P1442	
淳熙十年九月	**余端禮** 顯謨閣學士	**王德顯** 宜州觀察使	正旦使	《宋史》卷三五《孝宗三》P680；《金史・交聘表中》「大定二十四年」正月，P1442	
淳熙十年十一月	**陳居仁** 試吏部尚書	**賀錫來** 隨州觀察使	生辰使	《宋史》卷三五《孝宗三》P680；《金史・交聘表中》「大定二十四年」三月，P1443	
淳熙十一年八月	**章森**		正旦使	《宋史》卷三五《孝宗三》P682	《金史・交聘表中》「大定二十五年」無記載。

淳熙十一年十月	王信		生辰使	《宋史》卷三五《孝宗三》P682	《金史・交聘表中》「大定二十五年」無此次出使記載
淳熙十二年九月	**王信** 試禮尚書	**吳環** 明州觀察使	正旦使	《宋史》卷三五《孝宗三》P684；《金史・交聘表中》「大定二十五年」十二月	
淳熙十二年十一月	**章森** 試戶部尚書	**吳曦** 容州觀察使	生辰使	《宋史》卷三五《孝宗三》P684；《金史・交聘表中》「大定二十六年」三月，P1445	
淳熙十三年九月	**李獻** 試刑部尚書	**趙多才** 漳州觀察使	正旦使	《宋史》卷三五《孝宗三》P685；《金史・交聘表中》「大定二十七年」正月，P1446	
淳熙十三年十一月	**張叔椿** 試兵部尚書	**謝卓然** 鄂州觀察使	生辰使	《宋史》卷三五《孝宗三》P685；《金史・交聘表中》「大定二十七年」三月，P1446	《金史交聘表》為「張淑春」
淳熙十四年九月	**萬鍾** 試工部尚書	**趙不違** 宜州觀察使	正旦使	《宋史》卷三五《孝宗三》P687；《金史・交聘表中》「大定二十八年」正月，P1447	
淳熙十四年十一月	**胡晉臣** 試戶部尚書	**鄭康孫** 鄂州觀察使	生辰使	《宋史》卷三五《孝宗三》P688；《金史・交聘表中》「大定二十八年」三月，P1448	
淳熙十五年九月	**鄭僑** 顯謨閣學士	**張時修** 廣州觀察使	正旦使	《宋史》卷三五《孝宗三》P690；《金史・交聘表中》「大定二十九年」正月，P1449	

淳熙十五年十一月	何澹		生辰使	《宋史》卷三五《孝宗三》P690	《金史交聘表中》「大定二十九年」無記載。
淳熙十六年七月	謝深甫 禮部尚書	趙昂 觀察使	生辰使	《宋史》卷三六《光宗》P697；《金史・交聘表中》「大定二十九年」八月，P1450	
淳熙十六年九月	郭德麟 試戶部尚書	蔡錫 宜州觀察使	正旦使	《宋史》卷三六《光宗》P697；《金史・交聘表下》「明昌元年」正月，P1457	
紹熙元年六月	丘崈 顯謨閣學士	蔡必勝 福州觀察使	生辰使	《宋史》卷三六《光宗》P698；《金史・交聘表下》「明昌元年」八月，P1458	
紹熙元年九月	蘇山 試吏部尚書	劉詢 潭州觀察使	正旦使	《宋史》卷三六《光宗》P699；《金史・交聘表下》「明昌二年」正月，P1458	
紹熙二年六月	趙癰 試戶部尚書	田皋 婺州觀察使	生辰使	《宋史》卷三六《光宗》P701；《金史・交聘表下》「明昌二年八月，P1459	
紹熙二年九月	黃申 煥章閣學士	張宗益 明州觀察使	正旦使	《宋史》卷三六《光宗》P701；《金史・交聘表下》「明昌三年」正月，P1459	
紹熙三年六月	錢之望 工部尚書	楊大節 廣州觀察使	生辰使	《宋史》卷三六《光宗》P703；《金史・交聘表下》「明昌三年」八月，P1460	
紹熙三年九月	鄭汝諧 顯謨閣學士	譙令雍 均州觀察使	正旦使	《宋史》卷三六《光宗》P704；《金史・交聘表下》「明昌四年」正月，P1460	

紹熙四年六月	**許及之** 吏部尚書	**蔣介** 明州觀察使	生辰使	《宋史》卷三六《光宗》P705；《金史·交聘表下》「明昌四年」八月，P1461	
紹熙四年九月	**倪思** 翰林學士	**王知新** 知閤門使	正旦使	《宋史》卷三六《光宗》P706；《金史·交聘表下》「明昌五年」正月，P1461	
紹熙五年六月	**梁總** 試工部尚書	**戴勳** 明州觀察使	生辰使	《宋史》卷三六《光宗》P709；《金史·交聘表下》「明昌五年」	
紹熙五年十月	**曾三復** 試禮部尚書		正旦使	《宋史》卷三七《寧宗一》P717；《金史·交聘表下》「明昌六年」正月，P1463	
慶元元年六月	**汪義端** 試吏部尚書	**韓侂胄** 福州觀察使	生辰使	《宋史》卷三七《寧宗一》P719；《金史·交聘表下》「明昌六年」八月，P1464	
慶元元年九月	**黃艾** 翰林學士	**柳正一** 均州觀察使	正旦使	《宋史》卷三七《寧宗一》P720；《金史·交聘表下》「承安元年」正月，P1464	
慶元二年六月	**吳宗旦** 試工部尚書	**張卓** 湖州觀察使	生辰使	《宋史》卷三七《寧宗一》721；《金史·交聘表下》「承安元年」八月，P1464	
慶元二年九月	**張貴謨** 煥章閣學士	**郭倪** 嚴州觀察使	正旦使	《宋史》卷三七《寧宗一》721；《金史·交聘表下》「承安二年」正月，P1465	
慶元三年六月	**衛涇** 試工部尚書	**陳奕** 泉州觀察使	生辰使	《宋史》卷三七《寧宗一》723；《金史·交聘表下》「承安二年」八月，P1465	

慶元三年九月	**曾炎** 煥章閣學士	**鄭挺** 鄂州觀察使	正旦使	《宋史》卷三七《寧宗一》P723；《金史·交聘表下》「承安三年」正月，P1466	
慶元四年六月	**楊王休** 顯謨閣學士	**李安禮** 利州觀察使	生辰使	《宋史》卷三七《寧宗一》P724；《金史·交聘表下》「承安三年」九月，P1466	
慶元四年九月	**馬覺** 工部尚書	**鄭藎** 廣州觀察使	正旦使	《宋史》卷三七《寧宗一》P724；《金史·交聘表下》「承安四年」正月，P1467	
慶元五年六月	**李大性** 試工部尚書	**金湯楫** 泉州觀察使	生辰使	《宋史》卷三七《寧宗一》P725；《金史·交聘表下》「承安四年」八月，P1467	
慶元五年九月	**朱致知** 煥章閣學士	**李師摯** 福州觀察使	正旦使	《宋史》卷三七《寧宗一》P726；《金史·交聘表下》「承安五年」正月，P1468	
慶元六年六月	**趙善義** 戶部尚書	**萬仲詳** 鄂州觀察使	生辰使	《宋史》卷三七《寧宗一》P727；《金史·交聘表下》「承安五年」八月，P1468	
慶元六年十月	**林桷** 寶謨閣學士	**王康成** 利州觀察使	正旦使	《宋史》卷三七《寧宗一》P728；《金史·交聘表下》「泰和元年」正月，P1469	
嘉泰元年六月	**陳宗召** 吏部尚書	**寶夔** 廣州觀察使	生辰使	《宋史》卷三八《寧宗二》P730；《金史·交聘表下》「泰和元年」八月，P1470	

嘉泰元年九月	**李景和** 煥章閣學士	**陳有功** 福州觀察使	正旦使	《宋史》卷三八《寧宗二》P731；《金史·交聘表下》「泰和二年」正月，P1471	《續資治通鑒》為「李景俊」（P4231）
嘉泰二年六月	**趙不艱** 試工部尚書	**董卓然** 鄂州觀察使	生辰使	《宋史》卷三八《寧宗二》P732；《金史·交聘表下》「泰和二年」八月，P1471	
嘉泰二年十月	**魯** 𫖮試吏部尚書	**王處久** 利州觀察使	正旦使	《宋史》卷三八《寧宗二》P732；《金史·交聘表下》「泰和三年」正月，P1472	《金史交聘表》為「魯（兩個宜）」
嘉泰三年六月	**劉甲** 試禮部尚書	**郭倬** 泉州觀察使	生辰使	《宋史》卷三八《寧宗二》P734；《金史·交聘表下》「泰和三年」八月，P1472	
嘉泰三年九月	**張孝曾** 試吏部尚書	**林伯成** 容州觀察使	正旦使	《宋史》卷三八《寧宗二》P734；《金史·交聘表下》「泰和四年」正月，P1472	
嘉泰四年六月	**張嗣古** 試禮部尚書	**陳渙** 廣州觀察使	生辰使	《宋史》卷三八《寧宗二》P736；《金史·交聘表下》「泰和四年」八月，P1473	
嘉泰四年九月	**鄧友龍** 試吏部尚書	**皇甫斌** 利州觀察使	正旦使	《宋史》卷三八《寧宗二》P736；《金史·交聘表下》「泰和五年」正月，P1474	
開禧元年六月	**李壁** 試吏部尚書	**林仲虎** 廣州觀察使	生辰使	《宋史》卷三八《寧宗二》P738；《金史·交聘表下》「泰和五年」閏八月，P1475	

開禧元年九月	**陳景俊** 試刑部尚書	**吳琯** 知閤門事	正旦使	《宋史》卷三八《寧宗二》P739； 《金史·交聘表下》「泰和六年」正月，P1476	
開禧三年六月	**劉彌正**		生辰使	《宋史》卷三八《寧宗二》P745	《金史交聘表》無記載
嘉泰元年六月	**鄒應龍** 戶部尚書	**李謙** 泉州觀察使	生辰使	《宋史》卷三九《寧宗三》P750； 《金史·交聘表下》「泰和八年」十月，P1480	
嘉泰元年九月	**曾從龍**		正旦使	《宋史》卷三九《寧宗三》P751	未行，十二月改命為使金弔祭使
嘉定二年六月	**俞應符**		生辰使	《宋史》卷三九《寧宗三》P753	
嘉定二年九月	**費培**		正旦使	《宋史》卷三九《寧宗三》P753	
嘉定三年六月	**黃中**		生辰使	《宋史》卷三九《寧宗三》P755	
嘉定三年九月	**錢仲彪**		正旦使	《宋史》卷三九《寧宗三》P755	
嘉定四年六月	**余嶸**		生辰使	《宋史》卷三九《寧宗三》P757	「會金國有難，不至而還。」
嘉定四年九月	**程卓**		正旦使	《宋史》卷三九《寧宗三》P757	

嘉定五年六月	傅誠		生辰使	《宋史》卷三九《寧宗三》P758	
嘉定五年九月	應武		正旦使	《宋史》卷三九《寧宗三》P758	
嘉定六年六月	董居誼		生辰使	《宋史》卷三九《寧宗三》P759	「會金國亂，不至而還。」
嘉定六年十月	李埴		正旦使	《宋史》卷三九《寧宗三》P760	「不至而還」
嘉定七年十一月	聶子述		正旦使	《宋史》卷三九《寧宗三》P761	「刑部侍郎劉爚等及太學生上章言其不可，不報。」
嘉定八年正月	丁焴		生辰使	《宋史》卷三九《寧宗三》P761	
嘉定八年十一月	施累		正旦使	《宋史》卷三九《寧宗三》P763	
嘉定九年正月	留筠		生辰使	《宋史》卷三九《寧宗三》P763	
嘉定九年十一月	陳伯震		正旦使	《宋史》卷三九《寧宗三》P764	
嘉定十年正月	錢撫		生辰使	《宋史》卷四〇《寧宗四》P767	

附表三：宋金交聘中的南宋弔祭等常使表

時　間	正　使	副　使	使臣名目	文　獻	備　註
紹興八年十二月	**韓肖冑** 端明殿學士提舉萬壽觀簽書樞密院事	**錢愐** 光山軍承宣使、樞密副都承旨	大金奉表報謝使〔註 452〕	《要錄》卷一二四紹興八年十二月乙亥條 P2020； 《金史·交聘表》P1400 紹興九年四月；《宋史》卷二九《高宗六》P538	《金史·交聘表》稱：「謝金賜河南等地。」《宋史》稱「命肖冑等為金國奉表報謝使」。
紹興十一年十一月	**何鑄** 端明殿學士簽書樞密院事	**曹勳** 容州觀察使	大金報謝使	《要錄》卷一四二，紹興十一年十一月丁巳條 P2291；《宋史》卷二九《高宗六》P551； 《金史·交聘表》P1401 紹興十二年三月辛卯	何鑄此次使金雖名為報謝金國達成和議，其實還負有商談和議的任務，具有泛使的性質。
紹興十二年八月	**万俟卨** 參知政事	**邢孝揚** 榮州防禦使帶御器械	大金報謝使	《要錄》卷一四六紹興十二年八月甲戌、乙亥條 P2343、P2344； 《宋史》卷三〇《高宗七》P556	
紹興十二年九月	**王次翁**		報謝使	《宋史》卷三〇《高宗七》P557	
紹興十四年正月	**羅汝楫**		報謝使	《宋史》卷三〇《高宗七》P560	謝金人來賀正旦

〔註 452〕「報謝使」沿襲前朝是以報聘對方來使而出使的使臣，是「常使」，與前面臨時所遣的「泛使」不同；雖屬「常使」，但亦常具有突出的請事，求知、戰國等戰爭性質。

紹興十四年五月	**陳康伯** 權尚書吏部侍郎假吏部尚書	**錢愷** 左武大夫嘉州防禦史假保信軍承宣使知閤門事	大金報謝使	《要錄》卷一五一紹興十四年五月戊辰條 P2437	「以金來賀生辰故也」
紹興二十年三月	**余堯弼** 參知政事	**鄭藻** 鎮東軍承宣使知閤門事假保信軍節度使	賀大金登位使	《要錄》卷一六一紹興二十年三月丙戌 P2607； 《宋史》卷三〇《高宗七》P571；《金史・交聘表》上	
紹興二十九年九月	**周麟之** 翰林學士	**蘇曄** 吉州團練使知閤門事假崇信軍使	奉表哀謝使	《要錄》卷一八三紹興二十九年九月癸卯條 P3056；《宋史》卷三一《高宗八》P592	《要錄》：「時朝廷已議定遺金金繒等物，麟之固請增幣，而後行。」皇太后韋氏崩，故告哀於金。《宋史》記載為紹興二十九年九月。
紹興二十九年十一月	**賀允中** 參知政事	**鄭藻** 保信軍節度使領閤門事提點皇城司	皇太后遺留國信使	《要錄》卷一八三紹興二十九年十一月丁亥條 P3060；《宋史》卷三一《高宗八》P593	
紹興三十年二月	**葉義問** 同知樞密院事	**劉允升** 和州防禦史知閤門事假崇信軍使	報謝使	《要錄》卷一八四紹興三十年二月戊午 P3079；《宋史》卷三一《高宗八》P594	《要錄》：「謝其來弔祭也。上亦恐金有南侵意，因使義問覘之。」
紹興三十二年四月	**洪邁** 起居舍人	**張掄** 鎮東軍節度使	賀登位使〔註 453〕	《要錄》卷一九九紹興三十二年四月戊子 P3364；《宋史》卷三二《高宗九》；《金史・交聘表》中「大定二年」P1418：「宋	紹興三十二年三月，「以太常少卿王普假工部侍郎充送伴大金報寶位國信使、武翼大夫榮州刺史帶御器械王謙假昭慶軍承宣使副之。時已議遣洪邁、張倫出疆，故改命二人送伴。」

〔註 453〕「賀登位使」按聶崇岐先生在《宋遼交聘考》一文中的概念，當屬常使，故本文依然置於「常使」；不過紹興末年高宗遣「賀登位使」實有其戰爭目的，具有「泛使」的性質。

				翰林學士洪邁、鎮東軍節使張掄賀上，書詞不依式，詔諭洪邁，使歸諭宋主。」	（《要錄》卷一百九十八，紹興三十二年三月己酉）
紹興三十二年七月	**劉珙**		報登位使	《要錄》卷二〇〇紹興三十二年秋七月癸亥條 P3394； 《宋史》卷三三《孝宗一》P618	《要錄》:「是時劉珙使金不至而復。先是洪邁、張掄使回，見張浚，具言金不禮我使狀，且令稱陪臣。濬謂不當復遣使，而史浩議遣使報金以登寶位，竟遣珙行。至境，金責舊禮，不納而還。」
淳熙十四年十月	**韋璞**敷文閣學士	**姜特立**鄂州觀察使	告哀使	《宋史》卷三五《孝宗三》P687； 《金史交・聘表中》「大定二十七年」十二月，P1447	淳熙十四年十月乙亥高宗崩於德壽殿
淳熙十四年十月	**顏師魯** 試戶部尚書	**高震** 福州觀察使	遺留國信使	《宋史》卷三五《孝宗三》P688； 《金史・交聘表中》「大定二十八年」二月，P1448	
淳熙十五年二月	**京鏜** 試禮部尚書	**劉端仁** 容州觀察使	報謝使	《宋史》卷三五《孝宗三》P689； 《金史・交聘表中》「大定二十八年」五月，P1448	謝金來弔祭高宗
淳熙十六年二月	**諸葛廷瑞**	**趙不慢**	弔祭使	《宋史》卷三六《光宗》P695； 《金史・交聘表中》「大定二十九年四月，P1449	祭金主
淳熙十六年二月	**羅點**	**譙熙載**	報嗣位	《宋史》卷三六《光宗》P695	淳熙十六年二月，宋孝宗內禪，光宗立。
淳熙十六年三月	**沈揆**	**韓侂胄**	賀登位	《宋史》卷三六《光宗》P695	淳熙十六年金章宗完顏璟立

紹熙元年十二月	宋之端 試禮部尚書	宋嗣祖 嚴州觀察使	皇太后弔祭使	《金史·交聘表下》「明昌二年」三月，P1458	
紹熙五年六月	薛叔似 顯謨閣學士	謝淵 廣州觀察使	告哀使	《宋史》卷三六《光宗》P709；《金史交聘表下》「明昌五年」	紹熙五年六月戊戌壽皇聖帝（孝宗）崩
	林湜 戶部尚書	游恭 泉州觀察使	遺留物使		
紹熙五年七月	鄭湜翰林學士	范仲任 廣州觀察使	告即位使	《宋史》卷三七《寧宗一》P715	紹熙五年七月甲子光宗禪位於子趙擴（寧宗）
紹熙五年十月	林季友 煥章閣學士	郭正己明州觀察使	報謝使	《宋史》卷三七《寧宗一》P717；《金史·交聘表下》「明昌六年」二月，P1463	謝金人來弔祭
慶元三年十一月	趙介 試禮部尚書	朱龜年 利州觀察使	告哀使	《宋史》卷三七《寧宗一》P723；《金史·交聘表下》「承安二年」正月，P1465	慶元三年十一月辛丑，太皇太后吳氏崩。《金史交聘表下》係於承安二年（慶元三年正月）、承安三年（慶元四年正月），以此年為準。
慶元四年四月	湯碩 試刑部尚書	李汝翼 福州觀察使	報謝使	《宋史》卷三七《寧宗一》P724；《金史·交聘表下》「承安三年」八月，P1466	謝金人來弔謝
慶元六年六月	吳盱 試刑部尚書	林大可 利州觀察使	告哀使	《宋史》卷三七《寧宗一》P727；《金史·交聘表下》「承安五年」十月，P1468	太上皇后李氏崩
慶元六年八月	李寅仲 煥章閣學士	張良顯 福州觀察使	告哀使	《宋史》卷三七《寧宗一》P727；《金史·交聘表下》「承安五年」十一月，P1469	慶元六年八月，太上皇帝光宗崩於壽慶宮。

慶元六年九月	**丁常任** 試工部尚書	**郭倓** 嚴州觀察使	遺留國信使	《宋史》卷三七《寧宗一》P727；《金史·交聘表下》「泰和元年」正月，P1469	
慶元六年十二月	**虞儔** 試刑部尚書	**張仲舒** 泉州觀察使	報謝使	《宋史》卷三七《寧宗一》P728；《金史·交聘表下》「泰和元年」三月，P1470	謝金來弔祭皇太后韋氏
嘉泰元年二月	**俞烈** 試戶部尚書	**李言** 福州觀察使	報謝使	《宋史》卷三八《寧宗二》P729；《金史·交聘表下》「泰和元年」八月，P1470	謝金來弔祭光宗
開禧三年六月	**富琯**		告哀使	《宋史》卷三八《寧宗二》P745	開禧三年五月辛卯太皇太后謝氏崩
嘉定元年十二月	**曾從龍**		弔祭使	《宋史》卷三九《寧宗三》P751	嘉定元年十一月丙辰，金主璟殂，衛紹王完顏永濟即位。
	宇文紹彭		賀即位使		
嘉定六年十月	**真德秀**		賀即位	《宋史》卷三九《寧宗三》P759	六年閏九月，金主新立。遣使以賀。但「會金國亂，不至而還」。

後記一

開始提筆寫後記的時刻，我才真正地意識到，我的美好單純的學生時代即將結束。回想三年的學習與生活，心中充滿了無限留戀與感激。

1996 年我從中等師範學校畢業後，回到家鄉的中學任教。每當我走在三尺講臺時，我渴望有一天自己能夠走進大學的校園，坐在大學的講堂裏，如沐春風一般聆聽老師們的講解；坐在寬大的圖書館裏，挑選著自己熱愛的圖書，在一個靠窗的位置坐下來慢慢品讀。我感謝生活的賜予，讓我有機會實現自己的理想。

感謝導師戴偉華先生不棄，將我收入門下，一步步引導我進入學術研究的廣袤殿堂。戴師在學術方面對我們要求很嚴格。這篇文章是在戴老師的指導下完成的。從選題、文章結構到引文注釋規範等，戴老師都花費了許多心血。當我選定宋代做畢業論文時，才發現宋代材料龐雜，而且文獻整理有限，所以，論文雖然花費了一些精力，但結果並不如人意。文章最終定稿後離老師的要求還有很大距離。但老師的鼓勵的話語始終迴響在耳邊，這使我不能鬆懈。

回憶起三年的時間，印象最深刻的，莫過於無數次學術報告會上，師生那種緊張、自由、愉快的交鋒，生活中，老師和我們一起打球、唱歌、爬山、郊遊的情景……。每一次學術報告會上，老師總是場時推出一人主持，然後大家討論，老師時時會心的微笑與鼓勵的話語總是讓我們忘記是在進行學術討論；老師常組織一些活動，營造一個輕鬆自由的生活環境，老師興之所致，還會和大家唱上一曲，神態極其認真，一如老師一絲不苟的學術態度，我們常在哈哈一樂中，也不禁為老師真誠、嚴肅的態度所動容。

感謝師母陳秋琴老師。陳老師總不顧工作繁忙參加我們的活動，和我們一起聊天、打球、唱歌。陳老師那一曲獨特的揚州小調，讓我真實地領略到了江南水鄉的柔美與清麗，使我時時心生嚮往之情。陳老師常教導我們如何做人，如何妝扮自己、妝扮生活，使自己擁有更亮麗的人生。

感謝我的碩士導師馬茂軍先生。多年來，馬老師對我的學習與生活給予了很多關心與幫助！感謝文學院左鵬軍老師、陳建森老師、劉晟老師、覃召文老師、閔定慶老師，他們在我的論文開題報告會上提出了許多寶貴意義！感謝各位師兄、師姐、同學、師弟、師妹，三年的朝夕相處，使我時刻感受到大家庭般的溫暖，同時也在與大家共同的學習中學到了不少知識。

感謝我的親人們：感謝父母，是他們的默默支持，我才得以安心地做自己喜歡的事情，在人生的漫漫長路上信步走來；感謝弟弟，他對生活的激情與熱愛總是像燦爛的陽光一般時刻將我的心照亮；感謝愛人，他的寬容、堅韌與深情總是讓我忘記一切疲憊。

留戀伴著朝陽、月光與古人交流的單純與快樂，告別充滿激情與理想的學生時代，懷著一份從容與自信，我走向明天！

劉春霞

2008 年 3 月 26 日於廣州大學城

後記二

《宋金戰爭與南宋文學研究》一文是我的博士學位論文。

翻開文章，腦子中很自然地冒出「塵封」一詞。是的，已經很久沒有碰過了，文檔還停留在 2008 年 6 月這一畢業前夕文章提交圖書館的時間。時間已然飛逝。在這飛逝的十四年裏，我一度將自己埋進生活的瑣細中而忘記了曾經執著追求的學術。慶幸的是，今天翻讀文章，那種對傳統文化與古典文學的熱愛依然讓我心懷激蕩。時至今日，我依然堅信，沉醉於古典文學的廣袤殿堂，並以之積澱起豐厚的生命內涵，才是我安頓心靈的最好去處。

《宋金戰爭與南宋文學研究》一文，以宋代兵學、軍事與文人及文學之關係為研究內容。在宋金戰爭時代背景的激發下，南宋文人普遍談兵論戰，撰寫了許多兵學理論著作，並寫下了大批談兵論戰的文章。在帝王「與士大夫共治天下」的宋型文化下，文人論兵成為其干預現實政治的一項重要內容。宋朝主張「以文抑武」的政策，文人普遍熱衷於習兵論兵，似乎有悖於時代政策；而兵、儒本屬於不同的哲學思想畛域，深受儒學思想影響的宋代文人卻不避「詭道」、興言兵事，其文化內涵頗值得玩味。而戰爭的時代背景、文人的兵學修養又影響到了其文學創作。基於此，本文以文、史、哲交叉的研究方法，在宋金戰爭對峙的文化生態下，探討南宋文人的戰爭觀與文人關係、文人論兵與兵儒思想的融合、文人入幕使金行為的內涵，及南宋戰爭文學與文學思想。文章在寫作當時或不乏創新之見，但在十四年後學界成果不斷推陳出新的今日，本文觀點與思想難免不足。不過，以兵學為切入點、從文化生態度角度研究宋代文學，依然有諸多可待進一步探討的空間，本文或可在該方面起一拋磚引玉之作用，亦當無比欣慰。

十四年的時間過去了。在這十四年裏，在對學術「不絕如縷」式的堅持中，我終於意識到：攻讀博士學位，寫作一篇學術論文，發現新的見解並推進學界已有認識，固然是應有的任務，但通過閱讀寫作的漫長研究過程，砥礪心志品性、磨煉學術敏感，並對學術始終葆有一份簡單純粹的熱愛，才是讓自己樂在其中、並且能夠永遠堅持下去的根本。

再一次整理校對文章，時間又回到 2016 年暑假。夏天的傍晚，遠離塵囂的鄉村寧靜而詳和。薄霧籠罩，四野平闊；夕陽西下，層林盡染。四周的蟲鳴聲縹緲入耳，彷彿帶我穿越時空，入定遙遠的記憶，回到在忙碌中已然忘卻的那些不曾離開父母的美好童年時光。落日的餘暉映入房間，我在電腦前修改文章以備出版。已是重病的母親踱著步子走到房間外面，隔著窗戶看著我。我一轉頭，正迎上母親的臉。母親的臉，虛弱蒼白。她微笑著看著我，滿臉洋溢著疼愛與滿足。母親不識電腦，更不懂學術，但她一直深信我在做一件正確的、能給我帶來快樂和幸福的事情。母親心懷敬畏，並以之為榮。母親沒有說話，我也沒有說話，繼續修改文章，許久才聽見她踱著步子離開。數年過去，這一幕竟成為永恆的記憶烙在腦海裏，成為我一生的眷念。如今，每每回鄉，蟲鳴、山風、夜月，都是童年時的模樣。而母親，卻只能在夢中相見。每當夜深人靜，在異鄉對著廣袤的蒼穹敲下文字，我知道，唯有文字，能穿越時空，聯結母親和我，給我勇氣和力量，在我困頓疲乏時，鼓勵我繼續向前！

劉春霞

2022 年 10 月 10 日於廣州越秀山腳